パリのグルメ捜査官①

予約の消えた三つ星レストラン

アレクサンダー・キャンピオン　小川敏子 訳

The Grave Gourmet

by Alexander Campion

コージーブックス

挿画／コージー・トマト

まずはもちろん、ほかならぬTに、
すべてはあなたがいるからこそ。

謝辞

ミステリ作家リン・ハミルトン――〈ララ・マクリントック〉シリーズの著者――の助言と尽力がなければ、本書は決して日の目を見ることはなかっただろう。空想の世界に浸りがちな新米作家を、彼女は根気強く導き着実に歩ませてくれた。そのリンが人知れず続けてきたガンとの闘いに敗れ、本書の出版を目前に控えた時期に六十五歳の生涯を閉じたことは悲しみに堪えない。じつに惜しい人を失ってしまった。

大学時代以来の親友であり、医学について幅広い知見を提供してくれたトム・サントゥーリ医師に深い感謝を捧げる。そしてまた、次女シャーロットは看護学校の期末試験のさなかにもかかわらず、果てしない質問に丁寧にこたえてくれた。どうもありがとう。

エージェントのシャロン・バウアーズ、ケンジントン社の担当編集者マーティン・ビロにも心からの感謝を捧げる。彼らはその才能を惜しみなく注ぎ、つねに万全の態勢でわたしを支え、理解してくれた。愛しいカプシーヌを彼らが慈しんでくれることは、なんともうれしい次第である。

予約の消えた三つ星レストラン

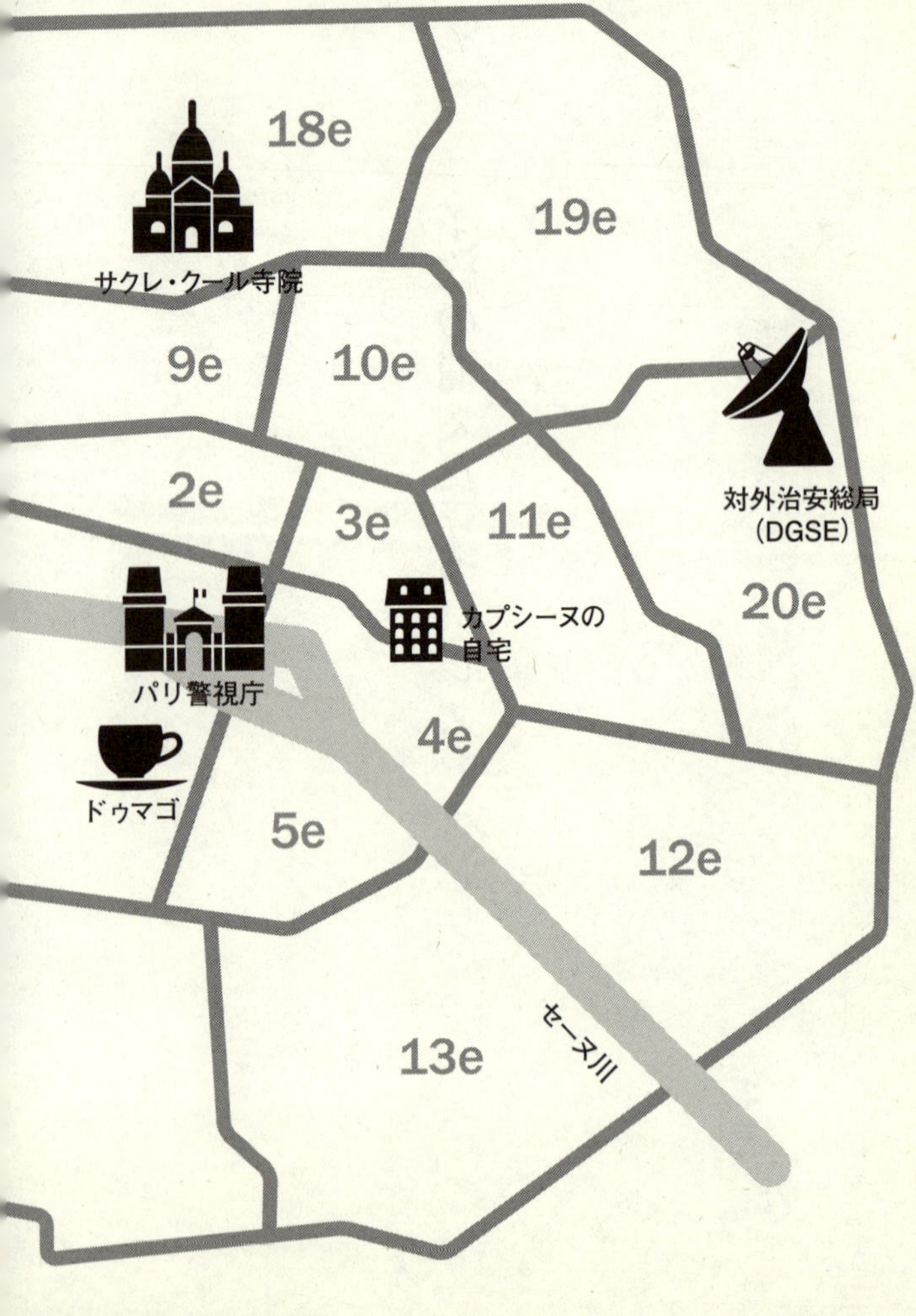
18e
サクレ・クール寺院
19e
9e
10e
対外治安総局
(DGSE)
2e
3e
11e
20e
カプシーヌの
自宅
パリ警視庁
4e
ドゥマゴ
5e
12e
13e
セーヌ川

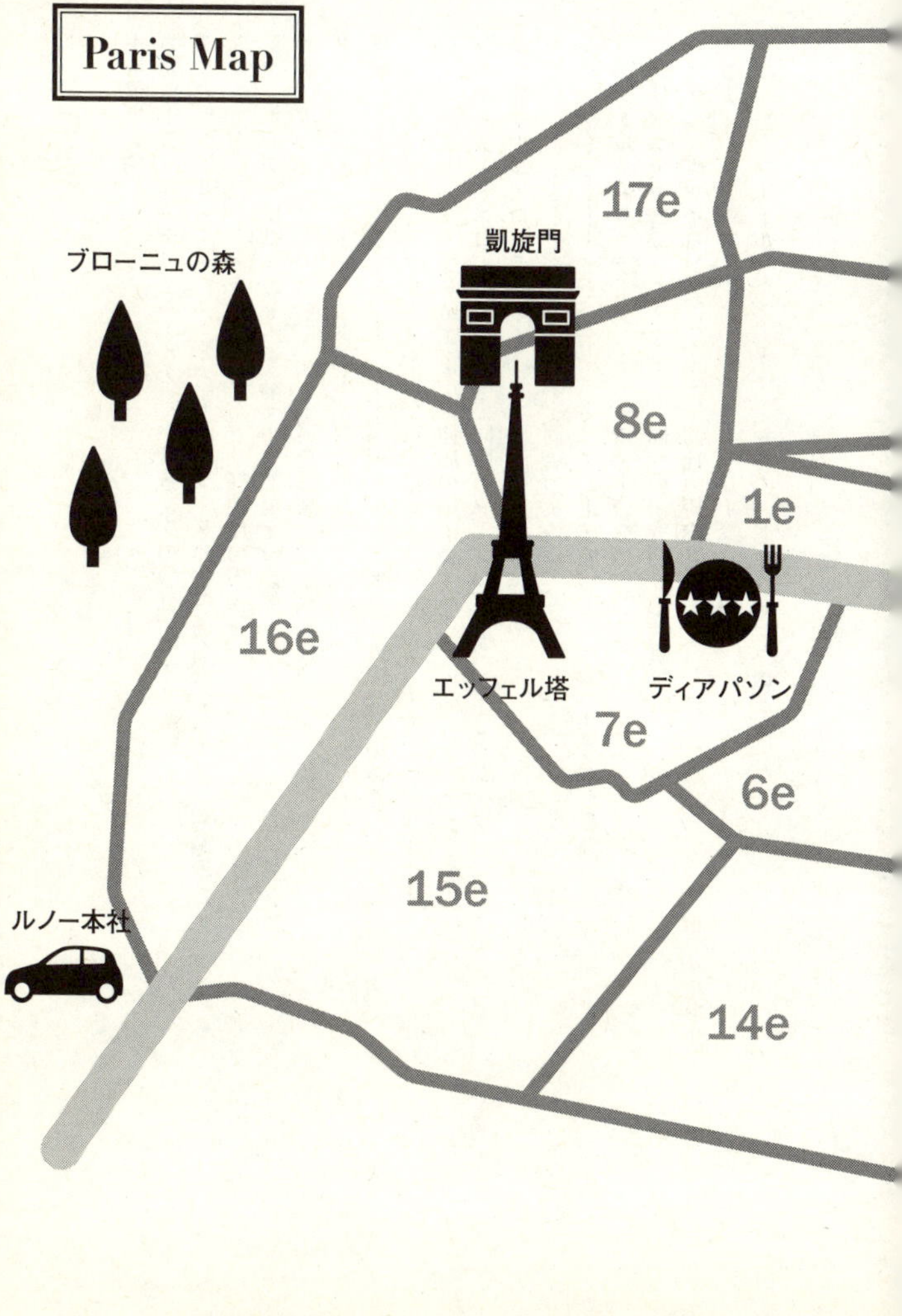
Paris Map
17e
凱旋門
ブローニュの森
8e
1e
16e
エッフェル塔
ディアパソン
7e
6e
15e
ルノー本社
14e

主要登場人物

カプシーヌ・ル・テリエ……パリ警視庁の警部。二十八歳
アレクサンドル……カプシーヌの夫。著名なレストラン評論家
タロン……パリ警視庁の警視正
ジャンループ・リヴィエール……パリ警視庁の警部
イザベル……巡査部長。二十代女性
ダヴィッド……巡査部長
モモ……巡査部長。北アフリカ出身の肉体派
ジャン＝バジル・ラブルース……三つ星レストラン〈ディアパソン〉オーナーシェフ
ジャン＝ジャック・ブテイエ……同店の給士長
シルベスター・ペロー……同店のソーシエ。ナンバー2のシェフ
グレゴワール・ローラン……同店のソムリエ
ギゼル……同店の案内係
ジャック……カプシーヌのいとこ。対外治安総局《DGSE》勤務
ジャン＝ルイ・ドゥラージュ……ルノーの社長
フロリアン・ギヨム……同社の研究開発部門責任者
リオネル・ヴァイヨン……同社の研究者
クロティルド……ドゥラージュの秘書
マルタン・フルール……弁護士。ドゥラージュの友人

プロローグ

癇癪《かんしゃく》持ちといえばオペラの歌姫《ディーバ》かフランス料理のシェフかというくらいだから、ジャン＝バジル・ラブルースがかっとなってその袋を蹴ったのも無理はない。

野菜の感触ではなかった。どちらかといえば肉だ。

ラブルースはもう一度、思い切り袋を蹴った。筋線維がほぐれるような、ホタテ貝の貝柱を蹴っているような感覚だ。

やはり肉か。

てっきり、注文しておいた〝ポティマロン〟が届いたのだと思った。クリの味によく似たこのカボチャの旬は秋のいまの時期、あと一週間ほどで終わる。生産農家が先週金曜日の夜遅くに配達し、そそっかしい見習い《コミ》がそれを袋ごと冷蔵室に放りこんで浮かれ気分で週末の街に飛び出していったのだろう。これではせっかくの味が落ちてしまう。そう思ったとたんに頭に血がのぼった。食材の扱いがおろそかになっていると、たちまち彼は怒りを炸裂させるのだ。

だがこれは肉だ。まちがいない。しかし金曜日に肉が配送される予定はなかった。どうもおかしい。爪先で袋をつつきまわしてみる。いったいどういうことなんだ。ラブルースはふらつく足取りでドアからいったん外に出て、灯りのスイッチを力任せに叩いた。頭上のネオン管が何度か瞬き、点灯した。彼のかたわらに転がっていたのはダークスーツ姿の男性だった。身体をぎゅっとまるめて横たわっている。左右の手のひらを合わせ、両腕の肘を腹にくっつけ、膝と顎がつきそうなほど両脚を折り曲げている。ラブルースは膝をついてじっと目を凝らした。男性の両目は前方を見据えているものの、すっかり濁っている。こんな目をしている魚はランジェス市場では即座に撥《は》ねられる。死亡していることは疑いようがない。確かに死んでいる。そして死後かなり時間が経過している。もはや痼癪などというなまやさしいものではない。ラブルースは激怒の域に突入していた。

01

カプシーヌ・ル・テリエはレストランに駆けこんだ。

ああ、また遅刻。どうか彼が怒っていませんように。

ドアのそばから店の奥へと続く亜鉛メッキの長いカウンターの端でいったん足を止め、タバコ、ワイン、バターソースの刺激的なにおいに満ちた室内にすばやく目を走らせ、アレクサンドルの姿をさがした。離れた隅の席に彼の姿があった。その横には真っ黒な上着に身をつつんだ太ったウェイターが立ち、床までの丈の白いエプロンをひらひら揺らして豪快に笑っている。アレクサンドルも楽しげな笑顔だ。

フロアを横切っていくカプシーヌに、周囲の席からさりげなく視線が向けられる。それを意識して彼女はさっそうと足を進める。これみよとばかりに背筋を伸ばし、お腹をひっこませ、お尻をきゅっと上げ、高級なシルクのブラウスに包まれた胸をぐっとそらす。背中に食いこむのは、ウエスト部分に装着したホルスターに収めたシグ・ザウエルの自動拳銃だ。硬く冷たい感覚が全身に走り、ふわふわした気分はシャボン玉が割れるように消えた。

カプシーヌがやってきたのを見てアレクサンドルが立ち上がり、オーバーなしぐさで彼女を抱き寄せた。

「離れているあいだに、いとしさがいっそう募るものだ」といいながら、これみよがしに情熱的にくちびるを重ねる。

隣のテーブルとの距離はわずか六十センチほど。そこでは六十代の女性が眉をひそめ、夫と顔を見合わせている。白髪を青みがかった色に染めた彼女はいかにも口うるさそうだ。その横ではミニチュア・プードルが二本足で立って足踏みしながらご主人と同じ方向を見ている。

「ああいうふしだらな女たちは」彼女は内緒話を装ってはいるが、アレクサンドルとカプシーヌの耳に入ることを意識している。「自分の倍くらいの年齢の男といちゃついてうまく手玉に取ったつもりでいるのね。男のほうは年甲斐もなく鼻の下を伸ばして、スカートをめくることしか頭にないんだわ。ま、あなたも同類でしょうけど」

その時、いったんその場を離れていたウェイターがふたたびやってきた。そして軽い会釈とともに、シャンパンが入ったフルートグラスをカプシーヌにわたした。

「ボンソワール、警部《マダム・ランスペクトゥール》どの。ちょうどいいところにいらしてくださいました。ご主人のお話があまりにも面白いので、うかがっているうちにほかのテーブルのお世話がすっかりお留守になってしまいました。そろそろお客さまのいらいらが限界に達しそうです」

ウェイターが立ち去ると、アレクサンドルは愛情のこもった表情で妻にウィンクをした。

「見上げた自制心だ。ほんとうは説明したくてうずうずしていたんだろう。十年以上前から

〝警部〟は〝ランスペクトゥール〟でなく〝リュトナン〟と呼ばれるようになっているってことをな。司法警察という組織における階層構造について彼に講釈を垂れたくてしかたなかったんだろう」

カプシーヌがおかしそうに笑う。

「逆《オ・コントレール》よ。彼はね、好き嫌いはべつとして警察について相当な知識があると思うわ。あえて昔ながらの『ランスペクトゥール』と呼ぶのは、そのほうがレトロな響きで威圧感を与えないし、オペラ座通りの人気レストランにふさわしいと思っているんでしょうね。それにいかにも地位が高そうにきこえるから、著名なレストラン評論家であるあなたのご機嫌を損ねることもない。彼なりに気を遣っているのよ」彼女がコケティッシュな表情で鼻にしわを寄せる。

隣のテーブルの女性がふたりのほうに身を乗り出し、堂々と聞き耳を立てている。

「それから」カプシーヌは彼女を横目でちらりと見て、よく通る声で続ける。「この八年間、あなたの年齢がわたしの年齢の倍になったことは一度もないわ」

女性は必死に暗算でもしているのか、左右の眉を寄せている。カプシーヌが自分のほうを見てにこにこしているのに気づくと、くやしそうな表情で身体を引いた。

アレクサンドルが驚いたように目をみはり、心配そうにたずねる。

「仕事に満足感を得られないから、ブルジョワいじめで鬱憤《うっぷん》を晴らすつもりか?」

「とんでもない《パ・ドゥ・トゥ》。じつはね、捜査中だったインサイダー取引の件でついに逮捕にこぎつけたところなの。おかげさまで称賛の言葉を雨あられのように浴びたわ」カプシーヌは皮肉っぽい口調でいい、わざとらしく微笑む。

アレクサンドルはまっすぐ妻を見つめた。

「でもよろこんでいるようには見えない」

輝くばかりに白いテーブルクロスに置かれたメニューをカプシーヌはいらだたしそうにとんとんと叩いた。

「もう何度も話したはずよ。ホワイトカラー犯罪なんてうんざり。わたしが警察官になったのは、現場に出て生の人間、生の感情、生々しい犯罪に取り組みたかったから。それで両親の鼻を明かすつもりだった。それなのに、任される仕事といえば延々とコンピューターの画面と向き合うものばかり。まるでワナにかかったみたいな心境よ。いっそ会計士になったほうがましね。頭に緑色のサンバイザーみたいなのをつけて袖にアームバンドでもしようかしら。わたしと同じ部署の大半の職員は、拳銃を支給された時のまま油紙に包んで箱にしまっているのよ。それを半年に一度だけ取り出して、射撃場で十五分間の訓練の義務を果たすの。あきれてしまう」

「いとしい妻よ、きみはほんとうに不可解だ。警察の第一線で活躍しているというのに、それよりも町に出て犯罪者を取り締まり、女房を殴る凶暴な輩や路上強盗をつかまえる仕事がしたいとひたすら願っているんだからな」

「それ以上いわないで。いいたいことはわかっているから。これは上流社会の一員として両親からしつけられ束縛された自己を解放したいという衝動であり、自己確認の欲求である、とかなんとかでしょ。説得力はあるし、一理あるかもしれない。でもね、こんな退屈なキャリアをこのまま積んでいくことに意味があるとは思えないの」

「その通りだ。情熱を傾けられない仕事など、チーズのない食事のようなものだからね。口髭を伸ばさずにキスするようなものだ」アレクサンドルは人さし指を立ててきっぱりいいきった。

「まさか口髭を伸ばすつもり？」カプシーヌがあわてる。

アレクサンドルがあははと笑う。

「そんな気はないよ。親身になって考えているだけだ。しかしこれまでさんざん異動願いを出しているんだから、いつまでもこのままということはないだろう。きみのノルベールおじさんが力添えしてくれるだろう？　なにしろおじさんは内務省長官だからな、心強いことこの上ない」

「でもそれが裏目に出てね。今日の午後、電話がかかってきたの。いまの業務での有能ぶりを評価されて異動願いは永久に却下だそうよ。こうなったら最後の手段として、警視《コミセール》の試験を受けて上級職をめざすしか――」

「お、ここでいよいよ司法警察の階層構造についての講釈が始まるか」アレクサンドルが茶々を入れる。

「いいからきいて！　要するにね、警視になるというのは単なる昇進とはわけがちがうの。

まったく新しい階層に入るということなのよ。いわば一からのスタート。あらためてインターンシップをやって、それから配属先が決まるの。いまからいっておきますけど、経済犯罪の捜査本部からできるだけ離れた貧しい地域の警察署を選ぶつもりよ。誰がなんといってもね」

「それは正攻法だな。なぜもっと前に思いつかなかった？」

「考えてはいたわ。でもね、さっきあのご婦人が絶妙な表現で指摘してくれた通り、わたしはまだまだひよっこなの。いま二十八歳。警視になれるのは三十歳以上と決まっているのよ。ただし」そこでカプシーヌがひと呼吸置いて、さらに続けた。「上層部の許可があれば、その年齢に達しなくても警視になれる」彼女はわずかに口をすぼめ、ピアノを弾くように指先でテーブルを叩く。「明日の朝、刑事部のタロン警視正に会って許可をもとめるつもり」

「もしも却下されたら？」

「そうなったら、辞めてしまおうかしら」

アレクサンドルがにこにこしながら手をあげてウェイターを呼んだ。彼の笑顔はウェイターに向けたものなのか、それとも警察を辞めるというカプシーヌの発言を歓迎しているからなのか、彼女には判断がつかなかった。

02

カプシーヌの口のなかにしょっぱい味がひろがった。冷静さを保とうとするあまりくちびるの内側を強く噛《か》み過ぎて、血がにじんできたのだ。タロン警視正が静かに首を横に振る表情は、幼いカプシーヌがなにかやらかして父親が叱った時の表情と瓜二つだ。

「警部、きみからの申し立てはまったく理屈に合っていない」タロンはカプシーヌのファイルのページをめくり、指でパチンとそのページを弾く。「この資料によると」彼はファイルされた書類一式をとんとんと叩いた。「経済犯罪捜査本部におけるきみの初年度の業務成績は抜群だ。適性評価も申し分ない。昇進を望むのはもっともなことと理解できるし、資格を与えられるのは何歳だったかな、ともかく二年後にきみがその年齢に達して警視の試験に出願すれば、警視長はよろこんで推薦するはずだ。そうあせるな」

「警視正、この一年間、わたしは経済犯罪の捜査本部から出ようと必死でした。警察学校を卒業した時に刑事部への配属を希望したのですが、経済犯罪の部署に放りこまれたんです。父親が投資銀行家であるというだけの理由で。わたしは会計業務をするために警察に入ったわけではありません。警視になることが目的でもないんです。これまで異動願いを何度出しても却下されてきました。こうなったら警視になる以外に刑事部に入る方法はありません。いつまでも教室で問題を解いているのではなく実社会に出たいんです。そのためならなんでもやる覚悟です」

「実社会？」

タロンの顔から薄笑いが消え、口をとがらすようにしてカプシーヌの頭のてっぺんから爪先までしげしげと観察する。その日の朝、彼女は思案の末に〈ビルブラス〉のスーツを選んだ。都会でしたたかに生き抜いていく聡明さを備えた女を演出できるはずだった。

カプシーヌは胸のうちの憤りを吐き出したい衝動にかられた。椅子から腰を浮かせ、傷だらけのデスクに両手をつき、爪先に重心をかけてぐっと身を乗り出した。

「警視正。これなら父の銀行で働くほうがましです。これまでわたしが逮捕したなかに、生まれてから一度でも銃を手にしたことのある人物はひとりもいないんですよ」そこでいったん間を置き、さらに続ける。「自分の銃の引き金を引く機会といえば射撃場だけです。それは警察の仕事とはいえませんよね」カプシーヌは自分がかすかに震えているのに気づき、さきほどまで座っていた椅子にどさりと腰をおろした。

タロンがにっこりした。「いいたいことはわかるよ。わたしも会計業務はあまり好きではない。自分の小切手帳の帳尻すらうまく合わせられない」

タロンの態度がすっかり変わっている。これは訴えが効いたのか、それとも身を乗り出した際にちらりと胸元をのぞかせたせいなのだろうか。きっと両方の効果にちがいない。タフな女と強調するにはブラなどしてはいけないとひらめいた今朝の自分を褒めてやりたい。ところがタロンはそれ以上なにもいわず、またもや彼女のファイルに目を落とし、不器用な手つきでコンピューターのキーボードをぽつぽつと叩く。カプシーヌはいても立ってもいられない。直談判の甲斐もなく、またもや却下されるのか。

沈黙に耐えきれなくなった時、電話が鳴った。タロンがちらっと視線をあげ、電話機の画面に表示された発信者を確認した。彼の表情が険しくなり、片手をあげた。

「ちょっと失礼。出なくてはならない」

受話器に向かって唸るような短い返事をしたかと思うと、いかにもフランス人らしいRとLの発音や鼻にかかった音を連発しながらなにやら相手と話し、時折メモ帳になにやら書きつけていく。

カプシーヌはタロンのコンピューターのスクリーンをこっそり覗きこんでみた。画面に表示されていたのは市民の個人情報についての司法警察のデータだ。彼女にはとくに珍しいものではないが、思わずあっと驚いた。ファイルの表題は「ダルボーモン・ドゥ・ユゲール、アレクサンドル・エドゥアルド」とある。アレクサンドルの名だ。カプシーヌのだいじな夫ではないか。

タロンはしばらく会話に没頭し、最後にひとつうなずいた。

「はい、了解しました……もちろんです……そうおっしゃるのであれば……わたしが責任を負うという形で……そうですね……三十分以内にチームを結成させ……はい……ええ……承知しております」

タロンが受話器を置き、瞑想にふけるような表情でカプシーヌをしばらく見つめている。

「どうやら神様がきみに微笑んでくださったようだ、警部。いまの電話は上司の上司、つまり警視監からだった。ある任務をこちらに丸投げしてきたのだが、きみが望むのであれば、一週間だけ刑事部の一員として捜査に加わることができそうだ。それだけの日数があればここでの業務の感触がつかめるだろう。それに耐え得る胆力の持主であるかどうかもはっきりするにちがいない」

カプシーヌが顔を輝かせた。「もちろん、希望します。よろしくお願いします」

「きみにひとつきいておきたい、警部。ひょっとして、〈ディアパソン〉という高級レストランのオーナーについてなにか知っているか？　オーナーシェフだったかな？」

「ジャン＝バジル・ラブルースですね。大変な有名人です。彼のことなら夫がよく知っています。夫は彼だけではなくレストラン業界の人ならたいてい知っているはずです。レストラン評論家として《ル・モンド》紙に執筆していますから」

「そうらしいね」タロンがコンピューターの画面を爪でトントンと叩く。「ご主人について、いま読んだところだ。じつはそのラブルースという一流シェフがやっている店の冷蔵室でルノーの社長が死体で発見されたらしい」

「まあ。よりによってジャン＝バジルの店で。きっと大変なショックを受けているでしょうね」

「当面きみにこの事件を担当してもらうのは名案かもしれない。ご主人を通じてきみもレストラン業界についてそれなりの知識があるだろうからな。ともかく、四の五のいっていられない状況だ。いますぐに動ける人間が必要なんだ。身体が空いている警部がひとりだけいるが、そのリヴィエール警部は今週いっぱい研修で留守ときている。いますぐにでも捜査を開始してもらいたい。現場検証、関係者への事情聴取、鑑識班が入れるように段取りを整えておくといったことだ。警察学校で教わったとおりにやればいい。リヴィエールは月曜日にはもどるから、あとは彼が引き継ぐ。一度経験すればきみも気が済むんじゃないか。とにかく、一刻を争う問題だ。やる気があるのであれば、きみの上司と話をつける」

「もちろんやらせていただきます。でも、いったいどういうことなんでしょう？　三つ星レストランで人が殺されるなんて、おかしな話ですよね。あまりにも唐突です」

「警部、先走るな。十中八九、殺人ではない。いまのところわかっているのは、冷蔵室に男性の死体があるという事実だけだ。あれだけの大物でなければ、所轄の警察署が担当していただろう。しかしそういうわけにもいかず、わたしにお鉢がまわってきた。そしてわたしの執務室には、たまたまきみがこうして座っている。偶然にもきみは夫の仕事の関係でレストラン業界についての知識が豊富だ。この建物にいる誰よりもな。しかも殺人事件の捜査を開始するための資格をすべて備えている。となれば、きみに協力を依頼するのはまったくもって合理的である」

「警視監からほかになにか具体的な情報はありましたか？　死因は判明しているんですか？」

「所轄の連中は単なる食中毒だと端《はな》から決めつけている。ラブルースは厳しい立場に立たされるだろうな。彼は死体の発見者だ。所轄の連中は、パニックを起こしたラブルースが死体を冷蔵室に押しこめ、週明けになってようやく気を取り直して通報したと解釈しているようだ」

「ラブルースがそんなことをするはずありません」

「それは捜査であきらかにすればいい。心配するな。きみには一週間、捜査チームの指揮を執ってもらおう。報告はわたしにあげてもらう。頭に刻んでおいてもらいたいことが二点ある。きみが指揮を執る期間が一週間を超えることはない。そして、失敗はゆるされない。とにかく結果を出せ。速ければ速いほどいい。いいか?」

「承知しました」

「はっきりいっておくが、これはあくまでも一時的な配置転換であり、きみが受けたいといっている警視の昇進試験の件とはいっさい無関係だ」

「わかっております」返事をしながらカプシーヌの頬はついついゆるんでくる。そして蝶が舞うような軽やかさで歩き出した。

「リヴィエールの部下の巡査部長たちといっしょに現場に向かってくれ。これがレストランの住所だ」その必要はないとわかってはいたが、タロンはメモ書きを彼女にわたす。「鑑識にはすでに連絡済みだ。所轄の連中を一刻も早く現場から追い出せ。絶対にちかづけるなよ。彼らは見境なしに現場にさわりまくる。きみは責任者の立場をはっきり示して、細大漏らさず調べあげろ。午後にはわたしに報告をあげてくれ。それをもとにつぎにどう動くかを決定する」

　カプシーヌがドアのほうに向かう。

「そうだ、警部。もうひとつだけいっておくことがあった。リヴィエールの部下だが、彼らはなんというか――その――少々癖がある。能力は高いんだが手綱をしっかりしめておく必要がある。しっかりとな。それを忘れるな。さあ、もう行っていいぞ」

　タロンがカプシーヌに微笑みかけた。警視正という役職にある人物にしては親しみやすい笑顔に見えたのは気のせいか。朝、服選びをしている時に今日はブラをしていくなとささやいた守護天使に、カプシーヌはふたたび感謝した。

03

小さなバラ色の雲のように期待をふくらませたカプシーヌだったが、その雲はしだいに黒い雷雲へと変わり、ひたすらふくれあがっていく。焦りがつのり、情けなくてたまらなくなる。迷路のように入り組んだ建物のなかを右往左往してすでに三十分。リヴィエールの部下がいる部屋はA―36のはず。刑事部の神聖な中枢部がある場所として名高いA階段をのぼった先の四階をいくら歩いてもみつからないので焦る。泣きたくなる。あきらめて一階の受付にもどろうか。これで三度目になるけれど、もう一度同じことをききにいこうか。そう思った時、低いハスキーな女性の声がした。

「今回もリヴィエール警部にはあぜんとさせられたわ。それなりの研修で一週間留守にするというのならわかるけど、コンピューターですってよ！　なに考えているのかしら。自分のコンピューターの電源すら満足に入れられないのに。きっとニースでの研修ってところだけ見て、内容までチェックしないで申しこんだにちがいないわ。賭けてもいい。こんがり日焼けしてもどってくるでしょうね。その間わたしたちは、この部屋にまる一週間も閉じこめられて四方の壁とにらめっこして過ごすのよ」

か細い、でもあきらかに男性の声がこたえるのがきこえる。

「イザベル、ボスの胸のうちなどかんたんに見抜けるじゃないか。あの手の研修はナンパにはもってこいのチャンスだ。リヴィエールが三度の飯よりも好きなものといえば、きみだってよくわかっているだろう」

「あらまあ、三度の飯より男が好きなあなたが……」

応酬は続いている。戸口の上のとても小さな黒いプラスチック製の札にカプシーヌは気づいた——A—36と表示されている。それを確かめ、こっそりとなかをのぞいた。声の主の女性は二十代半ばで、こぶりな木の幹のようなたくましい筋肉質の身体だ。せっかくきれいな顔立ちなのに、ねずみ色がかった茶色の髪の毛は鏡を見ずに自分でばっさり切っているらしい。議論をたたかわせている相手は、彼女とは対照的にバレリーナのように優雅でなよやかな身体つきだ。長く伸ばしたブロンドはボリュームがありシャンプーのコマーシャルみたいに艶やかに輝いている。部屋にはもう一人いた。北アフリカ出身と思われる巨体の持主が、ふたりの同僚をじっと睨みつけている。

「A—36はここかしら？」カプシーヌがたずねた。北アフリカ系の人物が肩をすくめ左右の眉をあげ、「意味がさっぱりわからない」というジェスチャーをして両頬をぷっとふくらませた。女性がばかにしたような表情を彼に向け、「部屋の番号をきいているのよ」といって首を横に振る。そしてカプシーヌのほうを向いた。

「はい、そうです。なにかご用ですか？」

「ということは、あなたたちはブナルーシュ、マルティノー、ルメルシエね。ル・テリエ警部です。これから一週間、指揮を執ることになりました。要するに一週間だけリヴィエール警部の代役を務めるということです。さっそく全員で捜査にとりかかります。すぐに出発したいところだけど、その前にごく手短におたがいに自己紹介をしておこうかしら」カプシーヌが早口でまくしたてた。

北アフリカ系の大男がカプシーヌのスーツを見て、あり得ないという表情を浮かべる。

「といわれてもねえ、警部。いいですか、ここは犯罪捜査の部署ですよ。なにかの手ちがいじゃないかな。福祉とかそっちの方面が専門じゃないの？　うちの警部の代役なんて、きっとなにかのまちがいだ」

「口のききかたを知らない連中ですみません」女性が慇懃無礼な口調で割って入った。「身体の大きなほうがブナルーシュ巡査部長、モモです。そしてそっちのかわいこちゃんはマルティノー巡査部長、ダヴィッドです。そしてわたしはイザベル・ルメルシエ巡査部長です」彼女が立ち上がり、気をつけの姿勢をとる。いかにもわざとらしいが、いちいち構っていられない。

それにしても経済犯罪の部署とはおおちがいだ。あそこは息苦しいほど整然としていた。そう思いながらカプシーヌは狭い室内を見まわした。窓の前にはデスクがふたつぴったりつけて並べてあり、その上には書類やファイルがうずたかく積まれ、いちばん上にはホルスターに入ったシグ・ザウエルの自動拳銃が一丁、銃弾が一箱、手錠が三つ置いてある。壁の一角だけはいかにもフランスの職場らしい風情を漂わせている。レース用の色鮮やかな大型のカタマラン・ヨットがきらめく熱帯の大海原を飛ぶように進むポスターで埋め尽くされているのだ。その晴れやかな写真のなかに、一枚だけ異色を放つ小さなポラロイド写真がある。おそろしく凶暴そうな若い男が尋常ではない形相で写っている。汗をびっしょりかいて太った身体でカメラに、あるいは撮影者に飛びかかってこようとしている。大口をあけて絶叫している姿だ。写真には写っていないが椅子に拘束具でつながれ、それをぐいぐい引っ張っているようだ。くすんだ小さなポラロイド写真とはいえ、見ていると思わず戦慄が走る。

「オマールに見とれてますね」ダヴィッドがクスクス笑っている。「うちで扱ったなかで奴は最悪でしたよ。彼をここに連行して職務質問したのは数カ月前だった。イワシを捕まえようとしたら、ネス湖の怪獣がひっかかったみたいなもので。そりゃもう大変な暴れようで、あやうく皆殺しにされるところだった。隣の部屋から助っ人が三人駆けつけて、六人がかりであの椅子に手錠でくくりつけたんですよ」壁際のねじ曲がった椅子を彼が指さす。「あのとおり、奴は椅子を破壊してイザベルに何度も猛烈な頭突きを食らわせたんです。やむなく鎮静剤を注射するしかなかった。下の独房にぶちこんで翌朝には釈放。もともとまともじゃないんですよ。そういう奴なんだ。とっくに殺しくらいやっているでしょうね」ダヴィッドがうれしそうににっこりするとイザベルが噴き出し、陽気な笑い声をあげた。

「なぜ逮捕しなかったの？」

「逮捕するには理由がいりますからね。イザベルをぶん殴りたい人間は奴だけではない。あなただって、一週間もここにいたらきっとそう思うようになります」ダヴィッドが続ける。「で、いまの話はほんとうなんですか？　ほんものの事件？　ってことは、ここから出られる？」

「ええ、もちろん。ぐずぐずしていられないわ。すでに先を越されている。大物がらみよ。ルノーの社長が死体で見つかったの。〈ディアパソン〉で」

「どこで？」モモがきき返す。

「七区の一流レストランよ。三人ともわたしの車に乗って。署の車は駐車場に一台も残っていなかったわ。さあ、行くわよ」

三人は目と目を見交わし、小学生のような歓声をあげた。そして各自、銃と手錠を服のあちこちに押しこんで人から見えないように携帯すると、カプシーヌを追い越してわれさきに部屋から出ていった。

廊下を歩きながらダヴィッドが辛辣な口調でイザベルに小声でささやくのを、カプシーヌの耳はしっかりとらえていた。

「驚いたね。リヴィエールがちゃっかり太陽の下で一週間過ごしているあいだに、妙なのが現われて事件の捜査だと。おつぎはなにかな」

カプシーヌのコンパクトなルノー・クリオは四人で乗るにはきつい。運転席にはモモ、隣の助手席にはカプシーヌ。ダヴィッドとイザベルは後部座席に無理矢理に身体を押しこんだ。モモが車と車のあいだを縫うようにして走らせながら低い声で悪態をつく。この小さな車ではいつものようにガンガン飛ばせないので、癪にさわってしかたないのだ。ルノーのクリオといえばそもそも馬力不足で知られているが、そのうえカプシーヌの愛車はオートマティック車なのでなおさらモタモタする。

「クソ《メルド》。この車じゃ現場に辿り着けないですよ、警部。おれたちの信用はがた落ちだ。いったいどこでこんなの買ったんですか？　おもちゃ屋？」彼は腹立たしさを隠さず力まかせにアクセルを踏みこむが、たいした効果はない。

「夫とそっくりの反応ね。確かにうまい選択ではなかったわ。すごくキュートだと思って買ったんだけど。これでエアコンをつけたらとんでもないことになるの。さっぱり前に進まないのよ」カプシーヌがけらけらと笑う。

ダヴィッドとイザベルが声を出さずに「キュート」といってあきれた表情を浮かべるのを

カプシーヌは視界の隅にとらえた。

モモは加速して車のあいだを縫ってすいすい走りたいのに思いどおりにいかず、あっという間に磁石つきのライトをルーフに叩きつけるようにのせた。青く点滅するドーム型のライトだ。

「さすがにこれくらいの準備はあるんですね」嫌味をいいながら彼が横目でカプシーヌを見る。

「ええ、もちろん。サイレンだってあるわよ。一度も鳴らしたことはないけれど」

「いまはやめておきましょう。鳴らしたら車が走らなくなる」ダヴィッドだ。イザベルがふざけて彼のあばら骨を肘でぐいと押す。

青いライトの威力で前方の道があいたので、あっという間に七区に到着した。細い通りが多く、官公庁や大使館の威厳のある建物が目につく。建物の入り口をマシンガンを携帯した警察官が軒並み警備しているような地域だ。〈ディアパソン〉は、通りが鋭角的に交わる区画のちょうど頂点に位置している。巨大なヨットにたとえると、ちょうど船首にあたる部分だ。そこにパトカー二台、ヴァン一台、覆面パトカーのセダンが一台、二重駐車している。やたらに大きなアンテナがそれぞれの車体から突き出ているのが異様だ。

建物内では所轄の警察署から駆けつけた制服警官が手持ち無沙汰な様子で大勢うろうろしている。カプシーヌは毅然とした態度でつかつかと中に入り、その後から三人の巡査部長が覇気のない足取りでついていった。制服警官のほとんどは彼らに目もくれない。あまりの反応のなさにカプシーヌは調子が狂い、一瞬、頭のなかが真っ白になった。とまどっているカプシーヌに業を煮やしたイザベルが鼻を鳴らし、さっさと制服警官にちかづいて話しかけた。

「お疲れさま。なにか展開はあったのかしら？」

「見てのとおり。われわれの務めは、司法警察が到着するまで何時間でもここの番をすることだ。連中がやってきたら署にひきあげる。やり甲斐満点だね。われわれを解放しにきてくれたのかい？」

「そうよ。あなたの上司はどちら？」

制服警官は横柄な態度のまま、奥の片隅にある八人用のテーブルを顎で示す。五人の男性がテーブルを囲んで座っている。

「あの太った男だ。ランチが運ばれてくるのを待っているんだろうよ」

その人物はすでにこちらに向かって歩き始めていた。血色がよく太鼓腹を突き出し、着ているスーツは安物だ。彼はイザベルに歩み寄り、片手を差し出した。

「ドュシャン警部です。あなたが責任者ですか？」

「まさか。あちらへどうぞ」イザベルが親指でカプシーヌをぐいと指し示す。ドュシャンは半信半疑の表情でカプシーヌにちかづき、またもや右手を差し出す。「七区西警察署のドュシャン警部です」

「司法警察のル・テリエ警部です」

「お待ちしていましたよ。朝からずっと。ざっと案内したら、あとはおまかせします。司法警察が駆けつけるような事件ではないはずですがね。これはどう見たって食中毒によるものですよ。レストランの従業員がパニックになって死体を冷蔵室に押しこんだ。おおかたそんなところでしょう」ドュシャン警部は憮然とした表情だ。「わたしならあそこの連中を署に連行して」さきほどまでいた大きな丸テーブルのほうを彼は顎で示す。「たちまち自白を引き出せるんですがね。おっと、司法警察の方によけいなことをいってしまったな」

彼はことさら大きな笑い声をたてるが、ちっとも面白そうではない。そして自分の冗談にカプシーヌがどう反応するか確かめるように、尊大な目つきでちらりと見る。カプシーヌは感情を表に出さず、彼をまっすぐ見返した。

「それで、あそこにいるのはヘッドシェフ——どうやら経営者でもあるようです——とナンバー2のシェフ、ソムリエ、給仕長です」

四人ともカプシーヌの知り合いだ。四人のうちラブルース以外の三人はお通夜に列席しているような沈痛な面持ちだった。ラブルースは心ここにあらずといった表情で口を半開きにしてテーブルの一点をみつめている。酔っぱらいがパーティーの後で家に連れて帰ってもらうのを待っているような姿だ。カプシーヌはいてもたってもいられない気持ちになる。

「ヘッドシェフによれば今朝出勤して遺体を発見したそうです。あとの三人はわれわれよりも後に到着しています。従業員は彼らのほかに三十二名いますが、みな後から出勤してきました。彼らから手短に話をきき、指紋を採ったうえで帰宅させました。名前と今日連絡のつく電話番号を一覧表にまとめたものがこれです」彼が一枚の紙をカプシーヌにわたす。

「彼らの話をざっとまとめると、ドゥラージュという著名な人物が金曜日の晩に友人とこの店で会食し、店を出てからの彼の足取りを知る者は誰もいない、そういうことです」

　カプシーヌがうなずく。

「それでも、あの四人からはまだなにか聞き出せる可能性があると考え、こうして足止めしてあります」ドュシャンが親指で背後を指さし、その指で空気をかき混ぜるようなしぐさをする。

「ご苦労さま」カプシーヌがいう。

「遺体は奥の厨房です」ドュシャンが先に立って奥に向かう。そのまま観音開きのスイングドアを——ウェイター同士の鉢合わせを防ぐために小さなのぞき窓がついている——押しあけて厨房に入った。内装は白いタイルとつや消しのステンレスで統一され、手術室を連想させる清潔な空間だ。

「あそこです」ドュシャンが奥の壁のほうを指さす。金属製の冷蔵室のドアが開けっ放しだ。

「シェフの話では、出勤した時にはドアはぴったり閉まっていたそうです」

　死体はまだ横たわったままの状態だ。激しく身をよじらせて苦しみながら息絶えたことがありありとわかる。被害者の高価なフランネルのスーツのズボンは両脚にまきつくようによじれ、両方の靴の爪先部分は強くこすれた跡がある。室内にすさまじい臭気がこもっている。死体の向こう側の冷蔵室の内部にはスチール製の棚があり、プラスチック製の容器や果実、卵、野菜を積んだ木製のパレットが置かれている。空いているスペースには月曜日の朝の配達分が置かれるはずだったのだろう。警察の指示でそれが止められているにちがいない。

カプシーヌは生まれて初めて死体を目にした。部屋がグルグルまわり出し、今朝食べたものが逆流してきそうだ。

「トレ・ビアン。後はわたしたちが引き継ぎます。どうぞ皆さんはお引き取りください」カプシーヌは返事を待たずにくるりと向きを変え、イザベルを手招きした。「わたしは向こうでレストランのスタッフの話を少しきいておきたいので、鑑識が到着するまで誰も遺体を動かさないように注意していて。わたしがいないあいだ、いっさい誰にも触らせたり動かしたりさせないようにお願いね」

吐かずに厨房を出るには、これ以外の手を思いつかなかった。

ダイニングルームではラブルースが落ち着かない様子でうろうろ歩きまわり、椅子の位置を直したりテーブルクロスのしわを伸ばしたりしている。さきほどよりさらに気持ちが乱れているようだ。カプシーヌはラブルースにちかづいて彼の腕にふれた。ラブルースがはっとして動きを止めた。

「カ……カプシーヌ。ここでいったいなにを?」彼は口を少しひらいたまま少し間を置き、言葉を続けた。「ああそうだった。きみは司法警察に勤務しているんだった。すっかり忘れていたよ。ふだんはアレクサンドルのかわいい奥さんという認識だったからな」

ろれつがまわっていない。けだるそうな話し方は薬物依存症者のようだ。カプシーヌは彼の二の腕にそっと手を添えて、離れた隅のテーブルまで連れていった。

ラブルースはひとりごとをつぶやくような弱々しい口調で事情を説明した。その日はいつもどおり朝八時にレストランに着いた。いつも月曜日はほかの日よりも早く出勤することにしている。問題がないかどうかチェックしたり、一週間の計画を立てたりするためだ。出勤してすぐに野菜や果実の鮮度を確かめるために冷蔵室に向かった。そこで死体を発見した。それがドゥラージュであることはすぐにわかった。警察には自分で通報した。以上がラブルースの説明だった。

「ムッシュ・ドゥラージュは金曜日の晩にここでディナーをとったのですね。その時に彼とは話を？」カプシーヌがたずねた。

「ああ。サービスのとちゅうでちょっとだけ厨房を抜けて挨拶しにいった。そういうことはあまりしないんだが、ドゥラージュは特別だ。話したといっても、ほんの少しだが。時間に追われてそれが精一杯だった」ラブルースの言葉がそこでいったん途切れた。「ほんとうにショックだ。ドゥラージュとは三十年来のつきあいだった。気の毒なことにな。学生時代からの友人だった」彼が遠い目をして昔を思い出している。

「彼がなにを食べたか、憶えていますか？」

「いや。だが注文の写しがわたしのオフィスにあるはずだ。毎週水曜日に会計士が来るから、それまではなにもかもとってある。バインダーに挟んでデスクに置いてあるよ」

カプシーヌはダヴィッドを手招きし、ラブルースのオフィスから写しを持ってくるように指示した。

数分後、彼はアルミ製のバインダーを手にしてもどってきた。殴り書きされ、油のシミのついた伝票の束が挟んである。ダヴィッドはバインダーとともに、三つに折り畳んだクリーム色の厚手の紙を持ってきた。

「これですね。メニューも見つけました。写しに書かれている番号はこれと一致すると思ったので」ダヴィッドの捜査のセンスのよさにカプシーヌは感心した。

ラブルースは伝票の束をめくっていき、一枚をカプシーヌに差し出した。

「これだ《ヴォワラ》。八番テーブル」

伝票を見つけるのに全精力を使い果たしたかのようにラブルースはふたたび押し黙り、悲しげなまなざしでカプシーヌを見つめる。

「なにも手につかないんだ。ディナーの準備に取りかからなければと思うんだが。その力が湧いてくるのを祈るばかりだ」

その時、鑑識班の五人が到着し、騒々しい音を立てて車輪つきのストレッチャーを押しながらまっすぐ厨房に向かってきた。ストレッチャーには彼らの道具を詰めこんだ黒いかばんや光沢のあるアルミ製のケースがたくさんのっており、それがぶつかりあって音を立てた。

「ジャン＝バジル」騒々しさが止んだところでカプシーヌはそっと呼びかけた。ラブルースをファーストネームで呼ぶのはこれが初めてだ。「事情が事情だから、数日間の営業停止を警察が命じる可能性も頭に入れておいてください。あなたはまっすぐ帰宅して、すこし休んだほうがいいわ。巡査部長に送らせましょう。そのまま付き添うように指示します。具合が回復したら出頭してもらいますね。わたしが担当して調書を作成します。でも、あわてる必要はないわ」

彼の動揺ぶりを痛々しく感じたカプシーヌは、そのまましばらくおだやかに言葉をかけ続けた。彼が少し落ち着きを取りもどしたところでダヴィッドを呼び、タクシーで自宅アパートまで送って警視庁への出頭要請があるまで付き添うように指示した。

ラブルースが行ってしまうと、カプシーヌは八人用テーブルのところにやってきた。レストランのスタッフ三人が無言でテーブルを囲んでいる。座らせたまま、彼女はナンバー2のシェフのソーシエ（ソース作りを担当するシェフ）から順に話をきいた。彼は交通事故の現場で状況を説明するように声を張り上げ、一本調子でしゃべった。九時半に出勤してきたところ、所轄の警察署の警察官たちがすでにきていて厨房への立ち入りを禁じられた。金曜日の晩、彼はディナータイムの時間内には厨房から一歩も出なかった。ドアののぞき窓からなかを見たりもしなかったというので、彼の口から参考になりそうな情報はきけなかった。カプシーヌは彼の帰宅を許可した。

給仕長はソーシエの数分後に出勤した。金曜日にドゥラージュがディナーをとっていたことはよく憶えている。同席していたのはマルタン・フルールという弁護士だった。この人物もこのレストランではよく知られている。彼はＶＩＳＡデビットカードで支払いをした。ふたりが店を出たのは午後十時半を少しまわった頃だった。

「いや、ちがうな。ええと」彼がつけ加えた。「店を出た直後、ドゥラージュ社長だけが手を洗いにもどってきました」トイレに行ったことを婉曲的に表現しているのだ。

「具合が悪そうでしたか？」カプシーヌが確認する。

「いいえ、まったく。むしろ上機嫌でした。鼻高々という感じで。レストランの入り口にちかいトイレに入って、ほんの数分で出ていった。まちがいない。彼がドアから外に出ていく時におやすみなさいと挨拶しましたから」

「運転手つきの車で帰宅したのかしら？」

「ちがうでしょうね」給仕長がこたえる。「あの方は食事しているあいだ運転手を表で待たせておくのを嫌っていたし、天気がよければ食後は歩くのが好きだった。そのことは何度も本人からきいています」

「その後で彼はもう一度店に来ましたか？　たとえば忘れ物とか、気分が悪くなったとか」

「いや。そういうことはなかったはずです。もしいらしていたら、クロークの女性か接客係の女性から報告があるでしょう」

カプシーヌは彼に、数日以内にパリ警視庁に出頭し調書に署名してもらうことになると告げ、帰宅を許可した。

唯一ソムリエだけは、死体が発見されたという事実に動じていないように見える。ジーンズにレザーのジャケットという出で立ちだが、むっつりとした表情はいかにも博識のプロといった雰囲気をかもし出している。ポマードで固め、ぴったりと撫でつけた髪型のせいでことさらそう感じられるのかもしれない。彼は口をとがらせていらだちをぶつける。

「警部、わたしは自分のワインカーヴの様子を調べたいのに入ることを阻まれています。被害があったかどうかをこの目で判断できなければ死活問題です。だいいち、わたしが見張っていない状態で地下のワインカーヴを警察官がうろうろするなんてとんでもない。あそこにはかけがえのないワインや決して手荒に扱ってはならないワインがあるんです。触れてはならないものも。誰であろうと、わたしの立ち会いなしにあのワインカーヴに足を踏み入れることは許されない。その点は守ってもらえますね？」

「ムッシュ・ローラン、わたしのことがわかりますか？」

「まいったな《オーララ》。マダム・ドゥ・ユゲールじゃないですか。失礼しました。いつもご夫妻そろっていらっしゃるのでわかりませんでした。どうかお許しを。なにもかも腹立たしいことばかりで、まいっていますよ。とにかく、無知な警官どもがわたしのワインをすべて棚から引き出して振りまわし、指紋採取のためだかなんだかのために粉をふりかけているのではないかと気が気じゃないんです。そうなったら取り返しのつかない大惨事だ」

「心配しないで。ワインカーヴを調べる時にはわたしが立ち会いますから。ドゥラージュ社長についてきかせてもらいたいの。ディナーの時のことを話してくれるかしら？」

「いつもとまったく同じでしたよ。注文したワインは一種類のみ。レ・フォール・ド・ラトゥールの二〇〇〇年もので、いかにも彼が頼みそうなものです。無難で値が張るワイン。かといって目の玉が飛び出すほどの価格ではなく、退屈なワインです。彼はワインに関して決して冒険しようとはしないんですよ。彼の連れもたいして飲んでいませんね。食事が終わってもまだボトルの四分の一以上残っていた。グラスにはわたしが注ぎましたが、テーブルにちかづくたびにふたりの会話は中断した。まあ、たいていのお客さまはそうですけれど。彼は食後酒を断わり、その後は、こんなことになったわけです。わたしはいますぐにでも下に降りて、すべて無事かどうか確かめたいんですがね、かまいませんか？」

カプシーヌがそれを却下すると彼の目は怒りで暗い色を帯びた。カプシーヌに帰宅を命じられると、さらに暗さを増した。

とつぜんストレッチャーが厨房から出てきた。ふたりの男性が猛スピードで押しているのだ。さきほどとは比べものにならないほど運ぶ音が静かなのは、かばんやケースではなくビニール製の真っ黒な遺体袋に入った死体を積んでいるからだった。

カプシーヌがすっと立ちあがった。

「どういうこと？　わたしが許可しなければなにひとつ触れてはならないと指示したはずよ」

「いいんだ」鑑識班のひとりが声をあげる。「必要な写真はすべて撮ったし、袋に入れてしっかりファスナーを閉めた上で移動している。あそこにいるおたくの部下の巡査部長たちはみごとな手際だと感心していた。だいじな死体を素人がさんざんつつきまわすのにつきあっていられるほどこっちも暇じゃないんでね。においがひどくなるばかりだから一刻も早く冷蔵庫に入れる必要がある。頬ずりしたいなら、われわれが検視をする時に来ればいい」ふたりの専門家はストレッチャーを押して出ていった。

カプシーヌは厨房に駆けこんだ。

「イザベル、これはいったいどういうこと？　遺体にはだれにも指一本触れさせるなとあなたに指示したでしょう」

その時、異様に低くて陰気な声が妙な節回しで背後からきこえた。

「まあまあ、そう叱らないで」

これはひょっとして良心のささやきか。振り向くと、血の気がなくひからびた顔の男性が目の前にいたのでぎょっとした。いまさっき運び出された被害者が事情を説明するためにもどってきたのか。一瞬そう錯覚したが、おそらく鑑識担当者にちがいない。長年こういう仕事をしていると、だんだん顔つきもこんなふうになってしまうのだろう。そう考えてカプシーヌは納得した。

「おたくらにはおたくらの仕事があり、われわれにはわれわれの仕事がある。いまの段階では遺体に関して特筆すべきものはない」ぎょっとするような陰気な声で彼がいいきった。

「それに」イザベルが口をひらいた。「気味が悪かったわ」舞台上でパントマイムを演じるようにイザベルが鼻をつまんで不快感を表現した。

「そりゃ、誰だってあんなものは苦手だからね。おっと、鑑識班のドシュリ主任です」いっそ拳銃に手を伸ばそうか、それともわっと泣き出してやろうか。カプシーヌは葛藤した。

ドシュリはドアに背を向けて立っているので、背後の冷蔵室のなかが見えた。指紋採取用のアルミニウムの粉末であちこちに灰色の汚れがついていた。鑑識班の職員がひとり、フラッシュをたきながら黙々と写真を撮っている。もうひとりが冷蔵室の食材のサンプルを採取してプラスチック製の小さな容器におさめている。

「それに」ドシュリが続ける。「所轄のアホどもが午前中ずっと冷蔵室のドアをあけっぱなしにしていたから死体がすっかりカチカチになっていた。それをわたしのために温め直した。それでこの悪臭が発生したというわけだ」

カプシーヌは猛烈な怒りをこらえようと歯を食いしばり、やっとのことで言葉を押し出した。「死亡推定時刻は？」

「あくまで推測だが、少なくとも死亡してから二日が経過していると考えられるだろう。検視をすれば、もちろんもっとはっきりしたことがわかる」

「死因について、なにか見当は？」

「そうだな。わたしの財力ではとうていこんなところに食事には来られないが、かえってほっとするね。なんらかの食中毒である可能性が高い。食材が傷んでいたんだろう。ボツリヌス菌はわれわれの命を奪うが、だからといって責めるわけにもいかんわな。被害者の食事内容はわかっているのかな？」

「いまちょうど、それを確認していたところ」カプシーヌは伝票の写しとメニューの番号を照合する。

「これね。一皿目にキジのラビオリ、キジのコンソメ添え。二皿目がシビレをリコリスの根といっしょにグリルしたもの、最後にアボカドのスフレ。特に問題なさそうね」

「食材に缶詰が使われていたとしたら、ボツリヌス中毒の可能性もあるだろうが。とにかく、あれこれ考えても時間の無駄だ。およそ一週間以内には死因が判明する。胃から採取したサンプルの細菌培養をして解析するにはそれくらいかかる。被害者が食べたもののなかに非細菌性食中毒を引き起こす食材が含まれていないので、若干手間は省けるが。つまり、キノコやカキといったものがない。ともかく、培養が済んだらそちらに報告がいく」

ドシュリは陰鬱そうな低い笑い声とともに冷蔵室にもどっていく。床には白い線で輪郭が描かれ、壁にはほぼ全面に指紋採取用の粉がついている。鑑識班が厨房で作業するために移動すると、ドュシャン警部はガチャンと音を立てて冷蔵室のドアを閉め、戸口にオレンジ色の大きな八角形のシールを貼った。それは〈ディアパソン〉に対しなにか賞を与えたかのような派手なシールだった。

05

その夜、カプシーヌは寝つけなかった。何度も寝返りを打ち、枕の上で頭の位置を変えては音を立てるのでアレクサンドルはそのたびに起こされ、ついにたまりかねたのか、うなるように古いフランスのことわざをつぶやいた。

「愛する者が隣で眠る時、より深い眠りが訪れる」

カプシーヌはがばっと起き上がり、ニードルポイント刺繍のベッドカバーをひきずり、枕を抱えて居間のソファまですたすたと歩いて移動した。

翌朝、カプシーヌは呆然とした心地のまま経済犯罪の捜査本部が入る建物に出勤した。つぎになにをしたらいいのかまったく思いつかない。ホワイトカラー犯罪に対するアプローチに迷ったことなど一度もなかった。泉の水がこんこんと湧き出るようにスムーズだった。しかしいまのカプシーヌは完全に立ち往生している。

経済犯罪捜査本部の住所——シャトー・ド・ランティエ通り一二二番地——は皮肉なことに利子生活者《ランティエ》の城ともとれる。今朝はそんな語呂合わせを面白がる気にもなれない。

これといった案を思いつかないので、とにかく今日一日は地道な業務に徹することにした。

とりあえずランティエの自分の執務室に行っていろいろ片付け、昨夜から今朝にかけて厄介なことが起きていたらそれに対処し、その後オルフェーヴル河岸の警視庁に向かう。三人の巡査部長にはレストランのスタッフの事情聴取をさせる。これで一応なんとか格好はつくだろう。

自分のデスクを何者かが占領しているのに気づいてカプシーヌはがくぜんとした。かなり魅力的な男性である――正確にいうと、ひじょうに魅力的だ。両脚をデスクにのせているので、きちんと整理して積んであったファイルがめちゃくちゃだ。膝にはパソコンのキーボードを置き、たどたどしい手つきで叩いている――しかも、カプシーヌのキーボードを。子どものように無心にキーを打つその姿を見て、ほんの一瞬、配置転換がおこなわれてこの部屋のあたらしい使用者が決まったのかと思った。そして彼女が荷物を片付けるのをじりじりして待っているのではないかと。

しかし、それはあり得ない。この男性が経済犯罪の捜査官であるはずがない。どこから見ても彼は会計士には見えない。どちらかというとロックスター、もしくはロックスター気取り。デザイナーズ・ジーンズに大きな銀のバックルがついたウエスタン調のベルトを締め、ピストルはいかにもアメリカ人好みのバスケットウィーブの早撃ち用のホルスターに入れている。おしゃれな無精髭《ぶしょうひげ》、そして茶色の目はなかなかセクシーだ。

カプシーヌがデスクにちかづいていくと、マホガニーにちかい赤褐色のうるんだ瞳がパソコンの画面からゆっくりと離れ、彼女の身体をみつめた。服を着ているというのに、身体の奥の奥まで彼の色っぽい視線で見すかされているような気がする。

「なるほど、タロン警視正がわたしの代理としてきみを抜擢した謎が解けた」彼が流し目を送る。「どうにも合点がいかなかったが、納得した」腹立たしさと面映さでカプシーヌの顔は真っ赤になった。

彼が無造作にキーボードを放り、キーボードは裏返しでデスクに着地した。そして彼は優雅な物腰で立ち上がり、右手を差し出した。

「ジャンループ・リヴィエールです、よろしく。なんなりとお役に立ちましょう」そういいながら流し目を送ってよこす態度は、いかにも下心がありそうだ。

「で……でも、来週の月曜日までは戻らない予定だとばかり思っていたわ」

「じつはね、行ってみたらコンピューターの研修だった。まいったね。一日の大半をビーチで過ごしたが、じきに飽きた。だから重大な事態が発生して呼び戻されたといって、まんまと帰ってきたんだ。留守のあいだ寂しい思いをさせてしまったかな？」

「あなたとは初対面よ」

「それがいけなかったんだな。最初からわたしがついていたら、きみは無駄なことに時間を使うこともなかった」

「なぜ無駄なことだと？」

「まあそう興奮しないで。今日は夜明け前からタロン警視正といっしょだったものでね。きみに最新ニュースを教えてあげよう。彼は引き続き、きみをこの事件の担当にすると決めた。

わたしは別の事件をあてがわれた。すばらしく甘美な事件だ。どこかの誰かが女性を殺害してその遺体の一部を二十もの地下鉄の駅に置いた。こちらの事件のほうがぴったりだとタロン警視正は考えたらしい。さらにさらに、きみの守護天使になれと命じた。いろいろとコツを伝授したり、きみのことやなにやらあらゆることに目配りをする役目だ」ふたたびオーバーな流し目を送る。まるでコントのようだ。

カプシーヌは不覚にも笑ってしまった。

「いい知らせはまだまだある。彼はわたしの三銃士を当分のあいだきみに預けると決めた。彼らはどうやらご機嫌らしい。きみのほうが観賞に堪えるとモモはいっていた。ということで、われわれのステキなお尻をいつまでもここに据えていないで、さっさと仕事を片付けよう。手強い事件じゃないからな、ぱっとやってしまおう」

カプシーヌとともにオルフェーヴル河岸の警視庁に到着したとたん、リヴィエールはマンガみたいな女たらしを演じるのをぴたりとやめた。超然としたエリート捜査官の顔に切り替え、それらしくふるまった。

そして有無をいわせぬ口調でカプシーヌに、事件が起きた晩に〈ディアパソン〉の近辺の官公庁の建物や大使館の警備にあたっていた警察署と警察官の名前をすべて洗い出せと命じた。

「いいか、見張り番をしているあの連中は頭が悪過ぎて憲兵隊にも入れず、日がな一日ぼんやり官公庁の建物の前に陣取っている。なぜ彼らが自動小銃を携帯しているのかは謎だな。

連中はまともに構えることもできないだろうし、まして撃ったりできやしないはずだ。どうせ弾なんか一発も入ってはいないんだろうが」

警官の名前をリストアップしろという彼の意図がカプシーヌにはわからない。しかし期限は一時間以内と設定された。

五十分後、カプシーヌはリヴィエールの執務室にいた。またもや彼の視線で裸にされているような気分だ。今回はさらに念入りに。彼女の服のどこにホックがあり、どこにスナップがあるのか、すべてチェックされたのではないか。彼は観察を終えるとリストに視線を落とし、太いマーカーでふたつの名前を囲んだ。それをカプシーヌにぐっと突き出す。

「このふたりの居場所をただちに突き止めるんだ。話を聴かなくてはならない。十五分以内に調べてくれ」

大急ぎで部屋を出ていきながら、カプシーヌは激しく自己批判していた。こういうタイプの男性を自分はこの世でもっとも嫌悪していたはずではないか。下品なまでにマッチョで格好ばかりつけている鼻持ちならない男なんて。それなのに、いともかんたんに彼に乗せられて、よろこばそうと走りまわっている。確かに彼は魅力的だ。でも素直に反応してしまう自分が、あまりにも情けない。

指定された時間内にカプシーヌはふたりの警察官が現在警備に当たっている場所を突き止めて報告した。リヴィエールは今度は彼女の脚に全神経を集中している。じつに関心の幅が広いと見える。

「ずいぶん時間がかかったな。さあ行くぞ」

最初に向かったのは〈ディアパソン〉からヴァレンヌ通りを六百ヤード行ったところにあるオテル・パルティキュリエ。十八世紀に建てられた巨大な建物のエントランスをめざす。愛車のルーフにドーム型の青いライトを叩きつけるようにのせたリヴィエールは、猛スピードのまま弾むように歩道に乗り上げ、急ブレーキを踏んだ。車は甲高い音を立てて、サイズの合わない制服を着てぼうっと立っている警察官の前で停止した。リヴィエールは大変な剣幕で車から飛び降りると、警官の防弾チョッキを荒々しくつかんだ。

「おまえがデュランか？」嘲るような口調でリヴィエールがいう。

「は……は……はい！」

「金曜の夜におまえは持ち場を離れたな。これから警視庁に連れていって報告書を作成する。注意されて終わるような手ぬるい処分ではすまない。おれが徹底的に調べる。そうしたらおまえはクビだな。年金など一サンチームももらえなくなる。覚悟しろよ！」リヴィエールが警察官をガクガクと激しく揺らしたので、彼の歯はカタカタと音を立てた。

「どうか、どうか、勘弁してください。タバコを一本吸うためにほんのちょっと持ち場を離れただけです」

「一本だと！　おまえたちは喫煙同好会か。いったいなんのために給料をもらって街角に立っていると思っているんだ。警備を任された建物を放り出して仲間としゃべるためか？　そうなのか？」

「どうか、お願いします。あの晩は二、三本吸っただけです」

「デュラン、おまえはほんとうにしょうもないやつだ。二、三本か。なにか変わったことがあったか？　おれのアンテナにひっかかりそうなことを話せば、大目に見てやってもいい。そうでなければ、ただちにここの任務を解いて報告書をつくるために出発する。どうだ、どっちを選ぶ？」

「勘弁してください。なにも見てはいません。なんにも。ただ、配送が一件あっただけです」

「なんだそれは、くわしくいってみろ」

「はす向かいのオーストリア大使館の警備をしているクレマンといっしょに、通りの角でタバコを吸って雑談しました」

「二百ヤード先にあるオーストリア大使館のことだな」

「そうです。そうしたらクレマンがいったんです。『あきれたね。午前二時半にあの一流レストランに男がふたり、荷物の配達にきた。金持ち連中は夜と昼の区別がつかないんだな』って。彼によれば、男がふたりがかりで大きな袋をレストランに運びこんだそうです。きいたのはそれだけです。わたしは自分の持ち場にもどりました。わたしが直接見たわけではありません。見たのはクレマンです」

「通知が出た時になぜ報告しなかった？」

「たいして重要ではないと思ったもので。配達はいつものことですから。それに持ち場を離れていたので、いいにくくて。もういいですか？」

　車に戻ったリヴィエールはエンドルフィンが大量に出ているのか、闘牛場の牛みたいに鼻息が荒い。とんだ弱いものいじめに加担してしまったカプシーヌは自分を恥じ、あの警察官に深く同情しているはずなのだが、なぜかリヴィエールと同じく高揚感に包まれている。ジェットコースターに乗っているみたいな気分だ。いっそのことバンザイをしてすかっとした気分を味わいたいくらいだ。

　警備担当の警察官クレマンはデュランにくらべるとかなり軽薄でやりやすい相手だった。張り切って話す彼から短い証言を得られた。彼は持ち場を離れてデュランが警備している建物のはす向かいの角まで歩いた。その角からは〈ディアパソン〉の通用口がまるみえだった。午前二時半頃、ふたりの人物が車で乗りつけ——車種は不明で、ナンバープレートももちろん識別できていない——トランクから六フィートほどの長さのズック製の袋をおろした。ふたりはそれぞれ袋の端を抱え、いかにも重そうな足取りでレストランのなかに運びこんだ。いそいで持ち場にもどらなくてはならなかったので、ふたりが出てくるところは見ていない。職務に対して強い責任感がある自分としては、いくら興味をそそられても長時間持ち場を放り出すことは気がとがめてできなかった。クレマンは自分のそのいいぶんが通ると信じて疑っていなかった。

　車に戻ると、リヴィエールはカプシーヌの腿に片手を置いた。

「どうだ。ざっとこんな塩梅だ。これで遺体がどのようにレストランのなかに入ったのかがわかった。肝心な部分が片付いたわけだ。あとはそのふたりの男を突き止めればいい。きみの手に負えるかな？」

06

その日の晩も、やはりカプシーヌは寝つけなかった。それでも断続的にうつらうつらしていると、明け方になってキッチンの騒々しい音で目が覚めた。アレクサンドルが愛用の巨大なコンロで一心不乱にオムレツをつくっている。額にしわを寄せ、真剣そのものだ。ポルチーニの豊かな香りがキッチンに漂っている。こんな早朝からアレクサンドルが真剣な表情をしているなんて、初めてではないだろうか。

「やあ、おはよう」アレクサンドルの目が充血している。「一晩中、寝返りを打っていたね。ようやく眠ったと思ったら、アストロラーベと海図がないだのとぶつぶつ寝言が続いた」

「おぼえているわ。夢のなかでコロンブスの船に乗っていたの。でも海図がなくて同じ場所でぐるぐるまわっていたのよ」

アレクサンドルは舌を鳴らしながら、フライ返しでそっとオムレツを突く。

「このままというわけにはいかないな。きみは疲労困憊してしまう。それに、これ以上寝不足が続けばわたしは自分の名前すら満足に書けなくなる。レストラン評論どころの話ではなくなってしまうよ。だが心配することはない。名案がある！　きみがこの事件を解決できるように適切な助言をするサンチョ・パンサ（『ドン・キホーテ』で主人公に現実的な忠告をしつづける従者）が登場すればいい。酸いも甘いも知り抜いたわたしなら、その役にぴったりだと思うね」

　助言者に名乗りをあげる男性はこれで二人目だ。カプシーヌのなかのフェミニストの部分がとっさに反発した。女にはまったく歯が立たないと男たちは信じこんでいるの？　彼女は無言のまま、コーヒーメーカーのところに行って自分のためにカフェオレをつくった。パスキーニ社のコーヒーメーカーはアレクサンドルへのクリスマス・プレゼントに奮発したものだ。ミルクの湯気が立ちのぼる頃には、憑き物が落ちるようにすっきりとした気持ちになった。アレクサンドルのいうとおり、いまの彼女は風車に突撃しているようなもの。愚かといわれてもしかたない。そんな自分の後ろからアレクサンドルがサンチョ・パンサのごとくラバに乗ってテクテクと小刻みに揺れながらついてくる姿を想像すると、おかしくて笑いそうになった。そのいきおいが止まらなくなり、子どもがやるように水切り用のボウルをつかんで頭にかぶり、「好きにするがいい。では《アロール》、忠実な従者よ、今日のわれわれの計画をきかせておくれ」と叫んだ。

「おお、だいぶ調子を取り戻しているようですな、気高いわがご主人様。ならば騎士にふさわしいことをいたしましょう。〈ディアパソン〉でたっぷり時間をかけて昼食をとりながら、ウサギを狩り出しましょう」

　カプシーヌが腰かけたまま、がばっと身を乗り出した。

「それは無理！　だいいち予約が取れないはず。それに午後の仕事を放棄するなんて、タロン警視正が許可してくれないわ。道義的にもまずいでしょう。わたしは警察官として同席するの？　それとも妻として？　あなたの地位を悪用することになるわ。友人の身辺をかぎまわることになるのよ。わたしが行ったら怪しまれるに決まっている」

アレクサンドルは愉快そうに笑いながらオムレツを皿に移す。

「ジャン＝バジルにはもう話してある。われわれのために席を用意してくれるそうだ。だが頭にかぶっているそれは取ってもらわないとな。そっちのほうがよほど怪しまれる」

カプシーヌがようやく行く気になったのは、タロン警視正に説得されたからだ。

「警部、よい兵士というものはつねに自分の強みをフルに活かす。きみは重要な内部情報を手に入れるチャンスがある。きみは事件を解決するためにここにいるのであって、道義的に許されるかどうかを探るためではない」

いまひとつ煮え切らない気持ちのままクリオをレストランの反対側の角に違法駐車し、またもや十五分遅刻して店に駆けこんだ。アレクサンドルは案内係の女性のデスクの端に腰かけ、若い彼女の胸元をうっとりと眺めている。ブロンドで魅力的な案内係はアレクサンドルになまめかしい表情で微笑みかけている。

あわただしく駆けこんできたカプシーヌを見て、彼がにこにこした。

「ギゼルを紹介しよう。ここで働き始めてやっと二カ月だ。彼女の前任者が辞めた理由というのは、どうやら――」

カプシーヌが奥歯に力をこめた瞬間、給仕長のブテイエが氷の上を滑るような動作でちかづいてきた。「ボンジュール、警部」にこやかに話しかけるが、表情がぎこちない。「お待たせいたしました。お席にご案内いたします」

いつもとはちがう扱いにカプシーヌは気をよくして微笑んだ。日頃からレストランで上客として扱われるのはアレクサンドルと決まっていた。彼女は満足気に夫の前に出ると、ついてきなさいとばかりに指で合図した。

テーブルに着くと、さっそくカプシーヌはアレクサンドルを問いつめた。

「残念ながらあなたは思いちがいをしているようね。女性にでれでれするのがサンチョ・パンサの仕事なの?」

アレクサンドルは反論を控え、料理と飲み物の注文という極めて神聖な儀式に没頭した。アレクサンドルと給仕長とのやりとりが続くあいだ、カプシーヌは室内をぐるりとみわたした。空席はひとつもない。ただ店内のざわめきのなかに、なぜかアメリカ英語が多いように感じる。アメリカ人は公共の場でもおかまいなしに大きな声を出すので、いつも不思議でならない。それから日本人客もふだんよりも多いのではないか。いや、ふだんよりも周囲に注意を払っているからそう感じるだけなのかもしれない。

そうこうしているうちに前菜が運ばれてきた。アレクサンドルはロブスターの殻にハトの胸肉とブルターニュ産オマール海老を詰めたもの。カプシーヌはペリゴール産のフォアグラ。下にはホタテのピューレが敷いてある。アレクサンドルが猟犬のように鼻をひくつかせた。彼にとって至福のひとときだ。

ロブスターを半分食べたところで彼がふうっと息をついた。

「さあ、仕事に取りかかろう。さっそく情報交換だ。まずぼくが報告して、つぎにきみの話をきこう。マスコミにとってこの件はもう過去のできごとだ。ドゥラージュはあんなことになって気の毒だったが、彼自身は面白味に欠けた人物でニュースバリューがない。おまけにルノーの対応も、てんで面白味に欠ける。社長の後釜として一時的に最高財務責任者を据えた。この人物はドゥラージュに輪をかけてニュースバリューがない。取締役会で議論の果てに正式な社長が任命されるまで、おそらく彼は波風ひとつ立てずにしのぐだろう。

いっぽうパリの金持ちのあいだではすさまじい勢いで噂が広まっている。今回の件は絶対に食中毒だと彼らは決めつけているんだ。だから仕事相手をここでもてなそうなどとしたら、『わたしを食中毒にさせるつもりか？　きみにいったいどんな恨みを買ったというんだ？』といって笑い物になる。一夜のうちにジャン＝バジルは嘲笑の的だ。気の毒にな。彼にとってこれ以上の悪夢はないだろう」

「でもレストランはこのとおり満員よ」

「そうだな。しかし一人残らず観光客だ。上流層の姿などどこにもない。この調子なら店頭に土産売り場をつくるのもよさそうだ。温度計つきの小さなエッフェル塔をあの案内係に売らせたら、きっと飛ぶように売れるぞ。むちむちしてかわいかったからな」アレクサンドルがすっかり調子に乗っている。

「皮肉なことね。鑑識は食中毒の線もありうるといっているわ。組織培養には一週間かかるから、それまではなにも断言できないとはいっているけれど。死因は呼吸器不全なので、原因としては化学的な毒物、ボツリヌス中毒症、傷んだカキに絞られるの。メニューにはカキもその加工品もない。となると化学物質による中毒か。検視では一般的な毒物は検出されなかったので、少してこずっているわ。はっきりさせるためにもう一度検査をしているところよ」

アレクサンドルがわざとらしく咳払いした。

「彼らはきっとなにかをひねり出すだろう。なにしろフランスの歴史上、三つ星レストランで食中毒が出たことなど一度もないんだからな」

その時ちょうど給仕長のブティエが助手をふたり引き連れ、透明なクリスタルの皿にのった小さな銀のカップを運んできた。

「失礼いたします。コースの合い間のお口直しに、ささやかなサプライズをお持ちしました。カキのソルベにレモンバームとレモン・ゼラニウムとレモンバーベナのムースを添えたものです」彼が誇らしげに説明する。

「話がややこしくなってきたな」アレクサンドルが顔をしかめた。

「どういうことでしょう？」給仕長が心配そうにたずねた。

ふたりは粛々と食事を続けた。アレクサンドルのメインディッシュは背骨付きラムをほぼ垂直に盛りつけてレモンとコリアンダーを添えたもの。カプシーヌはニンジン、コールラビ

（カブのような形をしたキャベツの一種）、カブ、大根にインドのスパイスを複雑に調合して深い味わいを出した料理を選んだ。そしてよそとは比較にならない絶品のチーズ。これはラブルースが懇意にしているベテランのチーズ熟成士が、十六世紀につくられた地下貯蔵室を最高のコンディションに保っているおかげだ。デザートにカプシーヌはイチゴにハイビスカスの香りのソースを添えたものを選んだ。ソースがなにからつくられているのかは、彼女にはさっぱりわからない。アレクサンドルのデザートはピスタチオのスフレ、プラリーヌ（アーモンドをキャラメリゼした菓子）、ブラックチョコレートだった。最後にコーヒーと甘いマカロンを味わった。ラブルースは田舎で菜園をやっており、そこでは馬だけをつかって耕し、化学肥料をいっさい与えずに野菜を育てている。その野菜でつくったマカロンだった。

　カプシーヌは愛の営みの余韻にひたるような心地だったが、ラブルースがあらわれたとたん、現実に引き戻された。彼はテーブルとテーブルのあいだを重たい足取りで歩いてくる。わずかにいるお得意様に微笑んでみせるが、顔の下半分しか笑っていない。そのままアレクサンドルとカプシーヌの席に向かって懸命に足を運んでいる。厨房では才能を遺憾なく発揮して健在のようだが、見た目はあきらかにげっそりしている。バスボーイがあわてて椅子を運んできた。ラブルースはそれにどさっと腰かけた。

「どう《セテ》？　ご期待に添えたかな？」

　フランスのシェフは料理に関してはひじょうに控えめな表現を使う。

　アレクサンドルが温かい笑顔をラブルースに向ける。

「申し分ない《リアン・ア・ディレ》」誰も彼もが料理評論家を気取り、食事のたびになにかしら批判するという国で、〝申し分ない〟つまり不満はないというコメントは最大級の称賛を意味する。ラブルースの顔がぱっと輝いた。

「ほんとうにおいしかったわ。いつもよりさらに輪をかけて」カプシーヌはひとことつけ加えた。「とくにカキのソルベがとてもおいしかった。殻つきのカキよりずっと濃厚な味で」

「じつはそれが狙いでね。流行の分子ガストロノミーというやつだ。食材のエキスを抽出して物理や化学のテクニックを駆使して再構成する。するとできあがりはまったくべつものだが風味はより濃厚になる」ラブルースが解説する。

「でも月曜日には厨房にカキなどなかったわ」

「さすが警察官だな。きみのいうとおり、なかった。革命の頃からの伝統だ。一流のレストランは月曜日にはいっさい魚介類を出さない。出したとしても、どうせ日曜日に気温の高い厨房に置きっぱなしにしていたのだろうとお客様は思うだろう。それでは意味がない」

ラブルースが少し元気になってきた。

「なにかちょっと飲もうじゃないか」ちょうどテーブルクロスを外しているウェイターがいたので、ラブルースが片方の眉をあげて合図すると、彼が小走りにやってきた。「ミディ・ピレネー地方の友人からもらった年代もののフランボワーズ酒を持ってこさせよう」そしてウェイターになにやらささやいた。

ウェイターがその場を離れると、ラブルースの身体から少し力が抜けた。コンロの前では気を張って昼の料理をつくっていたのだろう。

「ほんとうに水準に達していたかな。この仕事はもう無理なのではないかという思いが頭をかすめたよ。警察の影響ときたら、ひどいものだ」

彼が顔を赤らめてカプシーヌの手をつかんだ。

「ちがうんだ、きみのことじゃない。あの時きみがいてくれなかったら、きっととんでもない行動に出ていただろう！」

フランボワーズ酒が運ばれてきた。銀製の深い容器にクラッシュアイスを敷いた上にクリスタルのデカンタが置かれている。デカンタからチューリップ形のちいさなクリスタルのグラスに注いでいく。キンキンに冷えた純粋なアルコールのピリッとした感覚、そしてラズベリーのほんのかすかな香り。口のなかに残っていたランチの味がいっぺんに消えてすっきりした。

「正直なところ」ラブルースが話を続ける。「ひどい状態だ。厨房の空気ときたらソースが分離してしまいそうなほどピリピリしている。ほんのささいなことで激しい口論になる。だが、それくらいならまだいい。得意客がどんどん離れていく。今日のお客の顔ぶれを見たかい？　キャンセルが相次いだものだから、予約待ちだったアメリカ人と日本人の一部をやむを得ず入れた。これをやり過ぎると、フランス人は誰も寄りつかなくなるだろう」

彼がフランボワーズ酒をさらにひとくち飲む。

「由々しき事態だ」

店を出るとアレクサンドルは通りを渡ったところに停めた車までカプシーヌを送り、ドアをひらいて彼女を乗せた。

「きみのサンチョとして、ルノーについて重点的に調べることを勧めるよ。鑑識の連中はまちがいなく、これは殺人だと結論を出すだろう。そうなれば、答えはルノーにあるはずだ」

カプシーヌは車を発進させ、ゆっくりと走らせた。運転しながらアレクサンドルの発言について考えてみた。彼の提案におかしな点はない。けれどレストランで得た感触とは、どこかちぐはぐな気がする。母ギツネがわが子を守るために猟犬の関心をよそに誘導するように、この食事でなにかをはぐらかされたのだろうか。

07

ルノーの本社ビルは、さすがフランスの大企業の中枢らしく豪奢ではあるが無難な建物だ——ぜいたくだが、決してそれを誇示していない。カプシーヌは〈イネス・ド・ラ・フレサンジュ〉のクリーム色のスーツに身を包み、リヴィエールのあとを早足でおとなしくついていく。レザーのむさくるしいジャケットと履き古したカウボーイブーツという出で立ちのリヴィエールは、見るからにタフな警察官だ。受付のあるロビーは奥行きがあり広々している。そこを横切りながらカプシーヌは自分が慣れ親しんだ環境に戻ってほっとする気持ちと、あれほど逃れたかった世界にふたたび足を踏み入れた嫌悪感を同時に感じていた。

八人の受付嬢はそろってブロンドで、全員がクローンなのかと思えるほどそっくりだ。客室乗務員のような制服に会社のロゴのブローチをつけて、長さ三十フィートはある白い大理石のカウンターに並んでいる。彼女たちの椅子はフロアから一フィート半ほど低い位置にあるので視線の位置がちょうどカウンターの高さとなり、彼女たちが操るコンピューターの画面はこちらからは死角になっている。

リヴィエールはカウンターにだらりともたれて、受付嬢のひとりを不躾に眺める。ナイトクラブでトップレスのバーテンダーにドリンクを注文する遊び人みたいな姿だ。彼女に無表情に見つめ返され、リヴィエールはあきらかに狼狽し、ばつが悪そうな表情を浮かべる。そしてきまり悪そうに、自分たちはムッシュ・ドルボーモンに会う約束があると告げた。受付嬢がキーボードを叩き、髪で隠したヘッドセットについた超小型のマイクに向かってなにかを話す。小さな声なのでなにも聴き取れない。ほぼ一瞬のうちに彼女はカプシーヌににっこりと微笑みかけ、エレベーターで十五階に行くように告げた。無視されたリヴィエールはくやしそうに歯ぎしりしている。

ふたりを出迎えたのは、落ち着いた雰囲気で物腰のやわらかい秘書だった。エレベーターの向かい側の壁の中央には、「財務部」のフロアであることを示すクロムメッキの大きな板が掛かっている。社長代行という役職が暫定的なものであると強調するためか、あるいは亡き上司への敬意のあらわれなのか、ドルボーモンはドゥラージュの執務室には移らず、これまで使っていた部屋に残ることを選択していた。

カプシーヌの予想に違わず、ティエボー・ドルボーモンは典型的な上級幹部タイプの人物だった。メリット勲章のネイビーブルーの小さなロゼットとレジオンドヌール勲章の小さな赤いリボンは並みのエリートではないことを示している。それがわからなくても、完璧な仕立のサヴィルローのスーツからじゅうぶんに推し量れる。彼は愛想よくふたりの捜査官を迎えようとするが、葬儀会場の係員のような堅苦しさを隠せない。それでも、さすがに熟練の上級幹部らしく、洗練された早口のおしゃべりで面談の滑り出しをスムーズにしようとする。

そのいきおいが止まらず、彼がお気に入りの詩を朗々と暗唱し始めるのではというムードになったところでリヴィエールが非情にもばっさり切り捨てた。

「われわれは殺人の可能性のある事件について捜査しています。さっそく本題に入って仕事を片付けたい」

ドルボーモンの愛想のよさは綿菓子のようにあっけなく崩れた。こちらへの侮蔑のあらわれなのか、それとも身近で殺人事件が起きたというショックのあらわれなのか、カプシーヌには判別できない。

「そんなバカな。ドゥラージュ社長を殺したいなどと思う人間がいったいどこにいるというんです？」

「まさにそれをうかがおうとしたところです」カプシーヌが相手をなだめるように微笑みながらいう。

「まったく心当たりはありません。ドゥラージュ社長は人生をまるごと会社に捧げたんです。会社の外の世界にはまるで関心がなかった。社長就任直後に奥様を亡くされました。あれは七年前か八年前でした。それからも社長の職務に全身全霊を注いでいたのです」

「社内でごく親しく交際していた人はいたのでしょうか？」カプシーヌがたずねる。

「どうでしょう。直属の部下五人と過ごす時間が長かったのは確かですが、そのうちの誰かと仕事以外のつきあいがあったとは思えませんね」ドルボーモンがそこで一呼吸置いた。

「いま思い出したのですが、確か先週、研究開発部門の責任者のフロリアン・ギヨムとよく話しこんでいましたよ。いつになくね。というのも――」

業を煮やしたのかリヴィエールがいらいらとした口調で割って入った。

「社内のゴシップはもういい。われわれは一日つきあっていられるほど暇ではない。さっさと本題に入ってまともな情報を提供してもらいたい。彼は金を使いこんだのか？ 愛人の怒りを買ったのか？ 彼の身になにか異変が起きていたのか？ 具体的な話をききたい」

ドルボーモンが口をとがらせる。「これ以上わたしからお話しできることはない」取りつく島もない。「この辺で失礼したい。今朝は予定がかなり立てこんでいるもので」

リヴィエールは回れ右をして大股で戸口に向かう。カプシーヌには彼のうなり声がきこえたような気がした。廊下に出たところでリヴィエールが足を止めた。

「いいか、よくきけ。これはあくまでもきみが担当している事件だということを忘れるな。きみの役に立つことがあればと思ってこうしてついてきた。きみがこれからの一週間、『直属の部下』だの『研究開発部門』だの、金持ちのたわごとにつきあうつもりなら、勝手にすればいい。わたしは警視庁に戻る。ほんものの事件がグラグラ煮立って待っているからな」

カプシーヌはほっとして大きく息を吐いた。そしてドゥラージュの秘書クロティルド・ランクレー・ジャヴァルに会いに行った。彼女は四十代前半、ブルネットの魅力的な女性で、上司の死を悲しんでいた。狭い執務室は社長室に隣接していたが、社長室への扉がぴたりと閉ざされているのがなんとも不気味だ。カプシーヌに協力しようという誠意は伝わってくるが、話をしながらも彼女の視線はコンピューターのスクリーンをひっきりなしにチェックしている。

クロティルドがもうしわけなさそうににっこりする。

「ごめんなさい。社長が亡くなって、ほんとうにもう大変なんです。忙殺されている状態です。ドルボーモン氏があくまでも形だけの代行だと内外に表明されたもので。すべて社長室で直接対応するというのがドルボーモン氏の意向なんです」

「目が回るほどの忙しさでしょうね。長居はしません。約束します。ただ、ドゥラージュ社長についていくつかうかがいたいだけです。社長について、よくご存じですか？」

「じつをいうと、なにも知らないんです。この仕事に就いてまだ半年なので。社長はとても厳しく、おしゃべりなどしない真面目な方でした。もちろんわたしは社長のスケジュールを管理し、社長のために予約をとったり電話をかけたりといったことはすべてしていましたから、社長の行動は把握していましたが、社長がご自身について雑談するようなことは一度もありませんでした」

「〈ディアパソン〉での会食もあなたが予約を？」

「はい。一週間前には予約済みでした。会食の相手は社長の弁護士のフルール先生です。社長の個人的なお友だちでもあります。月に一度くらいの割合でごいっしょに食事をされていました。でも、そんなことはすでにご存じですよね？」

「亡くなる前の数週間、とくに変わったことがありませんでしたか？　なにか気づいたことは？」

「いいえ、とくには。パリ・モーターショーが一カ月後に迫っていますから、社長はスピーチの原稿の準備や、夕食会や会議のセッティングに力を入れていました。ああ、そうそう。ひとつ思い当たることがあります。重要かどうかはわかりませんけれど。亡くなった週の水曜日に社長からオリヴィエ・メナード氏に電話するように指示がありました。フランス大統領府、内閣官房主任です」彼女が重々しい口調でいう。

「社長とは大学時代の友人だそうです、ドゥラージュ社長は時折ムッシュ・メナードをディナーに招待していました。でも今回はいつもの会食とはちがう様子でした。なにか事情があって緊急に会う必要ができたような感じで。折り返しの電話が一時間経ってもかかってこなかったので、ドゥラージュ社長は激高した様子でした。その日のうちにもう一度電話をするようにわたしに指示したんです。ふだんとはちがっていました。つまり、そんなふうに強引ではないんです。さいわいムッシュ・メナードの秘書から木曜日の早朝に連絡があったので、その日の午後に電話することでスケジュールを調整しました。ドゥラージュ社長はとてもほっとした様子でした。ムッシュ・メナードとの電話の後でドゥラージュ社長は、土曜日にムッシュ・メナードのご自宅で昼食をとることになったとおっしゃったのです。社長の死とはまったく関係ないとはわかっているんですが、あの時はいつもとちがうという印象が強かったので」

それから数分ほど話が続いたが、クロティルドはコンピューターのスクリーンが気になって仕方ない様子で視線が定まらない。ムッシュ・ギヨムにアポイントを入れてもらえるだろうかとカプシーヌがたずねると、彼女の表情があかるくなった。これで面談を終えることができると安堵したらしい。ただムッシュ・ギヨムはリヨンに出かけており、戻るのは今週末になると申し訳なさそうにこたえた。

警視庁にもどったカプシーヌは省庁間の電話番号簿でエリゼ宮の番号を調べ、無愛想な電話交換手に相手の名前を告げた。

「ムッシュ・メナードをお願いします」

果てしなく長く待たされた後、横柄な男性の声が電話口からきこえ、ムッシュ・メナードにどのような用件かとたずねた。

「こちらは司法警察です。ムッシュ・メナードに正式な事情聴取の依頼です」

「それなら、内務省から直接エリゼ宮にコンタクトをしてもらう必要があります。あなたの役職ではこういう申し込みは無理ですね」

木で鼻をくくったような相手の態度にいちいち怒るのもバカらしくなる。カプシーヌは苦笑をもらしながら礼を述べて電話を切った。アレクサンドルのように名の知れたジャーナリストが同じようにアポイントを申しこめば、まちがいなくメナード自身が電話に飛びついてくるにちがいない。それがわかるから、よけいに滑稽なのだ。

うれしいことに、カプシーヌには頼れるノルベールおじさんがいる、彼女を溺愛し、彼女のためならなんでもやってくれる人物だ。カプシーヌの異動に力添えをしようとして不発に終わった後だけに、頼み甲斐がある。ノルベールおじさんに電話すると、二時間後にエリゼ宮から電話が入った。さきほどとは別の男性である——今回は礼儀正しく歯切れよく、きびきびとした口調の人物だ。「マダム・ドゥ・ユゲールですか？」カプシーヌは警察内では結婚後の苗字を使っていない。ノルベールおじさんがそれに賛成していないことを思い出した。

「官房主任が電話口に出ますので、お待ちください」

メナードはくだけた話や軽妙なしゃれを好む人物だった。けれど高級官僚のタカのような鋭さを完全に覆い隠すことはできない。２ビートの間隔を置きながら慎重に言葉を選んで話すメナードはなかなか手強い。

「ああ、ドゥラージュ社長の件ですね。なんとも気の毒なこと《ケル・トラジェディ》でした。が、聖書にもあるように、わたしたちにはいつ何時このようなことが起きるのかはわからないのです」

「亡くなった週の土曜日の昼食に社長を招待していたというのはほんとうですか？」

「……はい……そうです……そのとおりです」

「それは社交としての招待だったのでしょうか、それともなにか具体的な事情から必要に迫られての招待でしたか？」

「……もちろん、社交です。わたしの自宅で、家族ぐるみで昼食をとることになっていました……ただ、それは彼が……いいだしたことではありますが」

「それはどういう意味でしょうか？」

「その週の平日に彼から電話があり、あることについてわたしのアドバイスをききたいということでした。彼の口調は少し……興奮していました……あきらかに、なにか……緊急の事態だったようです」

「具体的な内容について、お聞きになっていますか？」

「いいえ。ただ、対外治安総局《DGSE》など政府の安全保障機関の介入を求めることになりそうな問題が生じているとだけ。どのように進めていけばいいのか、わたしのアドバイスを求めていると。だが、けっきょく彼が昼食に訪れることはなかったのですから、具体的なことはまったくわかりません。いまとなっては、誰も知りようがないのです」

　相手が相手だけに、常套句にだまされるつもりはなかった。彼はなにかを隠している。カプシーヌは直感的にそれを察した。

08

カプシーヌはためらっていた。「スイミングプール《ピシンヌ》」こと対外治安総局《DGSE》のロビーに立ち、指はエレベーターのボタンを押そうとしてそのまま止まっている。治安総局の殺風景な本部は殺伐とした二十区にある。自分が愚かな行動をとっていることはわかっている。タロン警視正にばれたらきっと事件の担当から外されるだろう。そして彼はカプシーヌのファイルを悪意に満ちた非難の言葉で埋め尽くし、今後警察でキャリアを築く道は閉ざされるだろう。ジャックはカプシーヌにとって兄弟みたいなものだ。ふたりはいっしょに育った。それでもタロンにとっては、警察の秘密事項をよその省庁に明かすなんてとんでもない背信行為だろう。しかしオムレツをつくるには、ともかく卵を割らないことには始まらない。そしてこのオムレツはなんとしてもつくらなければならないのだ。

「いとこのあなたにぜひ協力してもらいたくて来たのよ」カプシーヌが話しかけた相手は、彼女とほぼ同年齢の若い男性だ。勤め人というにはあまりにもおしゃれで、政府機関の職員とは思えない格好をしている。「わたしがいま担当している事件が、ひょっとすると治安総局に関係しているかもしれない。あなたのアドバイスが必要なの」

「ぼくのアドバイス？　これはまたうれしいことをいってくれるね。ずっと弟扱いだったからなあ。胸がいっぱいだよ」ジャックは左右の眉を寄せて、わざとらしく謙遜の表情をつくる。「しかし忘れないでくれよ、いくらぼくが局長の部下だからといって、ただの若手の下っ端だ。制服の袖章もない立場さ。じっさい、制服すらない」

「あら、意外。マキャベリ的でとても邪悪な権力者の看板をあげたのかと思っていた。抜け目なく行政のかけひきを巧みに操作する達人ときいているけど」

ジャックが子どもじみた表情になり、歯を見せてにっこりした。そして胸ポケットのシルクのポケットチーフを丁寧に直す。

「いとこよ、おだてれば猿も木に登るというものだ。それで《アロール》、カトゥッルス（ローマの叙情詩人）は人妻であるクローディアにこういったそうだ。『きみの考えからパンティーを取り去ろう、そして思い切りペンペンしよう』」

カプシーヌが事のあらましを説明し始めた。リヴィエールが警備警察官ふたりを取り調べた部分にさしかかるとジャックがバカ笑いをした。

「ハッハッハ！　目に浮かぶよ。その愉快な捜査官にきみは恋しているにちがいない。だからいったじゃないか、あの老いぼれの美食家は面白みに欠けるから、いっしょになってもじきにきみは飽きるって！」彼がはしゃいで笑い声をあげる。

「ジャック、いいからおとなしくして。この事件はわたしにとってとても重要なの。それからわたしはアレクサンドルのことをいまでも少しも変わらず愛しているわ。だから……飽きるなんてあり得ない。いままでよりずっと好きだと思う」

ジャックがまた歓声をあげて、カプシーヌのあばら骨のあたりを突く。「わかったよ！」

「ジャック、お願いだから！　最後まで話をさせて。ドゥラージュ社長はオリヴィエ・メナードの自宅で昼食をとる約束をしていたの。約束の日は彼が亡くなったつぎの日の土曜日。ノルベールおじさんの脅しが効いて直接メナードから聞き出せたの。ドゥラージュはある秘密の件で治安総局もしくは他の公の情報機関に通報しようかどうしようか彼に相談するつもりだったらしいわ。それ以上はわからないとメナードはいったけれど、まだなにか隠している気配が濃厚なの」

「ちょっと待ってくれ。オリ……ヴィエ……メナー……ド？　彼はいつも、まるで……ええと、正しくはなんていうんだったかな？……ああ、そうだ……なにかを隠匿している、だ。彼ほどの秘密主義者は内閣ではほかにいない。彼はレストランでは食事をしない。自分が食べたいものをウェイターに明かすことができないからだ。彼にすれば、それは……国家機密……なんだろう」ジャックがこらえきれず、甲高い笑い声をあげた。

「でもきみは運がいい。あの愚かなまぬけはぼくの上司である局長に電話してきた。局長はひじょうにイラついていたのでファイルに保管するための記録を口述してぼくに書き取らせた。メナードの話はばくぜんとしていたな。うちの職員を派遣してルノーの研究開発部門で責任者をしているギヨムという男に会ってもらいたいという要請だった。ルノーの開発プロジェクトで情報漏れの事実があるらしい。うちとしては検討の余地もない案件だ。局長は彼を門前払いして、国土監視局《DST》に持ちこむよう勧めた。国内のスパイ事件を扱っているのは国土監視局であり、われわれは国外の諜報活動を専門としているわけだからな。メナードがドゥラージュと会っていたとしたら、そういう話になったのだろう」

「なんだかがっかりしちゃった」カプシーヌがしょんぼりした様子でいう。

「かわいいいとこよ、元気を出せ。そのギヨムという男の親指の爪の内側に針をぐいぐい押しこんでやればいいじゃないか。ひょっとしたらどす黒い陰謀を暴けるかもしれない」彼がまたもや、けたたましい笑い声をあげる。「国土監視局の窓口になる人物に連絡しておくよ。すでに電話がきているかもしれない。ルノーの動きについては引き続きすべてわれわれに報告が入ることになっている。なにか情報をキャッチしたら、ただちにきみに電話しよう」

「絶対に忘れない？」

「大好きないとこを忘れるだと？　とんでもない。きみはぼくにとって……」彼がそこで言葉を止め、人さし指をくちびるに当て、目を大きく見開いて芝居がかった口調になる。「シーッ。ここの執務室はすべて盗聴されている」

「まったく、しかたのない人ね！」

ジャックはカプシーヌを部屋の外に見送るふりをして、彼女のウエスト付近に手を当ててそっと撫でた。

「ぼくの最高にすてきないとこが、よもやあのでかいクマのプーさんみたいな奴の手に落ちて快感の絶頂を味わうことになるとは、予想外もいいとこだ」カプシーヌはジャックの頰を思い切りひっぱたき廊下を歩き出した。エレベーターを待つ彼女に、秘書がふたり訝しげな視線を向けた。

エレベーターのなかでカプシーヌはふたたび落ち着かない心地になった。メナードとの電話の後で味わったのと同じ気分だ、ジャックは事実をあまりにも軽薄な表現で伝えてはいなかっただろうか。それともあれは国際的なスパイ活動に携わる彼の人格の一部なのだろうか?

09

リヨンから急遽《きゅうきょ》戻ったフロリアン・ギヨムに会うためにすでにカプシーヌは四十分も待たされている。しだいにジャックの入れ知恵が現実味を帯びてきた。彼の足の親指の爪の内側に熱い針を差しこんでやりたくなってきたのだ。最初の十五分、ギヨムの秘書はとても気を遣ってくれた。待たせていることを何度も詫び、コーヒーや冷たい飲み物をせっせとカプシーヌに出し、もうすぐですからと何度も繰り返した。が、やがて気詰まりな空気に彼女も感染したのか、目が合うとそらすようになった。これ以上待つのは無駄だ、警視庁に彼を出頭させて事情聴取をしようとカプシーヌが心を決めたその時、秘書のデスクの電話が鳴った。そして彼女が小さなため息とともに告げた。

「いまからお目にかかれるそうです」

ギヨムのデスクの前に置かれた革製の固い椅子にカプシーヌは腰かけた。裕福なフランス人の例に漏れず、どうやら彼も警察の権威など認めたがらない人物のようだ。しかし、意外にも彼はひどく緊張している。

「なにかお役に立てることがありますかな？」言葉だけは慇懃だ。

カプシーヌはしばらく無表情のまま彼を見つめた。「ドゥラージュ社長は亡くなる直前、おたくの部署からの情報漏れについて治安総局への捜査依頼を検討していたそうですね。そのことについて、おきかせ願えますか？」

ギヨムはかすかに青ざめ、少し息が荒くなる。

「誰からきいたのかは知りませんが、甚だしく誇張されているようにきこえます。わたしは数週間前に韓国でおこなわれた研究開発のリーダーの会合に出席して、そこでわが社の開発プロジェクトの一部についてあまりにも多くの人々がくわしく知っているという印象を受けたのです。それだけのことです。ドゥラージュ社長への状況報告の折にそれを話題にし、セキュリティ・システムの強化についての必要性を話し合ったのです」

カプシーヌはじっと彼を見つめた。「それだけですか？」

「ええ。ほんとうにそれだけなんです」

「それでドゥラージュ社長はセキュリティの強化について一般的な相談を治安総局に持ちかけようとしたのだろう、そういうことですか？」

「おそらく」ギヨムは少しリラックスした様子で薄笑いを浮かべる。

「しかし信頼できる筋からの情報では、社長からはひじょうに具体的な要請があったそうです、個別のプロジェクトについて」

ギヨムはさらに青ざめ、いっそう荒い息づかいになった。

「はっきり申し上げておくが、わたしは情報漏れがあったという事実をつかんでいるわけではない。が、ソウルでここでの業務の内容の一部にほぼ重なる情報が広まっていたのはまちがいないのです」

「もっとくわしく話していただけますか?」

「マドモワゼル、お話ししてもあまり意味はないと思いますよ。ソウルの会議ではエンジンの効率を向上させるための改善について話し合われました。現在のガソリン価格高騰の状況下では、あらゆるメーカーにとってそれが最大の関心事であることはご理解いただけるでしょう。現在わが社ではエンジンのプロジェクトが多数進行中です。じつは治安総局はすでにこの件について調べています。ちょうど昨日、治安総局の職員がわが社の実験場を訪れました。データが盗まれる状態にあったのかどうかを調べるために」べらべらとしゃべるうちにギヨムはすっかりリラックスしたらしく、椅子の背にもたれた。

「そうですか」カプシーヌはお行儀のいい女子学生のような笑顔をつくった。「そのプロジェクト、つまり治安総局が調べたプロジェクトについてもう少しだけくわしくお話ししていただけます?」

「マドモワゼル、なにしろひじょうに専門的なことですからね。正直なところ、開発プロジェクトの大部分はマーケティング部門の方向性を定めるために行われています。広告を打ち出す軸にするんです。販売のための仕掛けなんですよ、じっさいは」ギヨムがにっこりしてカプシーヌを見る。いまの説明で彼女が満足したかどうかを確かめようとしているのだ。彼女は表情を変えないまま彼を見つめ返す。

「くわしい内容についての説明をおきかせ願いたいですね」

「いいですか、マドモワゼル」いかにも小馬鹿にしたような口調だ。しかしふと気を取り直し、彼女の左手に目をやり、訂正した。「おお、これは失礼、マダム」今度は皮肉めいたいいまわしだ。「これは警察が関与することではありません。ここでは警察にはなんの権限もないのです。わたしはあなたの質問にこたえました。秘密情報を教えるつもりはいっさいありません。もっとお知りになりたいのであれば、予審判事に任せればいい。果たしてどれだけの情報が得られるのかは知らないが。さあ、もういいでしょう」彼は座ったまま椅子を少しまわしてふうっと息を吐き出し、国家功労勲章シュヴァリエ——支配階級としての彼のプライドを支えるよすが——の青い飾り紐を誇示した。

カプシーヌは弱々しく微笑んで立ち上がった。

「ご協力に感謝します、ムッシュ。ちかいうちにまたお目にかかることと思います」

裏切られた気分だった。

どうしてジャックは治安総局が捜査していると話してくれなかったの?

10

その夜、カプシーヌが疲れた身体をひきずるようにして自宅に辿り着いたのは、午後十時だった。疲れ果てて仏頂面だ。アレクサンドルがキッチンでなにかしている音がしたので、まっすぐそちらに向かった。ふたりが暮らしているのはアレクサンドルが独身時代から暮らしていた共同住宅だ。部屋数が多くやたらに広いこの住居はマレ地区の奥まった場所にある。このところ少しずつおしゃれな人々が増えている地区だ。

カプシーヌは住居の内装に大々的に手を加えたが、キッチンだけはべつだった。アレクサンドルの神聖な場所なので勝手にいじるなと釘を刺されていた。住居のなかでもっとも大きなスペースを占めるキッチンにはアンティークの家具がたくさんある。深い傷があるうえにサイズが大き過ぎるこれらの家具は、アレクサンドルの両親のカントリーハウスから何十年も前に勝手にもらってきたものだ。オーク材の大型の戸棚ふたつには鍋、フライパン、小型の電気器具、料理道具が大量に詰めこまれている。かつては正面にガラスが嵌《は》まりエレガントだったマホガニーの飾り棚にはハーブ、スパイス、ビネガー、オイル、謎の液体や粉が入った各種の瓶がこれまたぎっしりだ。壁にはニンニク、コショウが花束のように飾ってあり、マグネットラックにはナイフ、包丁、正体不明の金属製の器具が並ぶ。南向きの窓辺に並んだイタリア製のテラコッタの鉢——大部分はひびが入ったり欠けたりしている——には各種ハーブが植わっている。戸棚の上にはワインの空き瓶が埃をかぶって並んでいる。アレクサンドルの思い出としてだいじにしているコレクションだ。カプシーヌはなんとかこれを捨ててしまいたいと思っている。

この部屋の主役は、新品のラ・コルニュのオーブンレンジ。アレクサンドルの自慢の品でよろこびの源だ。中央にはクッキングプレートがあり、黒いエナメル加工と輝く真鍮のパイプが印象的なこのレンジはプロの厨房における〝ピアノ〟と同じくクッキングプレートを中心に構成されている。クッキングプレートは直径およそ二フィート半、中心部はおそろしく熱く、周辺に行くにしたがって温度は低くなる。料理をする際にはきめこまやかに火加減を調節するのではなく、鍋をプレートの中心にちかづけたり遠ざけたりして調節する。

カプシーヌが重たい足取りで入っていくと、アレクサンドルがうっとりした表情でストックの味を整えていた。どうやら完成したらしい。そしてべつの作業も同時進行している。テーブルから椅子を二脚引き出して、その背にリボン状のパスタをかけて乾かしている。まさに一大料理ショーたけなわといったところだ。夫が幸せそうに自分だけの世界に浸っているのにひきかえ、自分はすっかり煮詰まっている。そう思ったら、気持ちがささくれ立ってきた。彼はわくわくとした気分で午前二時や三時までなにをしようかと考えているというのに、こっちはただもうひたすら眠りたいだけ。人生とはなんと不公平なのだろう。

カプシーヌはふてくされて蹴飛ばすように靴をぬぎ、ベルトから重いピストルを外し、キッチンのスペースの大部分を占める素朴で巨大なテーブルにガチャッという音を立てて置いた。

アレクサンドルがカプシーヌを持ち上げるようにぎゅっと抱きしめた。

「おお、よしよし。タフな捜査官はべそをかいたりしちゃいかん」

「ええ、泣いたりするものですか」カプシーヌは靴下をはいたままの足で彼の向こうずねを蹴る。半ば本気で。

「かわいい妻よ」アレクサンドルはかまわず甘い声でささやく。「ゲシュタポみたいなあのおそろしい連中にいったいどんな目にあわされたんだ？　そんなおそろしい仕事は即刻辞めてしまえばいい。そして犯罪心理学についてだらだらと研究論文を書き連ねる人生を開始する。そうすれば一日中家で過ごしてわたしと食事をともにできるし、おおいに太っていまよりも二倍も愛らしくなる。そうなったらこの王国のあらゆるものを差し出すよ」

カプシーヌがにっこりして彼を見上げ、ふっくらした彼のおなかをやさしく撫でる。

「あらゆるものを？　ほんとうに、なんでも？　まったく価値のないものなんてどうかしら？　あそこの上で埃をかぶっている瓶がいいといったら、どうする？」

「おお、それはあまりにも過大な要求だ。あれはかけがえのないものじゃないか」彼が棚のほうにちかづいて瓶を二本手に取った。瓶の埃を吹き払い、闘牛士が銛《もり》を掲げるように高く掲げる。「シャトー・ペトリュス一九六一年とシャトー・ディケム一九四五年だ。どちらもこの部屋で飲んだ。いまや幻のようなものだ、仮にみつかったら一万ユーロでも格安といっていい。つまり事実上、金よりも高価ということだね。いいかい、こういうワインは大昔の恐竜みたいなものだ。たとえお金があったとしても、こんなに高価なものを飲むのはまさに背徳的な行為だな。こういう空き瓶は考古学的遺物なのだよ」

「じゃあ、わたしは警察官を続けるしかないわね。がっかりだわ！　せっかく知的な仕事をしてのんびりと人生を送る気になっていたのに」

「そんなにさんざんな一日だったのか？」

「最悪よ。屈辱にまみれ、理解に苦しむことばかり」

「その両方に効く完璧な解毒剤がある」アレクサンドルの手は、座りのいい格好をしたドン・ペリニヨンのボトルのコルクをまわしながら抜いていく。あまりにも巧みだったので、はるか彼方でささやくようなため息ほどの音がしただけだ。彼はふたつのフルートグラスに半分まで注ぎ、ひとつを妻に渡した。「まずは屈辱の部分から始めよう」

「ルノーでとんでもなく尊大な人物に会ったわ。わたしが警察の人間であるという理由だけで、娼婦と同列の扱いをしようと決めてかかっていた。おまけに話をはぐらかしたの。ドゥラージュ社長はこの人物の部署の情報漏れについて治安総局に接触したがっていたらしいわ。それをこの人は、単にルノーのセキュリティ向上のためと懸命に言い張った。情けないことに、もう少しでそれを鵜呑みにするところだった」

ジャックの名前を口にしようとして、彼女はふと止めた。彼女がかわいがっている年下のいとこに対し、なぜかアレクサンドルは嫉妬心を燃やしているらしい。

「理解に苦しむという部分は？」

「鑑識がようやく結果を発表して、毒を使った殺人であると断定したの」

「自信をもって断定できるのはすばらしいことだね」

「でも、それがじつは少々複雑で。当初、研究所ではドゥラージュの死因はソルベに使われたカキだと考えたの。カキが赤潮藻で汚染されていた可能性を考えたのね。症状はぴったり一致する。あなたも知っていると思うけど、大西洋岸ではしばしば赤潮を形成する藻が増えてサキシトキシンというものをつくりだす。カキはそれを食べておいしい毒入りカプセルに成長する」

「もちろん知っている。去年、アルカションではカキが原因で老人がふたり亡くなった。大騒ぎだったよ」とアレクサンドル。

「そうね。研究所が検査したところ、まさにそのサキシトキシンがドゥラージュの血液から検出された。だから、汚染されたカキがレストランで提供されたと解釈するのは自然でしょうね」

「しかし、それならレストランにいた全員が同じように毒にやられていたはずだ。ソルベはすべての客に出されていたからな」アレクサンドルが疑問を投げかける。

「いい質問だけど、じつはまったくの的外れなのよ。カキの毒であるはずがないと判明したから」

話が佳境に入ったところでアレクサンドルがふたたび料理に取りかかる。椅子の背にかけてあった長いパスタを一枚手に取り、テーブルに粉をまくと、そのパスタを叩きつけるように置いた。そして三角形にカットしたフォアグラを点々と置いていく。つぎに冷蔵庫から広口瓶を取り出し、なかから大きな黒いトリュフを出すと、刃渡りが長く柄に彫刻のあるおそろしげなナイフで慎重に削ってのせていく。最後にもう一枚のパスタをかぶせ、フォアグラの周囲をぎゅっと押さえる。そして盗賊が使うようなナイフで切り分け、特大サイズのラビオリのできあがりだ。

「なぜそういうことになるのかな？」アレクサンドルがたずねる。

「ドゥラージュがじっさいに摂取した毒の量を鑑識がつきとめるには時間がかかったの。難しい計算で出すのよ。ともかく計算の結果、カキを食べたとしたら七十八個分に相当するとわかったの」

「カキは媚薬であるといわれているが、それだけ食べて一つ残らず効いていたとしたら、めくるめく一夜を過ごしたことだろう」アレクサンドルがつぶやく。

「よくもまあ想像がふくらむこと。きく気があるのかしら。真面目にきいてくれないのなら、もう寝るわ」

アレクサンドルはカプシーヌに微笑みかけ、すでにできあがっているストックをおたまで銅製のソースパンになみなみと注ぎ、火をつけた。

「もっときかせておくれ。もうきみの気を散らしたりしないから」

「ソルベをつくるためにカキをピューレ状にして煮詰めたとしても、ドゥラージュの血液中の量はあまりに多い。化学実験室で濃縮したレベルなのよ。鑑識はそれに関して疑問の余地はないといっているわ」

「新しい分子ガストロノミーも、そこまでいくとやり過ぎってものだな」

「まともにきいてくれないなら、夕飯をとらずにさっさと寝るわ。それでね、鑑識は遺体を念入りに調べたの。最初の時よりも綿密にね。すると首に極めて小さな穴があるのが見つかった。ちょうど頸動脈のところに。顕微鏡で調べると、皮下注射針によるものとわかった。夕飯はいつになったらできるの？　もうお腹がぺこぺこ」

「辛抱してくれ、わが勇敢なる女性捜査官よ。あとほんの少しだ。それですべてはあきらかになったな。ドゥラージュに注射したのは解剖学と毒物について専門知識を備えたウェイターであり、彼はドゥラージュのチップの額に激高して犯行に及んだ。つまりそういうことかな？」

「そんなわけないでしょう。レストランの外か、あるいはドゥラージュが店を出る直前に入ったトイレでの犯行よ」

レンジでは鍋のスープが沸騰してポコポコと陽気な音を立てている。アレクサンドルが鍋にラビオリを落とし、トリュフのスライスの千切りを少量加え、冷蔵庫から取り出したボトルの中身を景気よくばしゃばしゃと注ぐ。四分も経たないうちにラビオリが完成した。

「興味深いね。つまり食べ物によるものではなく、レストランの外で起きた可能性が極めて高いということか」アレクサンドルは穴のあいたスプーンでラビオリをだいじそうにすくい、大きくて素朴なスープボウルふたつによそっていく。おたまに持ち替えてスープも注ぎ、テーブルに運ぶ。

「どうぞ《ヴォワラ》」スープボウルをテーブルに置きながら料理の説明をする。「ラビオリ・ド・フォアグラ・トリュフをキジとモンバジャック（フランス南西部モンバジャック地区のワイン）のスープで味わう。なんといっても最高なのは、モンバジャックを使い切ったことだ」

ラビオリはすばらしくおいしかった。アレクサンドルの「生きるよろこび《ジョワ・ドゥ・ヴィーヴル》」がカプシーヌの全身に染み入り、元気が湧いてきた。

「さっきカキについてあなたがいったことだけど、つまらない迷信よ。カキには媚薬の効用はありません。そもそも一個でも効果があるなんて発想は――」

「ほんとうにそうかな。サンジェルマンで友だちとランチしながら愚痴をこぼしたかわいこちゃんの話を知らないか？　恋人の情熱が以前ほどではなくなったと涙ながらに訴えたそうだ。『彼にカキを食べさせたらいいってあなたは教えてくれたけど、たいして効き目はなかった。ディナーの時に一ダース食べたのに、彼にはそのうちの五つしか効かなかったんだもの！』」

カプシーヌはにこりともしない。

「じつをいうと、今日のランチで一ダース食べた。そのうち何個が効くのか正確に数えるつもりなら、片足の靴下をぬいでからベッドに入ったほうがいい」

そんな調子でラビオリを食べ終え、ワインのボトルが空になってもカプシーヌの話は翌日の計画のところまで行かなかった。

「もうこの辺にしておくわ」カプシーヌがクスクス笑う。「ベッドに行きましょう。片足だけ裸足ってどんな感じかしら、おもしろそう」

11

翌朝の八時半にカプシーヌは電話をかけ、〈ディアパソン〉のスタッフのうち高いポジションにいる三人を警視庁に呼びつけた。リヴィエール仕込みの強引さを発揮したつもりだが、それなりに手心は加えた。彼らの仕事に穴があかないように慎重に時間を設定したのだ。ジャン＝バジル・ラブルースをこれ以上の苦境に立たせることだけは避けたい。

まずはソーシエのシルベスター・ペロー。彼は午前十時に到着した。頭が禿げあがり、べっ甲縁の分厚いメガネをかけ、ツイードのジャケットにフランネルの灰色のズボン。大学教授のように落ち着き払った彼は一流レストランのナンバー2のシェフにはとうてい見えない。ラブルースは、副司令官役としての機能しか果たさないスーシェフを置かない主義だ。いかにも変わり者の彼らしいとカプシーヌは思っている。ナンバー2のポジションは各々の部門のシェフのうち最年長であるソーシエが任されている。ソーシエとしての複雑な業務をこなしながら、必要に応じて厨房全体のマネジメントも引き受けるのだ。ペローは前回の事情聴取で述べた内容以外にこれといってつけ加えることはなかった。ただ、ディナータイムのとちゅうでラブルースが突然、上着とシェフスカーフをあたらしいものに取り替え、めずらしくダイニングルームを一巡したと述べた。

「最悪のタイミングでしたよ。ちょうどラインコックのひとりが、われわれの表現でいうと〝汁のなか《ダン・ル・ジュ》〟、つまりアップアップしている状態で、周囲に比べてゆうに数分遅れで四人席のための前菜をつくっていたのです。彼を救済して自分の持ち場の作業が遅れてしまった時でしたよ。シェフが厨房全体の監督を丸投げしてきたのは。彼が少々ぼんやりしていることには慣れていますが、いくらなんでもこれはないだろうと思いましたよ」

ペローが笑い声をあげた。カプシーヌは深夜に袋をレストランに運びこむのを目撃されたふたりの人物について話してみた。ペローには大変なショックだったようだ。通用口の合鍵が出まわっているのではないだろうかと不安を口にした。そしてカプシーヌに、自分が鍵を交換しても構わないだろうかとたずねた。到着してから四十五分後、彼は出ていった、おそらくその足で錠屋に立ち寄るのだろう。

つぎにやってきたのは給仕長のジャン＝ジャック・ブテイエだ。ランチタイムの終了間際まで勤めた後、午後四時に到着した。緊張感のない笑みを浮かべている。いつもの地味な青いスーツ姿ではなく、チェックの柄の着古した大きめのセーターを着ている彼と面と向かうのは、妙に落ち着かない。つねにラブルースの目が光っている店とはちがい、すっかりリラックスしている。意外にも彼はゴシップ雑誌の愛読者で、店に通ってくる有名人の熱烈なファンだった。顔には出さず、得意客の様子を秘かに注目していたのだ。ドゥラージュの会食の様子もしっかり観察していた。最初のうちはとげとげしい空気に包まれていたが、しだいになごやかになり、コーヒーを飲む頃にはふたりともすっかり陽気になっていた。食後にドゥラージュが手洗いに行き、出てきた際にブテイエは話しかけたが、にこにこした明るい表情でこたえた。その気になれば食事中のふたりの会話をきくチャンスはあったのだが、ブテイエはそうしなかったことをくやしがった。けっきょく、なにが原因で険悪だったのかはわからずじまいだ。

午前二時半の配送に関してはペローほど驚かない。厨房のなかのことについてブテイエはほとんどノータッチだが、ラブルースが地方の多くの生産者から食材を仕入れているので少量ずつの配達が頻繁にあることは知っていた。これも変わり者のラブルースならではのスタイルだ。とんでもない時刻に配達されることもあるが、さすがに午前二時半というのは考えにくい。誰かが鍵を預けた可能性があると説明すると、やはりブテイエもひどく驚いた。

最後はソムリエのグレゴワール・ローランで、午後五時にやってきた。彼もレストランの外ではがらりと変わるタイプのようだ。ソムリエらしい厳格さが消え、媚びへつらうような態度だ。カプシーヌの機嫌を取り、アレクサンドルに対する見え透いたお世辞の言葉を惜しげもなく口にした。カプシーヌがいらいらして無愛想になると、彼はそれが気に障ったらしく、打って変わって寡黙になった。〈ディアパソン〉で働く者はもれなくこの寡黙さを身につけている。目をキラキラさせて彼の仕事に関心を示しプライドをくすぐってやると、数分後にようやく穏やかな空気がもどった。そしていよいよ肝心のディナーの話題に。いったん水門があくと、ローランの口からは辛辣《しんらつ》な言葉がほとばしるいきおいであふれた。

「ドゥラージュ社長のワインの好みは凡庸《ぼんよう》で、彼の地位とまったく見合っていない。あの夜注文したのはレ・フォール・ド・ラトゥール。ポーイヤックのもっともすばらしいシャトーのセカンドワインでしたが、それでも陳腐な選択としかいいようがない。ビッグネームの恩恵を受けて安全なワインなんです。セカンドワインを注文する男は、たとえていえば姉妹の器量の悪いほうといっしょになるような奴ですね。器量よしに言い寄って恥辱を味わうリスクを避けるくせに、結婚後は義理の姉妹の評判を利用しようとする」彼が冷笑とともにいう。

「あなたがお得意さまにそこまで厳しく要求するとは思わなかったわ」

「厳しいのは当然です。そうでなければわたしは〈ディアパソン〉にはいませんよ。あの店はわたしの水準に達していますからね。まともな仕事をするにはそれなりのレベルの料理とそれなりのレベルの得意客が必要なのですよ」ローランがきざな笑いを浮かべる。「〈ディアパソン〉はそのふたつをクリアしています」彼がカプシーヌにウィンクする。「あなたにはわからないでしょうが、水準に達している料理を見つけるのは骨が折れる。高い値段なんてものは、いくらでもつけることができます。〈ディアパソン〉の料理はわたしのワインセラーの水準に達しているんです。そういうレストランはめったにない」

鼻持ちならない尊大さにあきれてカプシーヌは目をみはり、左右の眉をあげる。それを半信半疑の表情と誤解したローランがさらに続ける。

「つまりこういうことです。誰かがシャトー・オー・ブリオン一九四五年を注文した場合——このワインは出荷当時の箱入りでまるまる一ケース持っています——料理がそのワインのすばらしさに釣り合っていると確信できなければ、わたしは出せないのです」

「そんなに高価なワインを注文する人たちが、ほんとうにいるのかしら？」

「もちろん。むしろ、彼らをいかに我慢させるかがわたしの課題です。アメリカ人のなかには楽しく酔っ払うために平気で一万ユーロのワインを飲む連中がいますからね。まちがってもわたしは彼らには出さない」

「午前二時半の謎の配達については、もう知っているだろうけれど、あなたならどう解釈する？」

「まったく驚きませんよ。シェフのラブルースはさまざまな地域でごく小規模に食材をつくっている生産者をだいじにしています。有名な話ですよ。そういう食材が昼といわず夜といわず届くんです」

「でも、いくら地方から届くといっても午前二時半の配達というのは、非常識な時間じゃないかしら？」

　ローランはねっとりした気味悪い笑みを浮かべる。

「警部、あなたはそんじょそこらの人と結婚しているわけではない。当然、それなりの知識をもとにこたえは出しているんでしょう？　わたしはからかわれているのかな」

「ローラン、警察では率直に話をしてもらわなくては。はっきりいってちょうだい」

「昔からわれわれが美食として味わって来たものの多くが、この数十年の間に法律で禁じられているのはご存じでしょう。アブサン（薬草系のリキュール）、オルトラン（ズアオホオジロ。親指ほどの大きさの小さな鳥）はすでに姿を消した。つぎにリストに載るのはフォアグラでしょう。そうなったらどうなります？　当然、反発も起きています。非合法扱いなんて不条理もいいところだ、まるでアメリカの禁酒法だといってね」彼は芝居じみたジェスチャーで人さし指をくちびるに当てた。「わたしは秘密厳守を誓っています。まちがっても、〈ディアパソン〉で違法行為がおこなわれているかもしれないなどと、あなたに誤解させてはならないんです！」彼は怯えたような表情でストップをかけるように両手のひらをこちらに向ける。「じっさいには多くの三つ星レストランでそういうものを出しています。オルトランを食べたいと思うのであれば、最高のレストランを提案してさしあげよう。そしてぴったりのワインもアドバイスできる。しかし、おわかりのとおり、どうあがいてもわたしにできるのはそこまで。わたしの口からなにかが漏れることはありません」


カプシーヌは午後七時にはすでに帰宅していた。《ヴォーグ》誌と《マリ・クレール》誌をいらいらした様子でめくりながら、アレクサンドルの足音に耳を澄ませている。彼は八時少し前にようやく帰ってきた。

「お帰りなさい！」彼女はバネ仕掛けのようにぱっと立ち上がって迎えに出た。

「おお、わたしの帰りをこんなにも待ち焦がれていたのか、わがいとしい妻よ。この胸の奥深くまで感動にうち震えてしまう。だが、ほんとうにわたしを待っていたのだろうか？　それともあのいまいましい場所で過ごす日々が長くなり過ぎたのか？　いい加減ケリをつけたらどうだ！　一日べったりいっしょに過ごそう。そうすれば無限のよろこびを味わえる」

「アレクサンドル、いつまでもふざけていないで。専門家としてのあなたの意見をききたいの」

「おお、よろこんでこたえよう。監獄の扉を開け放ち、すべての囚人を解放し、彼らに最高のごちそうを与えればいい。そうすればこの国から犯罪は消滅する」

「あのね、ほんとうに教えてもらいたいのよ。オルトランってなに？」

アレクサンドルがいきなりわははと笑い出し、しばらく止まらなかった。

「なにか飲まなくてはな。きみも飲みたいだろ」まだクスクス笑いながら、彼はシャンパンのボトルをひねりながらコルクをあけ、ふたつのフルートグラスに注ぐ。「いったいなにごとだ？」

「いいから、あなたから先に。あなたが話してくれたら、こっちの事情を話すから」

「よし。オルトランはとても小さな鳥だ。とてもおいしい。そしてとても賢い。夏は北ヨーロッパで暮らし、冬になると北アフリカに飛んで行く。人間と同じだね。そのとちゅうのランド（フランス南西部）でごっそり網で捕えられてしまう。彼らにとっちゃ悲劇だが、われわれにとってはよろこばしい。オルトランは食材としてひじょうに評価が高いんだ」

「それは合法なの？」

「残念ながら、そうではない。オルトランはどうやら絶滅の危機にあるらしいので狩りが禁じられている。それでも毎年ランデではこの小さなかわいい鳥たちが約十万羽捕獲されているのは事実なんだ。一羽につき百五十ユーロほどで売れるのだから、やるなといっても無駄だろう」

「それが問題なの？　つまり密猟？」

「それだけじゃない。この鳥がどのように食用にされるのかをきくと、繊細な心の持主はたいていショックを受ける。なかなか残忍だからね。まず、かごに捕獲されたオルトランは熱した棒で失明させられる」カプシーヌが顔をゆがめる。「小さなオルトランたちは暗闇だとリラックスして食欲が増すというふうに思われている。彼らには特別な餌を与えて元の四倍のサイズにまで太らす。たいていは雑穀、ブドウ、イチジクを食べさせる。完璧な食事内容について見解が一致しないのは、まあよくあることだ。さてしっかり太ったところで彼らのかわいらしい小さなくちばしは無理矢理にあけられて、熟成したアルマニャック――それ以外の選択はない――を一滴、食道に落とされる。鳥たちは歓喜の絶頂で息絶える。これでようやく、食材として準備が整う」

「ということは、密猟と残酷な殺し方が問題なの？」

「いや、もう少し複雑だ。この鳥はある決まった方法で食べる。もちろんレシピはたくさんある。しかしどんなふうに料理しても、食べる際は頭からナプキンをすっぽりかぶり、熱々のオルトランのくちばしを持ってまるごと口のなかに入れる。口のなかで冷めていく時にオルトランのおいしい脂が喉をゆっくりと伝い落ちていくのを味わうんだ。そして時間をかけてくちばし以外すべて食べてしまう。ナプキンをテントのようにかぶるのは、鳥の風味をより濃厚に味わえるから、と考えられているが、ほんとうはこの光景を神さまに見られないように隠すためだという説もある」

「下手なつくり話ね。いくら酔っ払ったからってひどすぎる！　こんなバカな話きいたことないわ。もっとまともな話はできないのかしら」

「つくり話なんかするものか。ほんとうだ。オルトランはフランス料理の極致といわれている。死ぬまでに一度は絶対に食べるべきものなんだ。だからミッテランは自分の余命がわずか数日と知ると車でレストランに乗りつけた。毛布でぐるぐる巻きになった姿で一ダースほどの人々とテーブルを囲み、カキ、フォアグラ、シャポン鶏、オルトランを平らげたんだ。まるで大食漢の食事だ。それがマスコミにみつかった。ナプキンを頭からかぶった彼の写真もなにもかも知られてしまったんだ。おかげで世間は、彼の命があとわずかであること、そして彼が自国の法律をその程度にしかとらえていないことを知った。彼がすっぽりかぶったナプキンは、あわれな鳥を食すなんてことよりはるかに多くのことを神の目から隠すことに使われた」

「ローランは――知っているでしょ、ジャン＝バジルの店のソムリエよ――深夜の謎の配達の中身はオルトランかなにか違法な食材だった可能性があると匂わせたわ。ジャン＝バジルが罪深い食事を内緒で計画し、そのために取り寄せたものだと」

アレクサンドルはまたもやゲラゲラ笑い出した。

「きみはからかわれたんだよ。愉快なやつだ、ローランは。まさかそんな奴だったとはな。じつはオルトランのことはそう騒ぎ立てるほどのことではない。世間は金持ちが黒ミサまがいのことをやっているなどと考えたがるものだ。だがランデではオルトランをかなりおおっぴらに出しているレストランがいっぱいある。もちろんメニューにはのっていないし、決して安くはない。でも頼めばかんたんに食べられる。それに古式ゆかしいディナーでもなければ、いまどきナプキンを使った食べ方なんて誰もやらない。だから真夜中に〈ディアパソン〉にオルトランをこそこそと運び入れるはずがない」彼はそこで一息置く。「だいいち、午前二時半に袋を持ってきた男たちは袋の重みで足を取られたんだろう？　オルトランがぎっしり入っていたとしたら、いったい何人分になる？　ジャン＝バジルが副業として絶滅寸前の動物を卸しているとは考えがたいな」

カプシーヌがふくれてみせる。

「じゃあ彼は冗談をいってからかっただけってこと？　貫禄のない女が捜査官のまねごとをしていると思われたのね。この仕事で一人前に見られるにはいったいどうすればいいの？」

アレクサンドルがカプシーヌを抱きしめようとしたが、その腕をすりぬけて彼女はすたすたと寝室に入ってしまった。

12

翌朝カプシーヌが警視庁に出勤すると、彼女のコンピューターの画面に赤いドロップのようなマークがいらだったように点滅していた。至急のメールはタロン警視正からの緊急会議の知らせだった。開始の予定時刻からすでに十五分過ぎている。彼の執務室に駆けこむと、思いがけずリヴィエールがいたので、カプシーヌは動揺した。もしかしたら、男同士が連帯感を強めるために早朝会議をしていたのか。そこに途中参加したのだろうかとカプシーヌは早合点した。しかしそうではなかった。リヴィエールは意気消沈した表情で椅子に座りこみ、タロンは開け放った窓のさんにもたれ、ふさぎこんだ様子で下の景色に目を向けている。部屋に漂っているのは敗北感、そしてなにかが不調に終わったという憂鬱な空気だ。

タロンのデスクの一角にはここ数日の新聞が乱雑に積み重ねてある。司法警察に好意的な報道はされていない。マスコミは三日前にドゥラージュへの関心を失い、国内および海外の報道はいったん沈静化した。ところが多くの編集者がこの事件をセンセーショナルに伝え、世間の一部の注目をひきつけたのだ。警察は怠慢と無能力を非難され、一カ月当たりの最低賃金の四倍以上もする値段のレストランで、準国営企業の人間が公費で食事をしていたと国民の激しい怒りをあおったのだ。じっさいにはルノーが民営化されてからゆうに十年は過ぎており、ドゥラージュはポケットマネーで食事をしていた。タロン警視正は結果を出すように上層部から相当のプレッシャーをかけられたにちがいない。少なくとも、ニュースバリューのありそうな骨をマスコミに放ってやれと。

カプシーヌはデスクのそばに立ったまま、椅子を勧められるのを待っていた。中庭で巡査部長が三人掛かりでアラブ系の男性ふたりを警察車輛のヴァンから降ろしているのが見えた。ふたりは背中側で手錠をかけられ、降りるのに手間取っている。ひとりがバランスを崩し、足を止めて転ぶのをこらえた。巡査部長のひとりが彼の後頭部を殴ってせき立てた。殴る音が室内にまで届くほどだった。タロンが落胆した様子で頭を左右にふる。中庭の巡査部長たちに対する落胆とも、事件をめぐる状況に対する落胆とも受け取れた。彼は椅子を回転させてカプシーヌにじっと視線を注いだ。

「警部、きみが刑事部に残るようなことがあればわかると思うが、こうした事件はたいていふたつの方向のどちらかに進む。すみやかに正しい手がかりがあらわれてくれれば、誰もがハッピーだ。マスコミは子犬のように尻尾をふって警察をちやほやする。ここにいるリヴィエール警部のような見栄えのいい職員が写真撮影に応じてポーズをとり、満足感に浸るのを温かく見守る。しかし手がかりがまったくあらわれない場合もある。そうなると、われわれは捜査という本来の仕事に取りかからなくてはならない」

彼がそこで黙る。カプシーヌは話の続きを待つ。ようやく彼が話を再開した。

「そしてまさにいま、その時が来た。広範囲に網を投げてゆっくりと慎重にたぐる。たぐった網のヘドロのなかにかならず、絶対にまちがいなく、証拠という小さな塊がみつかる。殺人犯を特定できる証拠が。黙々と働くわれわれをマスコミは冷笑するだろう。捜査官の多くは単調さにうんざりする。コンピューターの研修を口実に南フランスに逃げ出そうなどと考える輩も出て来る」

リヴィエールが気色ばむ。「それはあんまりです。研修から戻った日にさっそく突き止めています。レストランにどのように遺体が持ちこまれたのかを」

「きみのことをいったわけではない。だがせっかくだからいっておく。きみは当然のことをはっきりさせたに過ぎない。あの通りには警備警察官が待機している建物が多く、よその通りの歩行者をしのぐほどの人数が立っている。彼らのうちの誰かがなにかを目撃してもおかしくはない。警察官としてのセンスはみごとなものだ」リヴィエールはしらけた表情だ。

「ところで」タロンがカプシーヌを見る。「リヴィエール警部は現在担当している事件でひじょうに有力な手がかりをつかんで大変に満ち足りた状態にある。その彼に今朝の会議に加わってもらったのは、非凡な洞察力を発揮してもらうためだ。さっきからふたりでファイルを見直していた」

「そうなんだ」リヴィエールが続ける。「そうしたら確かめたいことがたくさん出てきた。たとえばドゥラージュの秘書はセクシーだったのか。きみからはまだきいていなかったな。わたしの予想ではまちがいなくセクシーだな。こうした企業のお偉いさんはもれなく、ピンナップのモデルみたいな秘書をつける」

カプシーヌは鼻を鳴らして腰かけた。

タロンがつけ加えた。「決して的外れなことをきいているわけではない。ドゥラージュが女性問題でトラブルを抱えていた可能性はありそうか？」

「じつは十年前、それもひじょうに短期間ですがカリーヌ・ベルジュロンという女性と関係があったそうです。当時の彼はルノーの戦略企画の責任者でした」

タロンがファイルのページをめくっていく。「そんなことはどこにも書いてないな」

「事件とは関係ないと思ったので」カプシーヌがこたえる。「そのことを知ったのも、まったくの偶然からでした。一九六八年の五月革命の時にドゥラージュが《ル・モンド》紙に投稿した文章はあまりに左翼的だと一部に受け取られ、『多感な人物』と評されています。ベルジュロンという女性にはひと目惚れだったそうです。ふたりは何度か外泊し、一度だけ週末にノルマンディに出かけています。その後、彼は交際に終止符を打ちました。なかなかロマンティックですよね」

タロンとリヴィエールはおやおやという表情で顔を見合わせる。

「それをのぞけばドゥラージュは妻一筋の人でした。彼女との交際から二年後、妻は亡くなっています。八年前です。以来彼は仕事に没頭し、ほかのことには見向きもしなくなりました。誰かと交際したという証拠はなにも出ていません」

「警部」タロンが口をひらいた。「今後は報告書の内容に省略部分がないように気をつけてくれたまえ。すべて詳細に報告してもらいたい。たとえ――」

そこで電話が鳴った。「えい、またか」タロンは画面に表示された発信者のIDを見てひとことつぶやくと、ストップをかけるように片手をあげ、静かにするように合図した。

タロンは「はい」と「わかりました」を何度か繰り返し、一度「きいていません」といい、「治安総局、ですね？」と二回いった。さらに何度かうめくような低い声を出し、最後に「トレ・ビアン。ただちに警部を行かせます」という言葉で締めくくった。最初に「治安総局」という言葉が出てきた瞬間、カプシーヌはギクッとした。座ったまま背筋がぴんと伸びて頬が赤くなるのを感じる。

「ということで」タロンがふたりに話しかける。「この会議はいったん中断だ。続きはまた後で。いまのは警視長だ。いまさっき治安総局から連絡があったそうだ。なんでもルノーから治安総局に存在しない〝諜報員《エージェント》〟に電話がかかってきたらしい。かけてきたのはルノーの研究開発部門の職員だ。治安総局がその電話とわれわれの捜査を結びつけたとは驚きだ」カプシーヌはますます顔が赤くなっていくのを感じる。「彼らが全国紙の熱心な読者だったとは意外だな」タロンがメモ用紙を一枚切り取った。「ル・テリエ警部、電話を受けた治安総局の職員の名前だ。行って事情を確かめてきてくれ。彼らがかんたんに情報を明かすとは思えないが、ドゥラージュに結びつくことがなにかわかるかもしれない」

13

「スイミングプール《ピシンヌ》」までは車で一時間ちかくかかったが、面談そのものはあっという間に終わった。べつに司法警察と治安総局が不仲というわけではない。架空の課報員にかかってきた電話を受けた職員本人が簡潔に状況を説明してくれた。

かけてきた人物の名はリオネル・ヴァイヨン。アルノー・エティエンヌという諜報員につないでくれといったそうだ。ヴァイヨンはルノーの研究開発部門の研究者で、ビヤンクールの本社ビルにオフィスがある。治安総局にはアルノー・エティエンヌという人物はおらず、かつて在籍していたこともない。現在治安総局はルノーに対し特に関心を寄せてはいない。また現在進行中の案件にルノーが関係していることもない。

そこまで説明すると職員は少しくだけた口調になり、政府機関の諜報員を騙るという不正行為は国家の安全保障に関わる問題ではないので、警察におまかせしたいと告げた。カプシーヌは、この件について今後は司法警察が責任を負い、治安総局には逐次報告が行くようにする旨を記した書類に署名した。用件は十分もしないうちに終了した。出て行く間際、よほどジャックのところに押し掛けようかと思った。ルノーの研究開発部門と治安総局。このふたつがそろうなんて、単なる偶然ではないはず。ジャックには確かめたいことがある。なにかが隠されているような気がしてならない。けれどルノーに行くにはたっぷり一時間はかかる。電話をかけた人物には一刻も早く会いたい。相手が昼食をとりながらこの件について考える隙を与えたくなかった。ジャックはひとまず後回しにしよう。

カプシーヌは車でルノーの本社をめざした。ヴァイヨンは仕事柄あまりオフィスから出ないのではないかと当たりをつけた。八人のそっくりさんの受付嬢に電話で確認してもらうと、すぐに降りてくるという返事だった。

ヴァイヨンがロビーにやってくると、カプシーヌは彼をともなって受付からできるだけ離れた隅に移動した。スチールとレザーを組み合わせたいかにも座り心地の悪そうなバウハウスの応接セットがある。ここなら受付嬢に話をきかれるおそれはない。カプシーヌが身分証――片側にバッジ、もういっぽうにはIDカード――を示すと、ヴァイヨンは電気ショックでもかけられたように激しく狼狽し、しきりに周囲を見まわしている。

「駐車違反の切符のことですか？」パニックを必死で抑えている口調だ。「未払いの罰金はたいした額ではないと思いますが。そうですよね？」

カプシーヌがやさしく微笑む。

「ちがいます。そういう用件ではありません。わたしは司法警察のル・テリエ警部です。うちでは駐車違反の切符は扱っていません。わたし自身、一度も罰金を払っていないくらいです」

「では、いったいなにごとなんです？」ヴァイヨンは緊張した面持ちで周囲を調べるようにしきりに視線を動かす。カプシーヌのささやかなジョークは打ち解けるきっかけにはならなかった。

「今朝、あなたは治安総局に電話をしてアルノー・エティエンヌという人物を呼び出そうとした。それにまちがいありませんか？」

「はい、確かに電話しました。先日、エティエンヌ氏にわが社の施設を案内したのです。追加の情報を伝えたかったのですが、彼の名刺にあるのは携帯電話の番号だけでした。それを使うのは気が引けたので、オフィスの電話番号を調べました。まずかったでしょうか。そんなことないですよね？　そうですよね？　セキュリティの侵害かなにかに相当するのでしょうか？　携帯電話の番号にかければよかったんですかね？」

カプシーヌは黙ったまま、あどけない少女がとまどいがちに微笑むような表情を浮かべた。しばらく間を置いて、彼女が質問を再開した。

「それで、どういういきさつでそのエティエンヌという諜報員をおたくの施設に案内したのでしょうか？」

「だって彼はうちのセキュリティを担当してくれるのですからね。ムッシュ・ギヨムから——彼は研究開発すべてを統括する〝部長〟です——実験場に案内してテスト中の自動車を見せるようにと指示がありました。ムッシュ・ギヨムが直接わたしに電話をかけてきたんです」

彼が誇らしげにいう。部長からじきじきに電話を受けるほどの重要人物だといわんばかりだ。自分の行動にはやましいことはなにひとつないといいたげだ。

「ティフォン・プロジェクトのセキュリティを担当する諜報機関の諜報員がプロジェクトの進捗状況の最新情報を収集するのは当然のことだと思いました」

「その台風《ティフォン》プロジェクトとは、こちらで開発中のプロジェクトのことですね？」カプシーヌがよどみなくたずねる。

ヴァイヨンは話を中断し、怪訝そうな顔で彼女をじっと見ていたが、それがしだいに驚愕の表情に変わった。

「あなたはティフォン・プロジェクトについてくわしいんですか？」

質問の仕方をまちがえたとカプシーヌは気づいた。

「わたしはあなたがたのプロジェクトについてたずねるために来たわけではありません。エティエンヌと名乗った諜報員についてうかがうためです」きっぱりといった。

ヴァイヨンは少しふてくされたようにむすっとした表情になる。

「お話しできるようなことはたいしてありませんよ。ムッシュ・ギヨムは電話で、ある人物を現場に案内するように指示したんです。わたしはいわれたとおりにしました。案内した時にいくつか質問をされたのですが、その時にはわからなくてこたえられませんでした。その後わかったので彼に電話してみたんです。それだけです。これ以外なにも申し上げることはありません」

カプシーヌはこれまでの気さくな表情を一変させた。

「いいですか、リオネル」初めてファーストネームで呼びかけた。「ここでわたしに協力するつもりがないのなら、話し合いの場をオルフェーヴル河岸に移すだけです。いつまでもこういう調子では、すぐにもわたしの車で連行します。少しでも抵抗する様子を見せれば、あのチャーミングな女性たちの前で手錠をかけることになりますよ」

ずらりと並んだ受付嬢のほうを示すようにカプシーヌは首を傾げる。彼女たちはこちらが気になる様子で、代わる代わるカウンターから顔をのぞかせる。ひょこひょこ頭を突き出す様子が、まるで遊園地の射的場のアヒルみたいだ。

「すみません」ヴァイヨンはすっかりしょげ返っている。「なぜ責められているのか、わたしにはさっぱりわかりません。ほんとうにいまお話ししたとおりなんです。ムッシュ・ギヨムから直接電話があり、治安総局の諜報員が来るから研究所を案内しろと指示されました。指示に従わないわけにはいかないでしょう？」

「そもそも自動車の開発プロジェクトに治安総局が関心を寄せる理由とは？」カプシーヌがたずねる。

「ティフォン・プロジェクトについて、あなたは知っているものとばかり思っていました」

ヴァイヨンが驚いたといった表情で首をふる。

「あなたはそのプロジェクトの責任者？」

「まさか。とんでもない。わたしは小規模なサブプロジェクトを担当しているだけです」

「それで、そのエティエンヌという人物は治安総局の諜報員であるとあなたに名乗ったんですか？」

「偽者だった、といいたいんですか？　そんなはずはない。諜報員が訪問するとムッシュ・ギヨムの口からきいたんですよ」ヴァイヨンがそこで一息置いてから続けた。「名刺をもらいました。そこにちゃんと明記されています」彼がポケットをあちこちさぐり、ようやく名刺をみつけた。フランス国旗を図案化した下に『国防省　対外治安総局』と記されている。本物そっくりだが、電話番号がひとつしか掲載されていない。先頭の「〇六」はフランスで携帯電話に使われる番号だ。それを名刺にのせる諜報員など、どこにもいないはず。

「これをお預かりしてもいいですか」

ヴァイヨンが素直にうなずく。

「なぜムッシュ・ギヨムは治安総局の諜報員の案内をあなたに任せたのでしょう？　彼が自分で案内しなかった理由は思い当たりますか？」

「いいえ、まるで。その時には、自分のPR能力を買われているのかなと思いました。抜擢されたのだと。でも、じっさいには恥をかいただけのような気がします」そこで彼がいったん言葉を切った。「なにしろここで進められている開発の内容がさっぱりわかっていないんですから。まあ、どんな内容であってもわたしには関係ないですけどね。いっさい無関係です」

14

ヴァイヨンが乗ったエレベーターの扉が閉まると、カプシーヌは受付嬢のいるカウンター に向かった。そしてムッシュ・ギヨムに内線電話をかけるように依頼した。

ギヨムの秘書が出るとカプシーヌは彼と会いたい旨を伝えた。少し待たせてから秘書は電話口にもどってきた。

「申しわけないのですが、今日お目にかかることは無理のようです。会議が立てこんでおりますので。明日あるいは明後日にあらためてお電話いただければ、来週にでも時間をつくれるだろうと申しております」

「そうですか」カプシーヌが愛想よくこたえる。「どうぞお気遣いなく、とお伝えください。今日の午後にパトカーを寄越しますので、警視庁までお越しいただきましょう」

「少々お待ちくださいませ。マダム、いますぐエレベーターでこちらにいらしていただけますか。ムッシュ・ギヨムがそのように申しております。どうやら会議がたったいまキャンセルになったようです」

ギヨムは自分の執務室の入り口で彼女を迎えた。尊大な顔つきだが、不安がちらちらと見え隠れするさまは昔懐かしいネオンの瞬きを見ているようだ。「警部さん、職権までふりかざして強引に押し掛けるとは、よほど緊急な用件のようですな」

カプシーヌは少しの間、無表情で彼を見つめた。

「ムッシュ、あなたは部下に命じてある人物を会社の施設に案内させたそうですね、その人物が治安総局の課報員であると説明して。しかしその人物は治安総局とはまったく関わりのない人物でした。それについてお話をきかせていただけますか？」

ギヨムが顔面蒼白になる。「あなたは司法警察の方だそうだが」彼が口ごもる。「なぜこの件で警察が出てくるのでしょう？」

「質問にこたえてください」

「その、電話してきた課報員は……エティエンヌという課報員ですが、電話でアポイントを申しこんできました。ティフォン・プロジェクトのセキュリティを担当する責任者に任命されたそうで、わたしと話がしたいということでした。それで、ここに来てもらい最新の進捗状況について概要を伝えました。どうせなら現在つくっている試作車を見てはどうかと、わたしから提案したのです。現物を見ながら説明を聞くほうが理解しやすいでしょうから」ギヨムがそこでいったん言葉を区切った。話しているうちに彼は落ち着きを取りもどしていた。

「しかし、そのエティエンヌという人物は治安総局の職員ではありません」

「そんなはずはない。なんの根拠があってそんなことを？」

「単純な話です。リオネル・ヴァイヨンというあなたの部下がエティエンヌと名乗った課報員に追加の情報を伝えるために連絡を取ろうと試みたんです。彼は名刺にあった携帯電話の番号ではなく治安総局に直接電話をかけました、ところが治安総局にはエティエンヌという人物が在籍した記録はなく、わたしたちに連絡が来たというわけです」

「そんなはずはない。エティエンヌという諜報員の名刺には直通電話も記載されています。あるはずです。ほら」ギヨムが自分のデスクの引き出しをごそごそ探り、名刺を一枚取り出した。ヴァイヨンがカプシーヌにわたしたものと同じだった。彼がそれを丹念に見る。「あなたのいうとおりだ。携帯電話の番号しかない」あきらかにうろたえている。

「お預かりします」カプシーヌが片手を差し出す。

「ほんとうにエティエンヌは偽者なんですか？　もしかしたら、セキュリティ上の都合で偽名を使っただけでは？　なんというか、ペンネームのように。そういう可能性は考えられませんか？」

「残念ながら、あきらかに偽者です。それにしても、なぜ相手の身元も確認せずに施設内に立ち入る許可をあっさり与えたのでしょう。その部分について、おきかせいただけますか？」

ギヨムの顔からふたたび血の気が引く。情けない表情だ。

「義務を怠ったから責任を問われているのですか？　それは犯罪というわけですか？」

「とんでもない」彼の狼狽ぶりは愉快だったが、もう少し手加減したほうが成果があがるとカプシーヌは判断した。「慎重であるはずのあなたが、なぜそうかんたんに信用してしまったのかが不思議です。ご自分でもそう思いませんか」

ギヨムはほぼパニック状態だ。ハアハアと呼吸が浅く、まばたきの回数が異常に少ない。

「ですから」カプシーヌは女学生のような無垢な笑顔を見せる。これは彼女の奥の手だ。

「プロジェクトについてきかせてください。ティフォン・プロジェクトのことは少し知っていますが、もっとくわしく知りたいんです。とても魅力的なプロジェクトですね」あっと思った時には遅かった。またもや失言だ。

「ティフォン？」ギヨムの声が裏返っている。「誰からきいたんです？　ヴァイヨンのバカが話したんですね。進行中のプロジェクトのひとつですよ。治安総局は開発プロジェクトのほぼすべてをカバーします。思うに、そのエティエンヌという人物はとりあえずティフォン・プロジェクトから手を着け、徐々にもっと重大なプロジェクトに取り組もうとしたのでしょう」ギヨムが引きつったように笑う。

いまの説明でカプシーヌが納得したかどうか、確かめるような表情だ。彼女は無表情で見つめ返す。

「わが社の開発プロジェクトについてくわしくお知りになりたいのであれば、包括的なプレゼンテーションを誰かにアレンジさせましょう。もちろん、あの能無しのヴァイヨンよりもはるかに優秀な社員にやらせます。さっそく明日の朝にでも予定しますか。明日といわずご都合のいい時にセッティングしますよ。新しいモデルのためにすばらしい新色を開発しています。シミや汚れをよせつけない全く新しいファブリックコーティングもありますからね。おおいに満足していただけると思いますよ」

「ムッシュ、それよりティフォン・プロジェクトについてもっとお聞きしたいんですが」

ギヨムの顔が青ざめ、表情が硬くなる。

「マダム、質問にはすべておこたえしました。わたしとしてはこれ以上お話しすることはありません」

ギヨムは立ち上がり握手を求めた。あきらかに動揺している。

15

その日の午後、カプシーヌが警視庁の新しい執務室で業務報告書をまとめていると、電話がかかってきた。

「まにあった、まだいらしたんですね。ちょっとお話しできますか？」声の主はすぐにわかった。

「もちろんです、ムッシュ・ヴァイヨン。いま書類づくりをしていたところです。どうしました？」

「今日の午後はさんざんでした。ほんとうにもう、ひどいものでしたよ。ムッシュ・ギヨムの部屋に呼ばれたんです。彼はカンカンに怒っていたんですが、こっちはまるで心当たりがない。ともかく彼の指示でわたしはティフォン・プロジェクトから外され、ブレーキパッドのウェアインディケーターの色がどうのこうのという業務を割り当てられました。とにかくたいへんな剣幕で、できることなら即刻わたしをクビにしたかったにちがいない」

「わが国は社会制度が整っていますから法律で職が守られます。よかったですね。まあ、予想はついていたような気がします。ムッシュ・ギヨムとお話しした時にはかなり雲行きが怪しかったですから」

「この会社での未来は断たれました。彼は絶対にわたしにきつくあたるでしょう。こうなったら真剣にべつの働き口を見つけるつもりです」ヴァイヨンが間を置く。「きいてください。今日の午前中お会いした時、あまり協力的でなかったのは自覚しています」

「だからあなたの職探しを司法警察が妨害する、そう考えているのかしら？」カプシーヌが笑う。

「い、いや、まさかそんなこと。ただ……つまりなんというか……もしお望みなら、プロジェクトについてわたしが知っていることをすべてお話ししようかと思って」

「そしていいことをしたご褒美に金の星のシールをもらおう、というつもりなのね？」カプシーヌはまた笑いそうになる。「いいでしょう。明日の朝いらしてください。正式な供述調書を作成しましょう。そう、八時に。会社にはあまり遅刻しないほうがいいでしょうからね。正面玄関から入って、わたしに取り次ぐようにいってください」

わざわざ住所は伝えなかった。パリの住人で司法警察の場所を知らない者はいない。


ヴァイヨンは一つひとつのドアで立ち止まり室内を確かめながら、ゆっくりと廊下を進んだ。ようやくカプシーヌの狭い執務室をみつけるとしおらしそうに微笑み、なかに入った。

「上に行ってさがすようにいわれたもので。廊下で少し迷ってしまいました。わたしは……ええと……もっと警備が厳しいものだとばかり」

カプシーヌは苦笑した。「悪者が押し入るかもしれないという心配はあまりしていないものですから。どうぞ掛けてください」オフィス向けのありふれたパイプ椅子を勧める。傷がついて脚が一本曲がった椅子だ。「司法警察にようこそ。どうぞお気を楽に」

カプシーヌはもともと神経質なくらい整理整頓をする質《たち》なのだが、新しい執務室に移動して以来、デスクにピストル、装弾クリップ、手錠といった商売道具を無造作に置いて、いかにも警察官らしく見せようとしていた。ヴァイヨンは目をまるくしてきょろきょろしている。

「コーヒーでもいかが？　隣の部屋にまだポットに半分残っているわ」

「ありがとう。いただきます」

「さて《アロール》」カプシーヌはコーヒーを運んでくると、コンピューターのモニターの角度を調節しデスクの端にキーボードを置いて口をひらいた。「供述調書の作成にとりかかりましょうか」

「はい、いつでも」

「最初に、身分証明書を拝見します」

ヴァイヨンは政府発行の身分証明書を彼女にわたす。

「名前を、姓、名、ミドルネームの順でおっしゃってください」身分証明書に記されているデータと合っているかどうか確認していく。

それからの十分間は詳細な個人情報を延々とタイプする作業に費やし、彼の両親の生年月日、出生地の県名まで洗いざらいリストアップした。それを終えてからようやく前日話した内容をさらにくわしく話すようにいった。それを簡潔に要約して三つのパラグラフにまとめ、プリントアウトしてヴァイヨンにわたす。

「これを読んで確認してください。最後に署名をいただきます」

プリントアウトの内容にヴァイヨンは満足した。

「さて」カプシーヌはキーボードをどけ、プリントアウトしたものをファイルした。「それではティフォン・プロジェクトについてきかせてもらいましょう」

「とにかく、すばらしいんですよ。混合触媒をシリンダーヘッドに噴射し、エンジンのパワーを三倍にアップさせるというものです」

「それでスピードが速くなるの？」カプシーヌがたずねる。

「そういう発想ではありません。これによって、どんな車でもわずかな変更を施すだけで、ガソリンの使用量が三分の一になります。ガソリン価格がこんな調子ですから、これはもう画期的な成果です。まちがいなく業界に革命を起こしますよ」

「でも、ムッシュ・ギヨムはなぜそれをひた隠しにするのかしら？　完成しているのなら特許は取得しているはずだから、情報漏れは問題にはならないでしょう？」

「まさにそこなんです。まだ重要な部分が残っているんですよ。すでに混合触媒の成分は決まっています――三つの化学物質です――そして、噴射する量とタイミング、他の技術的な問題もすべてクリアしています。問題はノズルで、これがまだ完成していない。ティフォン・プロジェクトの目玉は触媒です。最初は液体で不安定ですが、それが固形に変わって安定します。電流を通すと少量の気体が放出されるので、それをシリンダーヘッドに噴射するのです。じつにみごとな仕組みです。ノズルさえできあがれば、すべて完成します。しかしまだまだその状態には到達していない」

「では偽の課報員を実験場に案内してなにを見せたんですか？」

ヴァイヨンは感心した表情でカプシーヌを見る。

「じつに頭の回転の速い方だ。実験場には触媒を気体の状態でタンクに詰めたヴァンがたくさんあります。コンピューター制御でその気体をエンジンに吹きこむのです。そうしてスピードや負荷などさまざまな条件を変えて触媒の実地試験を行っています。そのヴァンにあの課報員を乗せたんです。あんなヴァンでも静止状態から三秒で一気に時速六十マイルに加速できますからね。タイヤのゴムが焼け切れるかと思うほどのいきおいで。彼は目を白黒させていました！　降りるなりトイレに直行でしたよ。あとちょっとで洩らすところだったんだろうなあ」ヴァイヨンがけたたましく笑う。

「いまのお話をすべて供述調書に加えてよろしいでしょうか」

「もちろんです。そのためにわたしはここに来たんです。できる限りの協力をしようと思って」

カプシーヌは加筆部分をタイプし、プリントアウトした。ヴァイヨンがそこにいくつか変更を加え、カプシーヌがそのとおりにタイプする。が、今度はプリントアウトしない。

「さて。いよいよ、〝エティエンヌ〟という課報員についてうかがいましょう」

「まいったな、これといってお話しすることはないんです。昨日いったとおり、ギヨムからの電話で、治安総局の諜報員をクールセル＝レ＝ジゾーにあるわが社の施設に案内するように指示されました。そこでテストカーにも乗せるようにと。わたしは指示されたことはもちろん、昼食までごちそうしてもてなしたんです。村の二つ星レストランに連れて行きました。彼は食事を堪能していましたよ」ヴァイヨンはそこでとつぜん、うなだれた。「でもギヨムの奴め、あの昼食代を経費として認めないだろうな。そんな指示をした憶えはないといって。高い昼食代だったのに」

「それはお気の毒に。その諜報員はどんな風貌でしたか？」

「たいして特徴はないですね。いかにもビジネスマン風の男です。四十歳くらいでした。スーツ姿が板についていましたね。どんな会社にもいそうなタイプ。諜報員らしいところなんて、みじんもなかったですね。スパイというのは、そういうものなんですかね」

カプシーヌはヴァイヨンのほうに身を乗り出した。

「もっとよく思い出して。よく考えてみて。目を閉じて彼のことを思い浮かべて。なにか特徴があるでしょう？」

「いまいったとおり、ごくごく一般的なビジネスマンですよ」ヴァイヨンは集中しようとして眉をしかめる。「ちょっと待って。そうだ。ベルギー人みたいなしゃべり方だった。いや、ベルギー人ともちがうな。話し方にちょっと癖があって外国人かなと思った。でも小さい頃からフランス語をしゃべり慣れているような印象だな。こんなこと、なにか役に立ちますかね？」

「いまの段階ではどんなことでも役に立ちます」

ヴァイヨンが帰った後でカプシーヌは彼の供述調書を読み返した。ルノーの発明は衝撃的だった。とてつもない可能性を秘めている。カプシーヌは落ち着かない気分だった。自分がつくるつもりだった映画とはちがうセットに迷いこんでしまった、そんな心境だ。

16

その日の午後、タロンの秘書からカプシーヌにふたたびメールが届いた。最新の状況報告のための呼び出しだ。ようやく実のある報告ができるとカプシーヌはわくわくした。しかし先客がいた。またもやリヴィエールだ。すっかりくつろいだ様子でタロンと談笑している。おもしろくない。なぜここまで男同士でがっちり固まろうとするのか。タロンがリヴィエールをカプシーヌの助言者として起用したのは、彼女が殺人事件の捜査が未経験だから。それは合理的な判断であると思いたいのだが、いまは無理。リヴィエールは好色ぶりを発揮するばかりで、カプシーヌに積極的に手を貸してくれるわけでもない。いまのところ彼の取り柄といえば、せいぜい性別が男というくらいだろう。

それでも気を取り直し、ティフォン・プロジェクトについてヴァイヨンが語った内容をてきぱきと報告した。話し終えると、リヴィエールが片手を旗のようにそよがせて口笛を吹いた。

「悪くないね《パ・マル》。その装置が売り出されたら、ぜひ手に入れてみよう。愛車がウィリーする姿を見てみたいな」

「注目すべきポイントはそこではないの。改造車といっしょにしないで。ガソリンの消費量をほんとうに大幅にカットできるなら、自動車業界に革命が起きるわ。そうなれば石油業界の再編成がおこなわれてもおかしくない。世界経済にとてつもない影響を及ぼすことになるのよ」

リヴィエールは肩をすくめ、ふっと息を吐き出した。無関心な態度を示すフランス人の古典的なジェスチャーだ。それまで無表情のまま黙ってカプシーヌを見つめていたタロンがうながす。

「それから?」

カプシーヌがさらに報告を続け、偽者の諜報員には外国なまりがあったとヴァイヨンが述べたところまでくると、タロンはやや柔らかい表情になり、重々しい声を洩らした。暖炉の前でゆったりと四肢を伸ばす時、ラブラドル・レトリーバーはきっとこんな声を出すにちがいない。

「いいぞ。それは手がかりになる。ほかには?」

「偽の治安総局の諜報員が使っていた携帯電話の番号を巡査部長たちが洗い出しました。ブイグテレコムがパリの企業に一括販売した大量の番号の一部でした。電話会社が大量のSIMカードを一括して売るのはよくあることのようです――」

タロンが片手をあげる。「そういう専門用語を使ったややこしい説明はいらない。要するになにをいいたいんだ? 核心だけを話してくれ」

すげなくされてカプシーヌがむっとしていると、すかさずリヴィエールが場を取り持った。

「説明しましょう。携帯電話に関して警視正とわれわれの間にはジェネレーションギャップがあります」タロンは苦虫をかみつぶしたような顔をしているが、リヴィエールは余裕たっぷりで話をつづける。「携帯電話のバッテリーの下に小さな隙間があります。そこに差しこむ小さなチップ状のものが〝ＳＩＭカード〟です。このチップを取り出して別の電話につければそれまでと同じ電話番号を使うことができます」

「初めてきく」タロンは興味なさそうにいう。

「ル・テリエ警部がいいたいのはつまり、大きな電話会社はどこでもこういうカードをブロック単位で大企業に売っているんです。前払いなので月々の請求はない。つまり経費がかからない。いわば無料で自分の電話が手に入るという仕組みです」

タロンは唸るように咳払いする。もうたくさんとばかりにリヴィエールから顔をそむけ、カプシーヌに問いただす。

「ル・テリエ警部、それと事件がどう関係しているというんだ？」いらだった口調だ。

「電話番号から個人をつきとめることはできませんが、カードを一括購入した会社はわかりました。データ修復をおこなうイバスという小さな会社でパリに本社があります」カプシーヌがいう。

「よし。さっそく行ってその番号を誰が使っているのかをつきとめろ。ひとりかふたり揺さぶりをかければわかるだろう。小さな会社ならわけない」

「それが、どうもややこしそうな感じなんです。財務省がつくったデータベースでチェックしてみたんです。そのデータベースというのは、会計上で海外の企業と密につながっていて利益を海外に移して、フランス国内での課税を逃れるおそれのある企業を軒並みリストアップしたものです。イバスの名前もありました。アメリカ企業の子会社の子会社でした。取得した電話番号は海外から訪れるスタッフが使っている可能性もあります」

「親会社の名は？」

「トラッグ社です」

タロンが訝しげな表情で目を細めた。「トラッグ社、か」ゆっくりとした口調だ。「どうやら少しずつ見えてきたな。まさかそういうことだったとはな」つかのま窓の外に視線を向けて物思いにふけっていたかと思うと、タロンはぼんやりしているふたりに顔を向け、口をすぼめた。「きみたちは、その人物が何者であるのかほんとうにピンとこないのか？」

カプシーヌが首を左右にふる。リヴィエールは小学生が教師の質問にこたえられず、自分の姿を消そうとでもするかのように椅子に座ったまま身体を縮こめる。

「トラッグはいかにもアメリカ人が思いつきそうなビジネスをしている。いってみれば民間の治安総局だ。銀行口座に莫大な金さえあれば誰でもどんな目的にでも利用できる。なんだって請け負うってことだ。フル装備のスパイを一万五千名抱え、金のためならあらゆることをやってのける」

カプシーヌとリヴィエールが当惑した面持ちでタロンを見つめる。

「おもてむきトラッグは合法的な業務だけをおこなう」タロンがさらに続ける。「買収のための企業調査、産業スパイを防ぐためのセキュリティ業務、人質の奪還だってこなす。警察官は私立探偵を嫌うものだが、いまの世の中にはそういうニーズがあるのは確かなんだ。ただトラッグの場合、平気で境界線を越えてしまう。それが問題だ。去年のことだが、ブラジルの警察がトラッグを強制捜査したところ、大規模な企業買収の妨害工作をし、社長に対しスパイ行為までおこなっていたとわかった」

「あの」リヴィエールが口をひらいた。「いったいどういうことなんでしょうか。確かにしたたかな連中なんでしょうが、われわれが気にすることなどないのでは？」

「いいか、彼らがもっとも得意とするのは産業スパイだ。スパイから企業を守るだけではない。企業からの依頼でライバル企業にスパイを送ることもある」彼はそこで言葉を区切り、ふたりがじゅうぶんに内容を飲みこむのを待つ。

「とんでもない会社だ」リヴィエールが反応した。「そういうのはどんどんひっとらえればいい」

「ところがそう簡単にはいかない。トラッグはＣＩＡとがっちりつながっているらしい。はたしてどこまで別個の組織なのか知れやしない」

「じゃあ、アメリカの諜報員ってことですね。ちがいますか？」白黒つけたがるようないらだった口調だ。

「彼らはあくまでも民間人で、いわゆる外交官の特権はない。わが国で産業スパイ活動をしていることがあきらかになれば、あるいはドゥラージュの死になんらかの形で関与していれば、まちがいなく国の収容施設に長期滞在してもらうことになる」

「それならなんの問題もないじゃないですか、警視正。さっさとひっとらえてやりましょう」

「わたしは、なんとなくわかりました」カプシーヌがいう。「この事件にトラッグが関与していると知れたら、わたしたちは担当から外され、国土監視局が引き継ぐ。そういうことですね？」

「まさしくその通りだ」小学校の教師が児童にごほうびとして金の星のシールを与えるような口調だ。「国土監視局の連中はおそろしく慎重だ。彼らに引き継いだら最後、ああだこうだためらったあげくなにもしないまま、マスコミが忘れ去るまで放置するだろう」

「あの」カプシーヌがいう。「過去にトラッグをめぐってなにかあったのでしょうか？」

「十年ほど前、プロヴァンス出身の熱血型の紳士が内務大臣を務めていた。わが国にＣＩＡの諜報員がパリのメトロのネズミよりも多く入りこんでいると知り、彼は大部分を追い出した。しかしトラッグと契約して網をすり抜けた大物がいた。そこで国土監視局に指示して前例のないほど徹底的にトラッグを盗聴させた。すべての絵、電球、電話にマイクを仕掛け、トラッグのクライアントにも捜査の手を伸ばした。むろん、じっさいに行動したのは国土監視局ではなく司法警察だ。しかし成果があらわれる前にアメリカ政府から猛烈な抗議がきた。わたしたちの行動はフランスとアメリカの関係を深刻に損なうものだといってな。まるでアメリカ大使館が盗聴でもされたような激しい抗議だった。わが国の政府はアメリカ側におべんちゃらをいい、すべては司法警察と国土監視局の〝はみ出し者〟たちが勝手にしたことだと弁解した。おかげで多くの職員が処分された。たいていは軽かったが、なかには重い処分を受けた者もいる」

その口調から、タロン自身も厳しい処分をされた一人にちがいないとカプシーヌは感じた。

「そのことが今回の事件にどう影響するんです？」カプシーヌがたずねる。

彼が意味ありげな表情を浮かべた。「それは予審判事しだいだ。しっかりと任務を果たしてもらわなくてはな。これから連絡をして、明日の朝にはきみたちもいっしょに会いに行く手はずを整える」そこでリヴィエールににやっと笑いかけた。「相手はいままでとはちがう予審判事だ。内務省はなぜかこの事件の担当に商取引の事件を扱う予審判事をつけた。どういう発想なのか理解に苦しむが、おそらく内務省の役人は『ルノー』という文字が出てきたところでファイルを読むのをやめたんだろう」

リヴィエールがバカ笑いした。「どうかご安心を、警視正。言葉遣いに気をつけますから」

「それでだ、ル・テリエ警部」タロンが続ける。「その予審判事はきみといっしょに仕事をしたことがあるらしい。マダム・ダグルモンだ。きみが同席してくれれば、われわれの荒っぽさに相手が激高することもあるまい」リヴィエールが一段とけたたましく笑い、止まらない勢いだ。

企業がらみの事件を扱う予審判事が本拠地としているのは、白くてそっけない石造りの建物だ。カプシーヌが所属していた経済犯罪の捜査部門では、業務時間の大きな比重をこの建物が占める。警察で上司に業務内容を報告するよりも、ここで説明している時間のほうが圧倒的に長いのだ。予審判事は被疑者を訊問する権限を持ち、事件を裁判所に送るかどうかを決定する。警察を飛行機にたとえると予審判事は爆撃手にあたる。標的の上にさしかかった時に、撃つ判断をくだすのは彼らだ。カプシーヌはこの建物を訪れるたびに、あまりの厳重な警備に感心してしまう。扱う事件にからむ金額が大きければ大きいほど危険をともなう、などと当局のお偉方は本気で考えているにちがいない。

何度となく通ったガラスのドアがある入り口を、カプシーヌはタロンとリヴィエールとともに通過した。目につかないところに設置された金属探知機が反応してなかの警備係のデスクで控えめな赤いライトが光る。警備員は六十代半ばの男性だが、がっちりした体格で元気いっぱいだ。もとは警察官だったにちがいない。彼が生き生きした表情で立ち上がる。

「こちらにどうぞ。皆さんの大砲を預かっておきましょう。さあさあ遠慮しないで」

カプシーヌとリヴィエールはシグ・ザウエル社のピストルと引き換えにプラスチック製の札をわたされる。ふたりの背後でタロンはホールを行ったり来たりしている、考えごとに没頭しているといった風情だ。

「あなたもです、警視」警備係が張りのある声をとどろかせる。

「警視正だ！」リヴィエールが叱りつけるように言い返す。

「たとえ共和国大統領であっても同じですよ。銃を所持したまま判事に会うことは誰一人として許されないのです」

騒ぎを見て、制服姿の警察官ふたりがホルスターのなかのピストルに手をかけてこちらに移動しようとしている。デスクの警備係が彼らに戻るようにと手で合図する。

タロンが彼にちかづいて愛想よく微笑んだ。

「わかっていますとも」警備係がいう。「IDカードを確認するまでもなく、顔を見れば警視正のことはわかります」

「すまない、考えごとをしていたもので。これを頼む」タロンは使いこんだレザーのショルダーホルスターから357マグナム・マニューリンF1——床尾にゴム製のパッドがついているのでかなり無骨だ——を抜き、グリップを警備係に向けてわたす。これは以前に使われていたピストルだ。司法警察向けに変更を加えられたシグ・ザウエルに切り替わってからは使用が認められていない。

「わたしも同じものを、ほら」警備係がジャケットを広げると、同じリボルバーがあらわれた。「懲戒処分を受けても惜しくないだけの価値があるからね。いくら最新式といわれても信頼できないものはできない。プラスチックでできているのかっていいたくなる。なんのために十五発もあるんだか。実弾をまっすぐに撃つことができれば六発でも多い。そう思いませんか、警視正？」彼は「正」という部分を強調し、皮肉たっぷりの表情をリヴィエールに向けた。

タロンは警備係に微笑む。

「規則というのは大局的な見地から解釈することも必要ってことだね」

予審判事は五十代前半の女性で、胸元が大きくあいた黒いスーツでなかなかの自信を匂わせている。カプシーヌは職場ではとてもこんなに大胆にはなれない。だがこのスーツは彼女の凜とした雰囲気を際立たせる効果がある。じっさい、彼女は自他ともに認めるたいへんなやり手だった。

ダグルモン予審判事はお気に入りの姪でも迎える調子でカプシーヌを歓迎した。

「いらっしゃい、カプシーヌ。刑事部に異動したそうね。なんとまあ勇敢だこと！」

カプシーヌは知らず知らずのうちに顔が真っ赤になった。リヴィエールがバカ笑いし、タロンにシッと叱られた。判事の領域に足を踏み入れるとはこういうことなのだ。カプシーヌはいつもながら驚く。ここは警察としての特権がいっさい通用しない唯一の場所。警察官は被疑者とたいして変わらない扱いを受ける。タロンがあからさまに下手に出るとは驚きだ。

いつもとはまるで別人だ。この女性がボスであることを認め服従の態度を示していると思えば、不思議ではない。しかしリヴィエールはふだんどおりの好色ぶりを発揮してダグルモン予審判事のデコルテをじろじろ見ている。

タロンはこれまでの捜査の流れをかいつまんで説明し、時折カプシーヌとリヴィエールに詳細を述べるように指示した。予審判事は一度も話を中断させなかったが、しばしば『停止』ボタンを押すように人さし指をあげ、金色のウォーターマンの万年筆でメモをとった。

概要をきき終えると彼女は顔をあげ、タロンに厳しい視線を向けた。

「解明作業はあまり進んでいないということですね、警視正？」

「そういうことです、予審判事」

「要するに、殺人がおこなわれたが、動機らしいものは見当たらない。被疑者も絞り切れていないということですね。いうまでもなく、被疑者がいなければわたしは事件記録を検察官に送付できません。被疑者をわたしの前に連れてくるのは、あくまでもあなたたちの仕事です」

タロンは無言だ。

「問題は」彼女が続ける。「このティフォン・プロジェクトね。どうにも奇妙だわ。殺人との関係性を示す根拠はいっさいない。でもあきらかに匂うわ。そして偽の治安総局の諜報員。その人物とトラッグ社のつながり――いまのところ、ごくわずかな手がかりしかないけれど。この二点はぷんぷん匂う。いったいなにがあるのかしら。とにかく怪しい。でもトラッグを告発できるような材料はそろっていない。そういうことですね。警視正?」

「そうです、判事」

「でも進んで行く先には思わぬ敵が潜んでいる。その人物が被疑者でトラッグ社の諜報員であると判明すれば事件はわたしたちの管轄外となるわ。わが国の法律に則ればそうなってしまう」そこで彼女がいったん中断し、続けた。「トラッグのことでは前回とんだザマだったから、これはもうまちがいないわ」

口の悪い刑事ならまだしも、予審判事らしからぬ言葉遣いに三人はあっけにとられた。そこにこめられた怨念の深さも相当なものだった。

「警視正、引き続きこの事件の捜査を進めてください。それからトラッグ社の周辺も調べること。本体そのものではなく、周辺をね。くれぐれも安全な距離を保つこと。絶対に近寄り過ぎないでね。盗聴器や隠しマイクを仕掛けるような行為を認めるわけにはいきません。法律が規定する『監視』行為も認めるわけにはいきません」

三人の刑事がうなずく。

「ですが、いまのはあくまでも法律を杓子定規に述べただけです。警察官の試験では、こういう法律の微妙な部分については広い見識をもとに解釈しなければならない。そうですね。いまは言葉の定義をめぐってあなたたちの貴重な時間を使っている場合ではない。ただちに業務を再開して、新しい展開があれば報告してください」

18

土曜日の午後を迎えるころにはカプシーヌはすっかり意気消沈し、いらだち、気が滅入っていた。ここで一息入れなければ、どんどん落ちこんでいくだけだと彼女は自分にいいきかせた。予審判事との面談の後、取り立てて成果はあがらなかった。面談後、ドゥラージュとまれに行き来のあった知人たちに話をきいたが、一日かけたわりにはなんの収穫もなかった。ただの時間の浪費にしか感じられない。そこで、思い切って仕事を切り上げて早めに週末の休暇に入ることにした。月曜日までは警視庁と距離を置こう。

午後三時には自宅に戻り、ずっとソファでアフガン編みの毛布にくるまって読書をし、アレクサンドルと近所のビストロで食事をとった。その後とても早い時刻にふたりでベッドに入り、眠りに就いたのはとても遅い時刻だった。

翌朝アレクサンドルは目覚めるなり元気いっぱいで、バスティーユのそばに最近開店したシーフード・レストランに行きたがった。

「赤と白のチェックのテーブルクロス、山盛りのカキが待っている。定番のカキといえば、養殖場で三年もかけて育てられるスペシアル、貴重なブロン牡蠣、繊細な風味のフィーヌ・

ドゥ・クレール。それからウニ、アカザエビ、ムール貝、バイ貝。小さなピンセットで殻から身を取り出して、きりっと辛口のサンセールとともに食するところを思い浮かべてごらん。ああ、もうたまらない！　憂鬱な気分なんていっぺんに吹き飛ぶ」

「カキ」ときくと、カプシーヌはつい浮かない表情になってしまう。

　そのレストランはアレクサンドルの言葉を裏切らず、シーフードを食べさせる伝統あるビストロとしてパリジャンが思い描くイメージそのままだった。ただし、よくできたパロディだ。壁のオークの羽目板も床の白いタイルも、まだ数日しか使われていない新品のはずだが、内装のプロの技で使い古された年代物に見えるように加工されている。訪れた客は、バスティーユ牢獄が建っていた時代から続いている店で食事をしているような気分を味わえる。店の外には緑色のスタンド（貝を処理するカウンター）があり、赤ら顔の男たちが作業をしている。彼らがブルターニュ地方の漁師の服装をしているのは、店のシーフードが産地直送であるような印象を与えるためだ。毎朝夜明けとともに彼らがブルターニュのロクチュディ港に行って、その家族が水揚げした魚介類のなかからいちばんいいものを選んでいるといわれてもおかしくない。ウェイターたちは昔ながらの黒いジャケットにくるぶしまでの丈の白いエプロン。まぶしいほど白いエプロンはぱりっと糊がきいている。そして何世紀もかけて磨き抜かれた技のように流暢な接客ぶりを見せる。

　いつものようにアレクサンドルは本名で予約していた。給仕長はいまかいまかと待ち受けていたようだ。アレクサンドルとカプシーヌはロックスター並みのうやうやしい態度で迎えられ、隅の静かな席に案内された。当然のごとくサービスでフルートグラスのシャンパンがつき、アレクサンドルがそれを味わうかたわらでこのレストランをひらくまでの苦労話がひとくさり披露された。それは彼をいらだたせるだけだったのだが、ともかく〈海の幸の盛り合わせ〉のいちばん大きなサイズとワインを無事に注文した。アレクサンドルはサンセールという、あまり知られていないが極上のワインを選んだ。店内は羽振りのよさそうなパリジャンで満員だ。時間をたっぷりかけて日曜日のランチを楽しむ彼らの席からきこえるどよめきが、なぜか心地よい。

カプシーヌはアレクサンドルに微笑みかけた。

「わたしは人をぼこぼこにしなければなにかを得ることができない世界に身を置いているというのに、あなたのいる世界では難しい顔をすればするほど話してもらえる。おまけに吐くほどシャンパンをサービスしてもらえる。たぶんあなたは正しい仕事選びをして、わたしはまちがえたんでしょうね」

すぐにシーフードが運ばれてきた。ウェイターがテーブルに高さ一フィートほどのスチール製のフレームをセットし、その中央に小さな皿をいくつも並べた。それぞれの皿にはバター、黒パン、カットしたレモン、ミニョネットソース――赤ワインビネガーとエシャロットのソース――が載っている。それから金属製の巨大な皿を運んできた。クラッシュアイスをたっぷり敷いた上にありとあらゆるシーフードがプロの緻密な技で同心円状にきれいに盛りつけてある。

それからの十五分間はひたすら食べることに専念した。カニの脚を外したり殻つきのカキの貴重な汁を一滴もこぼさないようにチュウチュウ吸ったりするのに神経を集中し、会話はすっかりお留守になった。

アレクサンドルが愛情をこめたまなざしで妻を見つめた。

「世界について再評価する気になったかな？」

「まあね。でも明日仕事に戻るのはこわいわ。つぎになにをしたらいいのかすら全然思いつかないのよ」

「話してごらん」

「金曜日に予審判事との面談があったの。なんだかとても奇妙だったわ。以前にいっしょに仕事をしたことがある人で、その時はとても率直で話もちゃんと通じたわ。でも今回はまるでちがっていた。持ってまわったような話し方で意味がよくわからないの。わたしたちへの指示も謎めいていた。まるでデルフォイの神託みたい」

「その予審判事というのは？」

「マリー＝エレーヌ・ダグルモンという女性。かなり貫禄のある人よ」

「おお、マリー＝エ·レーヌか！　彼女ならよく知っている。少なくとも、よく知ってはいたのは確かだ。おたがい学生だったころにな」

カプシーヌは笑ってしまう。「あなたの顔の広さときたら、けたはずれね！　どんな感じの人だったの？」

「とても聡明で、熱意にあふれ、政治的手腕に長けていた。野心旺盛といういいかたは正しくないな。それよりも自分がなにを望んでいるのかをきちんと理解していた。そしてじつに……」アレクサンドルがいいかけた言葉を飲みこむ。「まあ、抜け目ないな。じつに権謀術数に長けていたよ。どういう話をしたんだ？」

ほんの一瞬、マリー＝エレーヌ・ダグルモンとの過去についてアレクサンドルを問いつめてみたくなったが、カプシーヌは事件の話題に集中することにした。それにランチをとりながら夫の過去をほじくり出すなんていい趣味とはいえない。

「さいしょは彼女も驚いていたみたい。トラッグ社が関与している可能性があると知った時はタロン警視正もそうだった。そして――」

「待て」アレクサンドルが口を挟んだ。「なんだそれは。トラッグ社ってどういうことだ？」

「たいしたことじゃないの。治安総局の諜報員になりすました人物の携帯電話について調べたら、トラッグという会社の子会社に売られていたものだとわかったの」

「ずぶずぶに関係しているってことか。決して偶然じゃないだろう。タロンは激怒しただろうな」

「どうしてわかるの？」

「内務省が大昔にＣＩＡのスパイ狩りをしたことはきいたんだろう？」

カプシーヌがうなずく。「タロン警視正から全部きいたわ」

「強制送還されるスパイのリストを発表したのはわたしが働いていた新聞だった。まだ当時は駆け出しの記者だったが。その後のいきさつについても彼からきいたか？」カプシーヌがうなずく。「わたしはその事件の担当になって、けっきょく最後までずっと担当した。タロンは絶対にきみには話さないだろうが、トラッグ社のフランス国内のクライアントに妨害工作を仕掛ける警察の業務に彼は関与していた。やがて風向きが変わり、彼らは厳しい叱責を受けた。彼もそのひとりだった。地方に追放されなかったのは幸運だった。もっとひどい目にあった者もいたんだ」

「だから、トラッグ社の名前が出た時に形相を変えたのね」

「マリー＝エレーヌも、釣り上げられたサケのようにバタバタ騒いだにちがいない」アレクサンドルがにっこりする。

「彼女の場合はなぜ？」

「かんたんなことさ。彼女としてはきみたちが首尾よく事件を解明し、それを自分で包装してひもをかけ赤いロウで封印して検察官にわたし、能力を適切に評価されれば満足なんだ。彼女はそうやってプライドを保っている。トラッグが絡んでいるとなれば事件は彼女の手から取り上げられて国土監視局の手に委ねられる。その前に治安総局が事件をかっさらっていくかもしれない。自分のところの諜報員になりすました人物がいるという理由でな。そうなればきみたち警察も予審判事も部外者として追っ払われるだろう。マリー＝エレーヌはさぞや荒れるだろうな」

「でもね、どう考えても妙なのよ。ふつうは判事たちが容赦なく指示を出したがるものなの。

警察官よりも自分たちのほうがよほど捜査がうまいと思っているから。ところが、ちがったの。トラッグ社への捜査はいっさい認めない、でも捜査に取りかかれ。彼女はそういったのよ。タロン警視正は座ったまま、『はい、さっそくこの三人で』とこたえたわ」

「なるほど」

「でもわたしたちは行き詰まっている。トラッグ社の手がかりがつかめていない。解決への糸口がトラッグなのに、接近はできない。タロン警視正が許さないはず」

「その面談の後でタロンはなにかいったか？」

「いいえなにも。ただ、ノワール小説の登場人物みたいないつものしかめっ面をして、つぎは月曜日に報告に来いといったわ」

「ふむ、彼はマリー＝エレーヌの覚悟がどれほどのものか見極めているんだろう」

「覚悟？　いったいなんのこと？」カプシーヌはじれったがっている口調だ。

「彼女はきみたちに向かって、トラッグ社の捜査はいっさい許可するつもりはないといったんだろう？　昔の女教師みたいな聖人ぶった顔つきじゃなかったか？」

「よくわかるのね。彼女、憤慨していたわ」

「わたしの想像だが、彼女はきみたちに、独断で動けとそそのかしていたんだろう。タロンはそれを理解していたにちがいない。おそらくね」

「いったいなにができるっていうの。わたしはなにも思いつかない」カプシーヌは自分の皿の二枚貝をきれいに積み始めた。種類ごとに丁寧に分けて積んでいく。「どうせわたしの愚らしいとかって話が続くんでしょう。辞めろっていいたいんでしょ。そうすれば完璧な人生だ、すばらしいとかって話が続くんでしょう?」

「その逆だ」アレクサンドルはクラッシュアイスを荒っぽくひっかきまわして迷いこんだ貝をさぐりあてる。「きみはコツをつかみかけているし、わたしとしてもこの事件はおおいにやりがいがありそうだ。インサイダー取引は長ったらしい説明をきいてもちんぷんかんぷんだった。誰がインサイドで誰がアウトサイドなのかの区別もさっぱりできないしな。でもこの事件はちがう。はるかにおもしろい」

アレクサンドルはそこで目を細めて口をすぼめ、アジアの賢人ぶってみせる。残念ながら、おなかにガスがたまっているようにしか見えない。が、彼はおかまいなしに大きな声を出す。

「偉大な老子はいった、『打つ手がない時には敵の戦術を利用しろ』」

19

月曜日の午前十時、カプシーヌは念入りな計画を実行に移そうとしていた。自分の執務室のドアを閉めて深呼吸をひとつすると、バッグから携帯電話を取り出した。「諜報員エティエンヌ」の名刺に載っている番号を打ちこむ。呼び出し音が鳴る。そのまま鳴り続け、いまにも留守番電話に切り替わるのではないかと思った時、誰かが出た。男性の声だ。「はい」とそっけなくこたえた。

カプシーヌは気弱な事務員がおどおどしているふうを装った。

「もしもし？　諜報員のエティエンヌさんですか？」自信なさそうな口調に相手がだまされてくれますように。

「はい」またもやそっけない返事。

「リオネル・ヴァイヨンからの指示でご連絡しました」

「ああ、なるほどね、そうですか」あきらかにリラックスした口調になっている。

「ムッシュ・ヴァイヨンは新しいプロジェクトに配属となりました。わたしは彼のチームの者です。つまり……その……彼がいたチームという意味です。わたしの上司だったんです。

異動になるまでは。それで……あの……あなたにお役に立ちそうなデータがあったのでそれをムッシュ・ヴァイヨンが小包にしました。どうやってお届けすればいいのか、電話してうかがうようにと指示を受けました」

「それは恐縮です。そちらに受け取りに行きましょうか?」

「そうしていただくと、とてもありがたいです。パリ市内まで届けにこいといわれたらどうしようかと思っていました。本社にいらしていただくことは可能でしょうか。そうしていただけると大変ありがたいのですが」

「だいじょうぶですよ。今日の午後はどうでしょう。三時頃ではいかがですか。ご都合はよろしいですか?」

「はい。受付でマリー・メルシエに会いに来たとおっしゃってください。ありがとうございます。わざわざ足を運んでくださることに感謝申し上げます。では後ほど」

カプシーヌは携帯電話の「終了」の赤いボタンを押した。いまのところすこぶる順調だ。これほどかんたんに騙されるとは驚きだ。

この計画にはタロン警視正ですらご満悦だった。「同じ路線でべつの案を考えていたが、こちらのほうがずっと効果がありそうだ」といってくれたのだ。

部下の巡査部長三人をクリオに押しこんでビヤンクールに到着したのは二時半だった。外に三人を残し、カプシーヌはかさばる茶封筒を手に大理石の長い受付カウンターに向かって歩いていった。ロビーにはほかには誰もいない。受付でIDケースを見せる。片側には身分証、反対側にはバッジがある。八人の受付嬢がにぎやかな声をあげてあつまってきた。そしてIDケースをうっとりと眺め、しんとしてしまった。これが「司法警察」という言葉の威力なのだ。

「よくきいて。あと数分で被疑者がやってきます。危険人物です。マリー・メルシエに会いたいというはずなので、わたしのところに寄越して。あそこの隅にいますから。お願いね」

八人全員がうなずきながら、なにやらつぶやく。どうやら「ウィ、マダム」といっているらしい。

カプシーヌは隅に陣取り、窓の厚板ガラス越しに外の巡査部長たちの方向を見る。彼らの姿は見えないが、いまごろは張りつめた様子で送受信兼用の無線機にかじりついているにちがいない。

三時ぴったりに男性が入ってきた。そのまま受付のカウンターにちかづき、中央の受付係になにかをたずねる。彼女は中腰で、隅にいるカプシーヌを指さす。

男性がにこやかな表情でカプシーヌのところにやってくる。

「マドモワゼル・メルシエですか？」

「ムッシュ・エティエンヌですね？」

エティエンヌがうなずく。

「どうぞお掛けください」

カプシーヌは手に持った封筒をおずおずと見せる。彼女のプランではまず偽者の諜報員を座らせ、それから身分を明かして速やかに逮捕、という段取りを予定していた。いったん腰をおろした人間がいきなり逃げ出す可能性は低い。これは警察で培われてきたテクニックだ。ともかくルノーで醜態をさらすことだけは避けたい。いまの状況では、それだけは防がなくては。

エティエンヌはとても愛想がいい。

「わたしの友人のリオネルの身になにかあったんですか？」

「新しいプロジェクトに異動になったんです。じつはちょっと昇進したんですよ」

「それでも引き続きティフォン・プロジェクトの担当を？」

「あら」カプシーヌがクスリと笑う。「それはおこたえできません。秘密事項ですから」

エティエンヌが苦笑いする。カプシーヌは、自分の言葉で彼が警戒心を抱いたのだと気づいたが、なにがいけなかったのかまったくわからない。彼はそわそわと左右を確認し、わざとらしい陽気な調子で話しかける。

「テスト走行用のコースではきみに気づかなかったなあ。こんな美人に気づかないはずがないんだが」

「わたしが働いているのはクールセルではないんです。ここの上の階で勤務しています」カプシーヌはコケティッシュな笑みを浮かべてこたえる。

エティエンヌの笑顔が少しくもる。「その封筒を受け取ったら身元確認のための署名をすればいいんですね。でもその前に手洗いをお借りしていいですか？　昼食以降ずっと外回りだったもので」

　返事を待たずに彼は立ち上がり、足早に歩き出した。まっすぐ先のガラス製のドアに向かっていく。

　カプシーヌはピンときて、無線機を握り巡査部長たちに呼びかけた。

「被疑者が行動を起こしたわ。北側に向かっている。ダヴィッドとイザベルは建物のそちら側をカバーして。モモ、車を北側に移動させて。わたしは彼のあとを追うわ」

　エティエンヌはロビーのドアをあけてさらに廊下を進む。少し小走りになっている。唐突に右側に鋭く曲がった。五十フィート足らずの距離を置いて追いかけていたカプシーヌも角を曲がったが、人の姿はなく物音ひとつしない。彼女は足を止め耳を澄ませた。五感をフルにはたらかせながら、できる限り音を立てないように早足で進む。彼は角を曲がったと同時に全力疾走したにちがいない。前方で廊下は交差している。果たしてどちらの方向に行ったのか。

　その場で一分か二分様子をうかがい、廊下の奥をうかがう。左右を確認してもなにも見えず、なにもきこえない。とその時、ずっと後ろのほうで、カチャリとドアが閉まる音がした。受付があるロビーに続くドアだ。カプシーヌは回れ右をして駆け出し、無線機の通信ボタンを力まかせに叩いた。

「やられた！　まかれたわ。彼は折り返して正面玄関に向かっている。車を出して。いま正面に向かっているわ。なにがあっても彼を逃すわけにはいかない」

これはかならずしも悪い事態ではないとカプシーヌは自分にいいきかせた、だっていまのわたし、本物の警察官みたいな口がきけるようになっている。

20

彼女が正面玄関に着くと、ちょうど車も到着したところだった。モモが急ブレーキを踏んで路面にタイヤ痕を残しながら車寄せに停車した。カプシーヌが助手席に飛び乗り、モモはアクセルを目一杯踏みこむ。クリオはしずしずと走り出した。

「なにが起きたんですか？」モモがたずねる。

「彼は機転が利くわ。トイレに行くふりをしてどこかの部屋に隠れ、わたしが通り過ぎるのを待って元の場所に引き返したの」

「なるほど。彼はネイビーブルーのＢＭＷ５２５に乗っています。われわれとの差は二十秒以内。道路に出れば見えるでしょう」

カプシーヌは元気よくうなずき、車の無線のマイクに向かって興奮した口調で呼びかけた。司法警察の無線センターのデスクに、被疑者を追跡していること、もしかしたらビヤンクールにバリケードを設置してもらうことになるかもしれないが、位置を知らせるにはまだ数分かかるだろうと告げた。

車はルノーの車寄せを走行する。モモは猛然と毒づきながら執拗にアクセルを踏むが、さっぱりスピードは出ない。ほとんど減速しないまま左に折れてルクレール将軍通りに入ったのでタイヤが大きいきしみ音をあげ、接近してきた車は急ブレーキをかけた。その車を運転していた人物が窓から首を出して叫んだ。「アラブ系移民はフランス人の職を奪っている。彼らはむち打たれて地中海の向こうに追い返されるべきだ」というようなことをいっている。モモは窓から首を出してにこりと笑ってみせると中指を立てて拳を上に突き上げた。そして青いライトをルーフにバンと置いた。ダッシュボードのスイッチを軽く叩くと脈打つようにライトが点滅する。モモは腹立たしげにもうひとつスイッチを軽く叩いた。するとフランス警察のピーポーピーポーというサイレン音が耳をつんざくようなボリュームで車内にも鳴り響いた。

「彼が見える？」カプシーヌが騒音にめげずに叫ぶ。

「ええ。約二百ヤード前方にいます」

ルクレール将軍通りはペリフェリック（パリ環状道路）まで約二マイルまっすぐに伸びている。一マイル先は広場の下を通過する地下トンネルとなっており、六本の道路が交差している。バリケードを設置するには絶好の地点だ。カプシーヌは鳴り響くサイレンの音が入らないようにマイクを手のひらで包みこみ、地下道のまんなかにバリケードを設置するようビヤンクールの警察への指示を伝えた。

車はなおも走り続ける。ＢＭＷは車を縫ってジグザグと巧みに走り、クリオは懸命にそれについていく。クリオのスピードメーターは時速八十三マイルを示している。販売用のパンフレットで謳われている最高速度よりも十マイルも下回っている。警察官が四人もぎゅう詰めになって走行する状況は想定されていないのだろう。当然ながらBMWははるかにスピードが出る。が、車の流れがそれを阻む。対してクリオは無敵だ。サイレン音でほかの車が脇に退いてくれる。エティエンヌがバリケードにさしかかるころにはぴったり後ろにつけるはず。

ところがBMWが忽然と姿を消した。自動車専用道路出入り口《ランプウエイ》から下に降りたのだ。数秒後にクリオがその地点に到達すると、BMWが地下道の先のランプウェイから猛スピードでのぼっていくのが見えた。いっぽうで、ビヤンクールの憲兵隊が警察車輌のヴァンからガッファーテープの大きなロールをあわてて運び出している。その脇を通り過ぎる際、クリオのなかの四人がいっせいに「クソッ《メルド》！」と叫んだ。

一分もしないうちにエティエンヌのBMWはペリフェリックに達し、そこで彼は重大な選択を迫られるはずだ。そのままペリフェリックに乗れば、持ち前のスピードを活かして六車線の高速道路で一気に引き離せる。ペリフェリックには乗らずパリの十六区に入って脇道で追っ手を撒くという手もある。あるいは方向を変えてブローニュの森をめざすか。そうなるとペリフェリックよりもさらに猛スピードで飛ばせる。しかも好きな時に街なかに入れる。

彼はブローニュの森を選んだ。

モモは納得するようにうなずく。「きっとおれも同じことをするだろうな。森なら、うんと飛ばせる。あのあたりは十六区に続いているから、姿をくらますにもちょうどいい。それに森に入ってしまうと彼がどちらに行こうとしているのかわれわれには判断がつかないからバリケードを設置できない。そういうこともすべて折りこみずみでこっちを選んでいるってことだ」

　二台の車は北の方角へと疾走し、競馬場に沿って左側にカーブして風格のある木々がうっそうと繁る森のなかに入っていった。娼婦たちはすでに姿を見せている。クリオの前方で闊歩する彼女たちのなかには、胸をあらわにした者やピンヒール以外一糸まとわぬ姿も混じっている。もちろん警察の車が通過する時には彼らは森のなかに姿を消し、影も形もない。エティエンヌが三十秒前にここを通過していたら娼婦を拾っただろうかとカプシーヌは考えた。じっさいには彼らの差は三十秒もなかったのだから無理なのだが。

　車は一直線に伸びるロンシャン通りに到達した。エティエンヌはアクセルを踏みこみ、時速百マイルに加速してクリオをあっという間に引き離す。数秒のうちにＢＭＷはポルト・マイヨの円形交差点に入った。警察の追っ手をうんと引き離してから十七区の街路に入り行方をくらますつもりなのだろう。けれどカプシーヌはすでに連絡を取り、憲兵隊にエティエンヌの進路をチェックさせている。

　エティエンヌはグランド・アルメ通りを飛ばし、シャルル・ド・ゴール広場の円形交差点からシャンゼリゼ通りに入る。二台が轟音とともに駆け抜けていくのを、人々が足を止め振り返って見ている。

「観光客によろこんでもらっているのはまちがいないわ。それがどの程度の意味を持つのかは、神のみぞ知る」イザベルがコメントする。「つぎの機会にはモモにベレー帽をかぶらせてバゲットを抱えさせたらいいかも」

ＢＭＷはシャンゼリゼ通りからマルソー通りへと曲がり、セーヌ川の方向に向かう。そして坂を下り切った地点で高速道路へ。セーヌ川と並行に走る片側二車線の幹線道路で、水位とほぼ同じ高さだ。

エティエンヌは判断を誤った。もう逃げられない。彼が高速道路を降りる前に警察がバリケードを設置する。カプシーヌは無線で懸命に指示を出した。

けっきょく四マイル走ったあげく四区で勝負がついた。エティエンヌはカプシーヌたちのクリオを大きく引き離し、四分の一マイル近く差がついていた。そしてオテル・ドゥ・ヴィル——パリ市庁舎——で高速を降りようと上り勾配を進む。皮肉なことに、司法警察の本部である警視庁にいちばん近い出口だ。

のぼりきった地点の両脇にはネイビーブルーの警察のヴァンが二台待機している。クリオに乗っているカプシーヌからもそれが見えた。意地悪く刻まれたサメの歯のような突起がタイヤをズタズタに裂く音がきこえるような気がした。もはやハンドル操作不能となったＢＭＷは火花をあげながら横滑りし、反対側の縁石に激しくぶつかった。

エティエンヌが車から飛び降りて駆け出した。待機していた憲兵隊員ふたりが叫ぶ。バリケード用のテープが回収されたばかりのわずかなスペースをモモが突破し、小さなクリオのタイヤをきしらせながら猛スピードで道路を斜めに横切り、市庁舎前の広場を囲むフェンスのところにエティエンヌを追いつめた。カプシーヌは外に飛び出し、ウエストの背中側からピストルを抜いて腕を頭上に伸ばして構える。そして必死に引き金を引いて十五発すべてを空に向けて撃った。細かなスタッカートはひとつながりとなって巨大な紙をふたつに裂くようなシャーッという音がした。エティエンヌが棒立ちになり、両腕を左右にまっすぐ広げたまま上半身ががくんと前に倒れた。パリ市庁舎の前の群衆はハトの一群が驚いて飛び立つように大慌てで四方八方に散った。カプシーヌはなおもピストルを頭上に向けたままエキストラクターのレバーを操作し、落ちてきた空の弾倉をつかんで新しい弾倉を叩きつけるように入れる。その一部始終をモモが感嘆しきった表情で見つめていた。

21

フランスの警察はとにかく力を誇示したがる。エティエンヌがあっというまに降伏した後もヴァンが三台到着し、制服警官が四十名以上降りてきた。しだいに数が増す群衆の整理にあたったりパリ市庁舎の前を通行止めにしたりする警官はごく一部で、大半はいばりくさってうろうろしているだけ。よその隊と盛んに握手をしては連帯意識を高めている。すべての発端となったエティエンヌは背中側で両手に手錠をかけられ、無言のまま辛抱強く立っている。その周囲をカプシーヌと三人の巡査部長が取り囲む。四人とも銃はすでにホルスターにしまい、やはり無言だ。カーチェイスの後で皆、少々放心状態なのだ。

しばらくするとエティエンヌがカプシーヌを見下ろし、少年のような表情で微笑んだ。

「つかまっちゃったな」カプシーヌは無表情のまま彼を見返し、なにもこたえなかった。

ネイビーブルーのプジョー407が到着し、大きな車体からスーツ姿の体格のいい男性がふたり降り立った。彼らは丁寧な態度でエティエンヌの上腕をしっかりとつかみ、車の後部座席へと乗りこませる。そして自分たちは前の席に座る。カプシーヌはエティエンヌの隣の席に陣取った。車は二区画先のパリ警視庁めざして走り出した。異常なほど急激な加速は警察車輛の運転者の特徴だ。悲しげなサイレンの音が耳にガンガン響き、青い光は偏頭痛がズキズキ痛むように点滅している。

警視庁に着くなりエティエンヌは地下二階に連れて行かれた。セーヌ川の水面よりもはるかに下に位置する大きな部屋は湿度が高い。スチール製のドアには鋲《びょう》がたくさん打ちこまれ、のぞき窓がついている。街なかでの大騒ぎの後だけに、室内はおそろしく静かに感じられた。大昔に壁に塗られた緑色のペンキは湿気でぽろぽろはがれ落ちている。部屋のまんなかには傷がたくさんついたオーク材のテーブルがひとつ。その両側にパイプ椅子が向かい合わせに置かれている。天井からはでこぼこの傘がついた明かりが下がり、テーブルをスポットライトのように照らす。開いたドアからかすかな風が吹きこむたびに明かりが前後に揺れ、それに合わせて複数の影が海底の海草のようにゆらゆらと揺れて不可思議な雰囲気だ。それにしても、ここはB級映画に登場する警察の厳しい取り調べのシーンにぴったりではないか。カプシーヌは感心していた。

エティエンヌのポケットの中身はすべて出され、仔細に調べられ、テーブルに並べられた。アメリカのパスポートはガイ・トマス名義で入国のスタンプの数は尋常ではない。携帯電話一台、硬貨数枚、真新しい財布にクレジットカード二枚、エティエンヌ名の治安総局の名刺三枚、ユーロ紙幣数枚、ニューヨーク州の運転免許証。ラミネート加工された免許証もガイ・トマスの名義だ。それですべてだった。

エティエンヌと名乗る男の両手にはそれぞれ手錠がかけられて、椅子のパイプ部分につながれている。身を乗り出す程度の自由はきくが立ち上がることはできない。

室内にはカプシーヌを含め六人の捜査官がいる。皆、くらがりのなかにいるので影法師のようだ。

そのうちの一人がくらがりから出て尋問を始めた。ワイシャツ姿の彼は愛嬌たっぷりのまるまるとした体型。汗で黒ずんだレザーのホルスターには旧式のマニューリンのリボルバーを入れて脇の下に装着している。一九三〇年代の刑事ものの映画に出てきそうなタイプだ。彼は片足を引きずりながらエティエンヌと名乗る人物の周りを歩き回る。緊張感が漂う室内で、あえて快活に、そしてばか丁寧にふるまっている。カプシーヌはこの人物とは面識がない。

「さて、まずは自己紹介してもらおうか」相手を安心させる静かな声で話しかける。小児科医が怯える子どもを励ましてどこが痛いのかときくときのような声だ。

拘束された男が気さくな笑顔を浮かべる。「いいですよ。名前はガイ・トマス、アメリカ人です。ここには一週間の休暇で来ています」パリ市庁舎の前でカプシーヌと言葉を交わした時には、まるで母国語のように流暢なフランス語を操っていた。ところがいまはアメリカ人のアクセントでたどたどしい喋り方だ。

捜査官がにっこりする。「なるほど。ともかく基本的なところから始めよう。年齢、住所、職業、パリでの滞在先を」

男はあくまでも笑顔で自信たっぷりに説明する。自分はニューヨークのソフトウェア会社に勤務している、パリには休暇で訪れた、パリに来るのが好きで何度も訪れている、パリでは友人のアパルトマンに滞在しているがあいにく友人は街を離れている。

「ほほう」刑事が励ますような笑みとともにいう。「さていよいよハイライト部分ですが、なぜルノーにいたのか、そしてなぜ時速八十マイルを超える猛スピードで警察から逃れようとしたのか、きかせてください」

「はい」拘束された男はたどたどしいフランス語でこたえる。「じつはかなり困惑しています。ルノーに行ったのは、車を購入してアメリカに送ることについて相談するためです。アメリカではなかなか手に入りませんからね。すると、女性がわたしに向かってなにか叫んだのです。なにをいっているのかわかりませんでしたが、追いかけてきたので廊下を走って、自分の車にやっとのことで戻りました。そうしたら車で追ってきた。警察の人だなんて、思いもしませんでした。きっと人違いでしょう。これは大使館に話しておいたほうがいいと思っています。いますぐここからわたしを出すよう要求します」

男の背後にいた影法師たちのひとりがぬっと姿をあらわした。苦々しい表情の若い刑事だ。

「いいか、よくきけ」奥歯を嚙みしめながら声を出す。「ここから出ていくことなど不可能だ。われわれはおまえを七十二時間拘束する権利がある、その期間中、一歩も出られやしないと断言しておく。期限が来るころには、おまえはおれたちに洗いざらい話しているはずだ。そうしたら廊下の先にある別室に移ることになる。この部屋とよく似た場所だ。おまえにとって旅の第一歩だな。死ぬまで刑務所で過ごす旅だ。覚悟しておけ。ひどい目にあうぞ」彼は威嚇するように笑った。

そしてウツボが自分の岩穴にするすると入るように暗がりにもどる。まるで茶番劇だ。長台詞のあいだ穏やかな視線を男に向けていた、年かさの刑事が申し訳なさそうな笑みを浮かべる。

「もう一度きかせてもらおうか。パリには休暇でたびたび訪れている。ある日、車を買ったら楽しいだろうと思いついた――」

男はさきほどの話をもう一度繰り返した。さらに一度、そしてもう一度、同じ話を繰り返す。時間は重い塊のようになかなか動かない。時折、人の出入りがあり、隅でひそひそと会話が交わされ、そのうちにまた誰かが出たり入ったりする。男は少しも疲れを見せず、見え透いたつくり話を繰り返す。温和な表情を崩さず、子どもを相手にしているような、あるいは第三世界の話の通じない警察に懇々と説明するような態度だ。年長の刑事はおだやかな物腰のまま、そして若いほうの刑事は憎々しげな言葉をたまに口にする。

その間カプシーヌはくらがりのなかで見守っていた。時折ささやき声で報告を受ける時以外、声を出すこともない。無数の空港のスタンプのなかから、男が今回フランスに到着したと主張している日付に一致するものが見つかったらしい。そして彼が述べた住所にじっさいに滞在していたようだ。部屋の正式な借り主はまだ行方が特定できない。男の勤務先への確認はこれからだ。ニューヨークの会社の始業時刻に合わせてパリ時間の午前三時に電話することになっている。

数時間経った時、スチール製のドアがキーキーと甲高い音を立てて開き、タロン警視正がずかずかと入ってきた。明かりのスイッチがパチンと入ったように雰囲気ががらっと変わった。タロンはデスクにちかづき、拘束された男をぐっと睨みつける。

「いつまででたらめをいうつもりだ？　そんなことを続けてもどうにもならないぞ」

エティエンヌと名乗った男は芝居がかった表情で両目を大きく見開いて驚いてみせる。

「どういうことでしょう？」尋問が続くにつれて彼のフランス語のレベルは少しずつ上がっていたが、ふたたび初心者のレベルにもどっている。

「おまえはトラッグ社のスパイだ。治安総局の諜報員になりすましたのだから禁固十五年は確実だ。さらに逮捕しようとする警察官から逃亡を企て、事故を起こして罪のない市民を危険にさらした。これも懲役刑に相当する。また、死刑に相当する犯罪の主要な被疑者でもある。いますぐにでも刑務所にぶちこめるぞ。そうなったら軽く二十年は出てこられない。さあ、とっとと吐け！」

男はまたもや、いままで延々と繰り返した話を始めた。

「ムッシュ、あなたがどんな報告を受けたのかは知りませんが、わたしはアメリカ人でパリには休暇で訪れました。ルノーに行ったのは、車を買うためです。そうしたらあの女性が追いかけてきたんです」

タロンは憤然としてテーブルのまわりをグルグル歩き出す。

「勤務先はニューヨークのブライアンフィールド・オフィスシステムズ社です。アメリカの市民です。あの女性は――」

すさまじい音がした。タロンが男の背後から彼の頭頂部を分厚い本で殴ったのだ。男はひとことも声を洩らさない。耳から血がぽたぽたと垂れている。男は頭をそっとテーブルにのせて顔を横に向ける。呼吸は浅く、目は開いているが焦点は合っていない。

悪役を演じていた若い刑事が男の髪をつかんで頭を持ちあげ、左の頬を二回叩いた。手のひらで叩いたのは顔に跡を残さないためだ。

「なめるなよ」そのまま若い刑事は男の頭を、彼の目の焦点が合うまで揺さぶり続ける。

「話せ」タロンが命じた。

「わたしはアメリカ人です。パリには一週間の休暇で――」

二度目も当たりは激しく、強烈な音がした。男の耳から流れ出した血が首をつたって襟に落ちていく。

同じ事が何度も繰り返された。それでも男は同じ話を繰り返すが、しだいにつぶやくような声になり、やがて聴き取れなくなった。顔から血の気が引いて死人のように真っ白になっていく。ついにテーブルにばたりと突っ伏し動かなくなった。悪役の刑事が力ずくで起こそうとしても起こせない。

タロンは軽蔑し切った表情だ。「いまどき奴らが送りこんでくるのは、この程度のレベルか」彼はカプシーヌに向かって指一本で合図した。「当直医を呼んで十五分ごとにチェックさせろ。興奮剤はいらない。鎮痛剤もだ。血圧の上が七十、下が五十を切るか、あるいは意識がもどったら連絡しろ。執務室にいる」
タロンはそのままつかつかと出ていき、ほかの捜査官たちも続いた。部屋にはカプシーヌと男だけが残った。

医師がやってきた。男の耳の血を拭き取り血圧を測定すると、十五分ごとにチェックする必要はないといって鼻を鳴らした。それでも医師は時折ドアののぞき窓から様子を見ている。男はテーブルに突っ伏したままぐったりして動かない。呼吸は浅く弱々しい。顔は土気色だ。重苦しい空気のなかで時間はのろのろと過ぎた。

夜も更けたころ、ようやく男が意識を取りもどして椅子の背にぐったりともたれた。頭をはっきりさせようとしてしきりに振っていたが、激痛にでも襲われたように、不意に動きを止めた。そして首を動かさないように胴を軸にして室内を用心深く見回した。カプシーヌ以外に誰もいないことを確認したようだ。「水をもらえますか……お願いします」完璧なフランス語で哀れっぽくせがむ。

カプシーヌは無表情のまま戸口の小さなボタンを押した。やってきた制服警官に「小さな缶ジュースを」と指示する。

ジュースが運ばれてくると、男の口元に高さ三インチほどのアルミ缶をちかづけ、ゆっくり飲ませた。顔色が少しよくなり、目にもかすかに生気が感じられる。

「あなたは自分で自分の首を絞めているわ」カプシーヌがかすかに微笑む。「これからすぐに警視正に連絡しなくては。彼はあなたに容赦しないと思う。あなたが口を割るまで叩き続けるわ、きっと。半殺しの目にあうわよ。硬膜下血腫を起こすかもしれない。そうなったら上の階の留置場に移され、領土立入禁止の措置を受けて国外退去の指示を待つことになるわ。二度とフランスに入国できないということ。そして頃合いを見てニューヨーク行きの便に乗せられる。脳内に血液が漏出している状態のまま、きちんと医師に診てもらうまで一週間はかかるでしょうね。その結果、どうなると思う？」

男はしばらく考えた末に、はにかんだように笑みを浮かべた。

「なかなかいいアドバイスかもしれない。あの電話帳で叩くのをやめさせてくれたら、話をする」

「あれは電話帳ではないわ。電話帳のサイズが小さくなってからは、もう使っていないの。あれはフランスの弁護士名簿よ。電話帳より重いからぴったりなの。あなたもそう思うでしょ？」

男が小さく鼻を鳴らした。元気が出てきたらしい。もしかしたら、この部屋で初めて人が笑った瞬間かもしれないとカプシーヌは思った。

「さて」彼が口をひらいた。「どんなふうに突き止めたのかは見当もつかないが、確かにわたしはトラッグ社のスパイです」

カプシーヌが警視庁を出たのは朝の六時半だった。ガイ・トマスは本名だったようだ。彼は自供し、その自供内容を二度、三度繰り返した後に記録がプリントアウトされ、彼は署名した。川の水位よりも低い湿気だらけのあの部屋で、彼はいまも椅子に手錠でつながれたまま、予審判事のもとへ連れていかれるのを待っている。タロンは終始彼に対する嫌悪を隠さなかった。

車で自宅に戻るとちゅう、少し遠回りしてベーカリーに寄った。クロワッサンが抜群においしいその店でマーガリンでなくバター入りクロワッサンを六個買って帰宅した。アレクサンドルは仰向けで熟睡している。カバーに覆われたおなかのふっくらした曲線がほほえましい。静かないびきの音は安心を与えてくれる。

たっぷり時間をかけてシャワーを浴び、エルメスの石けんをおろした。カプシーヌの誕生日に誰かが贈ってくれたギフトのバスケットに入っていたものだ。甘ったるい香りのおかげで、尋問をおこなった小部屋にしみついていた汗と恐怖の悪臭からようやく解放された。昨夜から引きずっていた荒んだ気分もほぼ消えた。

アレクサンドルがぱっちり目をさまし、歯を磨きに洗面所に来た。ご機嫌な表情だ。

「魅力的な妻が明け方足を引きずるようにして帰宅したらたいていの男は慌てるだろうが、うちは安心だ。だってきみの場合はいくらおいたが過ぎるとしても、悪漢どもをぶん殴る程度だからな」

「司法警察ではぶん殴るなんて言葉は口にできないわ。現実はあまりにも非人道的でジョークにはならない」

「天使のようなわが妻よ、そんなことはすべて知っているとも。ほんとうだ。ジャーナリストなら誰でも知っている」アレクサンドルがカプシーヌを包みこむように抱きしめる。「ここだけの話だが、そうでもしなければならないこともある」

カプシーヌはすっきりした表情でアレクサンドルから身を離した。

「ねえ、クロワッサンを買ってきたのよ。朝食にしましょう。昨日のことを話すから」

カプシーヌはパスキーニ社のエスプレッソマシンでカフェオレ二杯を手際良くつくり、クロワッサンを一個むしゃむしゃと食べた。指についたバターをなめ、二個目を食べようかどうしようかと考えていると、とうとうアレクサンドルが待ちきれなくなった。

「それで、昨日はなにがあったんだ？」

「じつはね、わたしの計画がうまくいったの。問題の男を逮捕したわ。そこに持ちこむまでには、少々バタバタしたけど。彼を追跡してビヤンクールから市庁舎まで走って、あと少しで正面玄関というところで追いつめたの。まるでアメリカ映画のカーチェイスみたいだった……映画そのものって感じで」

「きみのクリオで？　ずいぶんとまあ協力的な男だったんだな」

「モモが運転したのよ。でもね、楽しかったのはそこまで。口を割らせるのにまるまる一晩かかった。名簿で頭を叩いてね。供述の内容はシンプルだった。彼はやはりトラッグ社の人間だったの。実用性のある触媒をいずれどこかが開発すると踏んで、撃ち落とされたキジを追う猟犬みたいに彼らは嗅ぎ回っていた。ルノーの担当になったのが、わたしたちが捕えた男だったの。社長が亡くなったと知って、これは内部に侵入するチャンスだと彼は考えた。そこで治安総局の職員になりすましてルノーの研究開発の責任者に電話したの。ギヨムはまんまと騙された。彼の読みは的中して大量のデータをせしめた」

「彼に依頼したクライアントの名をタロンはききだしたのか？」

「男の主張は、自分たちはただ業界の情報収集をしていただけであって、なにかめぼしいものが見つかればそこで使い道を考えるつもりだったと。それに関してはぶれなかったわね」

「真実なのかもしれない。社長の死についてなにかいっていたか？」

「なにも知らないみたい。それは確かなようね。何度もしつこく探ったんだけど。彼は新聞で読んで知ったそうよ。ルノーはきっと混乱状態にあるだろうから、荒唐無稽な話を持ちかけるには絶好のタイミングだと考えた。大胆な手口だけど、うまくいかなくても損失はゼロ。あの携帯電話についてのうっかりミスがなければ――彼が犯したミスではないはず――トラッグ社が関係していることなど誰にもわからなかったでしょうね。そして彼らは念願通りのものを手に入れていた」

「それできみは、彼が殺人には無関係であると確信したんだね」

「完全に無関係よ。ドゥラージュが亡くなった金曜日に彼がフランス国内にいなかったことは確認できている。トラッグ社が目的のためには手段を選ばずルノーの社長の暗殺を企てるとは思えない。その点はタロン警視正も同じ意見よ」

「それで？」

「さあ。あなたのだいじなマリー＝エレーヌ予審判事はトラッグ社のスパイをどうするつもりなのかしら。あなたならわかるんじゃない？」

「おお、それならかんたんさ。彼女は彼を釈放するだろう。スパイが何者かになりすましたことを立件するなんて彼女としてみれば無駄なことだ。カーチェイスに関しては、せいぜい彼の免許を無効にすることくらいしかできない。それも、フランスの免許であればの話だ。おそらくそうではないだろう。第一、なんらかの理由で彼を裁判にかけようと動いたら、治安総局が黙っちゃいないだろう。いっさいがっさい彼女の手からもぎ取っていく。そうなれば彼女が殺人犯を起訴できる目はなくなる。それだけは避けたいはずだ」

「また振り出しにもどってしまった」

カプシーヌがため息をつき、涙ぐむ。すっかり気落ちした彼女をアレクサンドルは両手で抱きかかえた。

22

充実した長い夜が明け、カプシーヌはぼうっとした頭で警視庁に出勤した。コンピューターのスクリーンに赤い光がウィンクするように点滅している。内部の「緊急」の電子メールが届いている合図だ。それを見ていっぺんに目が覚めた。タロンから至急の呼び出しだった。

タロンが芝居がかった態度で取調室に登場した時以来、顔を合わせていなかった。が、今回もリヴィエールが先客としていたので、カプシーヌは焦った。タロンのデスクの前の椅子に座り、その椅子ごと後ろにそっくりかえってだらりとしている。タバコをくわえているポーズは、絶対にジェームズ・ディーンを意識している。リヴィエールとタロンは昨日からずっといっしょだったのだろうか？

タロンは自分のデスクの前に座っている。こちらはずいぶんと機嫌がよさそうににやにやしている。子どもがなにかやらかして叱ったものか褒めたものか迷う時、おとなはこんなふうに妙な笑顔を浮かべる。カプシーヌは子ども時代にドキドキした時のことを思い出した。おばの大邸宅《シャトー》で過ごしていたある日の午後、応接室で皆がお茶を飲もうとしているところに早熟な七歳のいとこが遅れて入ってきた。そして、スプーンを使ったすてきなアイデアを思いついたから見て欲しいといいだした。タロンの表情でカプシーヌが思い出したのは、あの時のおじたちのにやにやした顔だった。タロンはこれから褒めようとしているのだろうか、それとも辛辣な言葉が飛んでくるのか。まったく予想がつかない。もったいをつけられるのは苦痛だ。

「掛けなさい」タロンがにやりとする。「痛快だったな。あれですっきり毒が出た。きみが車でガンガン追跡して西部劇みたいにバンバン発砲したときいて、これまた愉快だった。うぬぼれたアメリカ野郎が当然の報いを受けるのを見て、じつにじつに気分爽快だった。これで一気に雲を吹き飛ばした。だからどこかに行けるというわけではないが、確実に雲は吹き飛ばした。そういうことだ」彼がさらににこやかな表情になる。「いや、ほんとうだ。きみはとてもよくやった。じつにじつに、よかった」

リヴィエールは困惑した表情だ。ガタンと音を立てて椅子をまっすぐにもどし、タロンとカプシーヌを交互に見ている。かまってもらいたがるスパニエル犬みたいな表情だ。

カプシーヌはイライラしてきた。いつものタロンらしくないし、とても感じが悪い。あてこすりだとしたら、我慢ならない。ただ、リヴィエールの困惑ぶりだけは見ていて愉快だった。

「昨夜遅く、予審判事から電話がかかってきた。彼女はあのトラッグ社の虫けらを解放した。自分のオフィスに連れて来させて取り調べをしたそうだ。速記者だけを立ち会わせた〝プライベート〟な面接だといっていたな。彼女は彼のことを気の毒に思った。彼女にいわせると

〝同情に足る〟状況だと判断し、厳しい叱責ですませた。今後駐車違反でも犯したら国外退去を命じると脅してな。そして部下に命じて彼をタクシーに押しこんだ。これでトラッグ社とのケリはついた」

アレクサンドルの予測がぴたりと的中したわけだ。こればかりは感動せずにはいられない。

「しかし、愉快ではあっても、事件はなお未解決のままだ」タロンが続ける。「そこで新しいアプローチに取りかかることにする。猛スピードでの追っかけっこも乱射ごっこも、もう必要ない。これからは細心の注意を払い緻密に、そして洞察力をフルに活用していく。ということで、ここにいるリヴィエール警部なんだが。このところのきみの活躍から判断して、彼は殺人事件の捜査技術を個人指導するという仕事をりっぱにやり遂げたようだ。おかげでほんとうに助かった。たったいま彼からきいたんだが、現在担当している事件をすっかりほったらかしにしているそうだ。有力な被疑者の見当はついていたようだが、膨大な手がかりを一つひとつ当たっている時間がなかった」

そこで皮肉をこめたまなざしをちらっとリヴィエールに向けた。

「だからそちらに全力を尽くしてもらいたい。完璧な書類を整えた上で法廷に臨みたいからな。二週間だ。その間に事件を解明して、どんなにへぼな検察官でも楽々有罪判決を取れるように準備してくれ。もう――」タロンがそこでほんの少し間を置いて、きっぱりとした口調で続けた。「ドゥラージュの事件に気を取られる必要はない。さあ、すぐに取りかかれ」

リヴィエールは小学生の男の子みたいにしゅんとしている。

「わかりました」と返事をして、足を引きずるようにして出ていった。少し心が痛む光景だったが、タロンの言葉はじつはカプシーヌにあてたものだとわかっていたので、同情している余裕はなかった。

「彼はとても頼りになる。いい奴なんだ」リヴィエールがいなくなるとタロンが口をひらいた。「しかし、やり方に少々クセがあってな。彼の場合、微妙なニュアンスにうとい」タロンは喉の奥から吠えるような声を押し出す。本人は笑ったつもりなのかもしれないが。「要するに、もう彼はきみに必要ない。むしろ邪魔になるだけだ。これからはきめ細やかに進めてもらいたい。忍耐強くだ。両方の耳をかっぽじって、なにひとつ洩らさず情報収集するように。もしも手に余ると感じたら、直接わたしにそういいなさい。リヴィエールには相談しなくていい。彼に話すことがきみの安心につながるのなら別だが。どうだ、わかったか？」

カプシーヌがうなずく。

「トレ・ビアン。いままでとは路線変更だ。事件の心理学的な側面に注目していく。どうだ、きみのほうが適任だろう？」

「そうですね」タロンがなにをもくろんでいるのか、まるで見当がつかない。

「それでは取りかかろう。まずこの女性からだ。名前はカリーヌ・ベルジュロン」

「ドゥラージュの昔の恋人ですか？　リヴィエール警部がすでに会って話をきいているはずです」

タロンがファイルをオーバーなしぐさで振りまわす。聴取後にリヴィエールが提出した報告書のファイルだ。

「そうだ、彼は話をきいた。単刀直入に質問して、率直な回答を得ている。わたしが欲しいのはもっと細かな部分の情報だ」

「ドゥラージュが十年前に二週間だけ交際した相手と今回の殺人のあいだに関係があると、ほんとうにお考えですか？」

「警部、仮にきみの望みどおり正式な配置換えとなってあらたなキャリアを積むことになれば、いやでもわかるようになる。いままで扱ってきた不正会計がらみの犯罪に比べると、痴情のもつれによる犯罪はひじょうにデリケートだ。複雑かどうかは別として、ひじょうに繊細な部分がある。誰かがきみの金を奪ったとしたら、その人物の狙いはあきらかだが、男と女となると、たちまち謎めいてくる」

カプシーヌは自分が否定されたわけではないと頭ではわかっているが、ダメ出しをされたみたいで腹が立つ。

「時間をかけてこの女性と話をしてみるんだ。どういう考え方をする人物なのかをつかめ。当時、ドゥラージュの身になにが起きていたのかを理解するんだ。とにかくなにか手がかりをつかむつもりでな。ひょっとしたら決定的な手がかりがみつかるかもしれない。その成果をもとに、つぎの対象に取りかかる」

愛車のクリオのなかで、カプシーヌはいまの話し合いを振り返ってみた。リヴィエールから解放されるのは果たしていいことなのだろうか。いまはよくわからない。ただ、新入りのカプシーヌが彼の仕事をやり直すと知れば、もうリヴィエールは彼女に色目を使ったりしないにちがいない。

23

　カプシーヌはカリーヌ・ベルジュロンへの聴き取りを土曜日の午後、十七区の彼女のアパルトマンでおこなうことで話を進めた。なにしろ今回のテーマは繊細さの追求である。午後五時に設定したのはカリーヌが買い物を終えた後、夜の予定の前にリラックスする時間帯ではないかと予想したからだ。十七区は貧乏人の十六区などと口の悪いパリジャンはバカにする――おしゃれな一派のなかでは「すごく十七区っぽい《トレ・ディゼチエム》」という言葉は究極の罵倒に当たる――が、カプシーヌにとってここはパリのなかでも特に心地よく感じる場所だ。広々した並木道沿いに建つアパルトマンの建物はどれもゆったりしたサイズだ。

　カリーヌの住まいは照明が明るくゆとりのあるスペースだった。窓からは廃線になった鉄道のレールが一面の草に覆われた光景が見える。第二次世界大戦前にはパリの周囲を列車が煙を吐いて走っていたのだ。室内の家具はイケアのこぎれいで手頃な価格のものが多かったが、ところどころにまったくテイストの異なるものがある。ルイ・フィリップ様式の華麗な装飾の家具だ。羽振りのいいブルジョワ階級だった上の世代からカリーヌが受け継いだ財産の一端を示している。その財産は決して目に見えるものばかりではなく、立ち居振る舞いや趣味思考といった形で彼女に受け継がれていた。

カリーヌは四十代後半、ほっそりした体型をさりげなく生かして細身のスカートと魅力的な花柄のシルクのブラウスを着こなしている。カプシーヌは純粋に興味を抱き、どこでその服を購入したのか質問した。カリーヌは薄いブルーのとても美しいセーヴルの磁器でウーロン茶を出した。午後のひとときがゆったりと過ぎていく。警察の仕事ははるか彼方に行ってしまったようだ。

カリーヌも好印象を抱いたことが後でわかった。

「あなたは警察の人のようには見えないわ。以前に来た男性とはおおちがい。あの人はリュック・ベッソンの映画から抜け出したようだった」

「彼が無礼でなかったことを願うわ」

「無礼というわけではなかったのよ」彼女がすまなそうにいう。「ただ、とてもぶっきらぼうだったの。そういう質の人なのね。それに、わたしもかなり口が重かったと思うし。ジャン＝ルイが亡くなったことがとてもショックだったから。いまもまだとてもつらくて」

「わかるわ。とつぜんのことで驚いたでしょうね」彼女はカリーヌの手首に指を置いた。

「ドゥラージュ社長とのおつきあいについてきかせていただけるかしら？」

「あの警部はそんなふうにエレガントな表現はしてくれなかったわ。下品で不快な感じだった」カリーヌがさらに続ける。

「なにをお話しすればいいのかしら。わたしたちは深く愛し合っていた。いっしょにいるととても幸福だった。でも妻のナディーヌと別れることはできないと彼は悟った。裏切ることも望まなかった。だからわたしたちはおつきあいを止めたの。でもね、お互いにすばらしい親友であることは変わらなかった」

「どういう意味かしら？　彼との交際を続けたということ？」

「いいえ、そうではないわ。そんなことは不可能だったもの。わたしは彼の家族の友人になったの。彼らの家のディナーパーティーの常連になったり、そんな感じでね。わたしはナディーヌのことも大好きになったわ。もちろん、彼女はジャン＝ルイとわたしとのことは想像もしていなかったはず」

カプシーヌはお茶を飲んだ。ほとんど無色で、かすかな酸味のあるとても優美な味わいだ。

「あなたはつらかったのでは？」カプシーヌはたずねた。

「そうであったとも、なかったともいえるわ。わたしにはほかに男性の友人がいたから。マルタン・フルールという人が」

「その人はドゥラージュが最後の食事を共にした男性？」

あまりにもストレートに言い過ぎたとカプシーヌは舌を嚙みたくなった。

「ええ、彼はジャン＝ルイ・ドゥラージュの親友だった。私的な顧問弁護士も務めていたわ」

「そういう状態はなにかと気まずかったのでは？」

「いいえ、まったく。あれはあっというまの出来事だった。当時わたしはルノーで秘書をしていた。ある日アシスタントが急病になり、ピンチヒッターを頼まれたの。彼とはおたがいにひと目惚れだったわ。でもいまお話ししたように、二週間で彼は交際を解消した。そういういきさつをマルタンに話したのは、ずっと後になってから」

「それであなたはムッシュ・フルールとのおつきあいを続けたのね？」

「ええ。ジャン＝ルイに対する愛情とマルタンに感じていた――いまでも感じている――思いはまったく別物なのよ。次元がちがうというか。だから彼との間柄はなにひとつ変わらなかった」

「はたしてムッシュ・フルールもそう考えたかしら？」

「男性というのはこういう事に関してごちゃごちゃいわないものなのね。マルタンはいっさい取り乱したりはしなかった。彼はわたしとの結婚を望んだ。以来ずっと結婚しようと言い続けてくれている」

「そうね、男は単純。それで、あなたはムッシュ・フルールの申しこみを断わったということ？」

「ええ、断わり続けているわ。なんだかジャン＝ルイに悪いような気がして。彼がまだわたしを愛していると思いたかった。ナディーヌが亡くなって状況が変わると思ったのに、そうはならなくて。どうしたらいいのか途方に暮れたわ」

「いまは？」

　カプシーヌがやさしくたずねた。

「そうね、こうなったらマルタンと結婚するしかないのかしら。おたがいにもう若くないし、結婚したら彼は幸せになるでしょうし。だから、それでいいのよね」

24

カプシーヌはマルタン・フルール本人に会う前から強い反感を抱いた。彼のオフィスもどうも好きになれない。オフィスはモンソー公園にほどちかい場所にあった。これ見よがしに財力を誇示する豪奢な一角だ。室内にはルイ・フィリップ様式の椅子がそこここに置かれている。ベルベットを張った贅沢な椅子を効果的に配置して、いかにも信頼のおける誠実な印象を与えている。

フルールはあわただしげな様子でカプシーヌを迎えた。重要な会議をわざわざ中座してきたので、一刻も早くもどりたいといわんばかりだ。

どこかのディナーパーティーで一度か二度は会っているはずだとカプシーヌは思ったが、彼のほうはオフィスのクリスマスパーティーでしかたなしに下っ端の職員と話すみたいに、いかにも見下した態度だ。

「ご存じでしょうけど、おたくのリヴィエール警部とはすでに話をしています」フルールが切り出した。「彼はおかしな思いこみをしていましたね。ディナーの席でわたしとドゥラージュ社長が口論をしたなどといい出すんですから。いったいどうしてそんなことを思いついたのだか。あなたもあんなふうに頑なでないことを願いますよ」

「ドゥラージュ社長とのディナーに関しては、ひととおりうかがっているので、いまのところはじゅうぶんです。わたしが今日ここに来たのは、そうではなくて、カリーヌ・ベルジュロンについてうかがうためです」

フルールはひっぱたかれたみたいに、たじろいだ。

「マドモワゼル・ベルジュロンはこの件とはまったく無関係です。いっさいなんの関わりもない」彼は口を真一文字に結び、瞳孔を取り囲む虹彩が暗い色を帯びた。

「フルール先生」カプシーヌはなだめるような口調だ。「この種の事件の捜査は念入りに行うことになっています。そこのところをご理解ください。一見つながりのなさそうな部分まで捜査対象となることが多々あります」

「ひとつだけわたしにわかるのは、警察が有能であればとうに解決しているだろうということです。あなたたちは捜査に行き詰まって罪のない人間に干渉しているだけだ」彼が立ち上がり、いらいらした様子でぐるぐると円を描くように歩いたかと思うと、また座った。「わかりました。わたしがなにをいっても無駄なようだ。なにをききたいんですか？」

「あなたはカリーヌ・ベルジュロンに対しかなり長期にわたって恋愛感情をお持ちですね」

「それがなにか？　わたしたちはどちらも既婚者ではない。おたがいに大人です。それがいったいどうしたというんです？」

「あなたはずっと彼女に結婚を迫っていましたね。そして彼女は亡きドゥラージュ社長への恋愛感情が原因でそれを断わり続けていた」

「ばかげている。まったくもってばかげている。長年のあいだ、折にふれて結婚が話題に出たのは事実です。が、そのたびにタイミングが合わなかった。ふさわしいタイミングではないとおたがいが、いいですか、双方が同意したのです」

「では、ドゥラージュ社長がこの世を去ったいま、〝ふさわしい〟タイミングとお考えですか？」

「マダム、その質問は不快以外のなにものでもない。そんなことをいわれたら、あなたの上司に苦情を申し入れるのもやむを得ないですな」

「それならべつのアプローチをしましょう。ドゥラージュ社長との会食の後、どうされましたか？」

「自宅にもどりましたよ。翌日は朝から大量の仕事が待ち構えていましたからね。土曜日だろうがなんだろうが関係ないんです」

「そうですか。快くご協力いただいたので率直に申し上げます。わたしどもは社長の死が中毒による不慮の死ではなく、殺人によるものだと確信しています。殺されたのはあなたと会食をした夜です。しかし殺す動機のある人物がどうしても浮かび上がってこなかった。今日まではそういう状態でした。ドゥラージュ社長という存在がなくなれば、あなたはスムーズに事が運べるようですね」

「マダム、甚だしく不快ですな。やはり苦情を申し入れるしかないようだ。ジャン＝ルイ・

ドゥラージュは親友ですよ。わたしはかけがえのない人を失ったのです。そうそう、あなたがたがアリバイと呼ぶものなら、あります。会食の後、マドモワゼル・ベルジュロンのアパルトマンに行って翌朝まで滞在しました。ですからわたしの居場所ははっきりしています」

25

「モンキーブレイン！　あなたサルの脳みそを食べたの？」

ブロンドのかわいらしい女性が金切り声をあげた。テーブルからどっと笑い声があがる。アレクサンドルも顔を輝かせている。

「それはあなたの早とちりよ」女性がこたえる。今日のディナーパーティーの主催者だ。「フィアンセとの会話に夢中でみんな話が耳に入っていないのね。アレクサンドルがいままでに飲んだ最悪のカクテルについて話してくれていたところ。モンキーブレインはサンブーカ、ベイリーズ、カンパリでつくったカクテルだそうよ。ベイリーズを凍らせてつぶれた脳に見立て、そこにカンパリをかけて血に染まったように見せるんですって」

「すごいな」ブロンド女性のフィアンセがいう。「レストラン批評家がいなければ、この世は危険だらけだ。彼らが果敢に突撃してナイフとフォークを大胆に振り、臆病なわれわれのために安全な道筋を切り開いてくれる。彼らの勇気を称えて乾杯しよう！」

カプシーヌの大学時代のクラスメイトが自宅アパートでディナーパーティーをひらいたのだ。出席者は八名。主催した女性は経営コンサルタントとして働き、ボーイフレンドといっしょに広くはないが豪華な内装のこのアパルトマンで暮らしている。ヴォージュ広場にちかいフラン・ブルジョワ通りのこのあたりはマレ地区のなかでも中心部で家賃が高い。彼女は激務でありながら熱心に社交に励む。その熱意は、生命維持装置につながれた患者を懸命に救おうとする研修医の熱意に通じるものがある。月に少なくとも二回、彼女は細心の注意を払って計画したディナーパーティーを催す。糊のきいたリネンのナプキンの上にユーカリの枝を美しく配し、近所の高級食料品店で調達したエキゾチックな煮こごり《アスピック》が並ぶ。パリで外食する人々はたいていそうなのだが、彼女のパーティーのゲストも午後九時を過ぎてからようやくあつまり、気の利いたおしゃべりを楽しみながら午前一時、二時まで過ごす。

カプシーヌは司法警察での勤務が長くなるにつれて、そういうあつまりが苦痛になってきた。仕事は愉快な話のネタにはならないので――ブルジョワの仲間があつまった席で不正会計の話題はしらけるだけだ――どうしても浮いてしまう。それでもずるずると顔を出してしまう自分にカプシーヌはいらだちを感じていた。かといってクラスメイトはだいじな人たち。彼らとの接点がなくなってしまうのは嫌だ。アレクサンドルはカプシーヌの友人たちとのひとときを心置きなく楽しんでいる。ウィットに富んだ彼の話しぶりはとても受けがいい。

今夜、カプシーヌの忍耐は限界に近づいていた。彼女はアレクサンドルをちらっと見た。妻と夫だけに伝わる一卵性双生児のようなテレパシーで、帰りたがっていることを知らせた。そのとたん、アレクサンドルが立ち上がった。そこからは客席からのブーイングをおそれてあわてて舞台から袖にひっこもうとする大根役者のようだった。翌朝までの急ぎの仕事があるからともごもごいいわけをして――じっさいにはその日のんびり朝食を楽しんだ後、午後一番に電子メールで送ってしまっていた――カプシーヌをエスコートしてアパルトマンを後にした。もちろん出る前にエアーキスと抱擁、そして親しみをこめて肩を叩き合う挨拶はきっちりとこなした。

「尻に火がついたようだったな」エレベーターに乗ったところで彼がたずねた。「疲れた?」

「というより、あそこにいるとなんだかカッカしちゃって。わたしは事件について思いっ切りぶちまけたいの。ああいうのほほんとした雰囲気に合わせることがどんどん苦痛になっているわ。どこかに行って一杯やりたい。いっぱいといわず、何杯でも」

ふたりはパーシングホールに腰を落ち着けた。この建物はもともと、第一次大戦末期にアメリカ軍兵士の回復のためにアメリカからの寄付金で建てられた病院だった。それが近年、パリでも有数の豪華なホテルとしてオープンしたのだ。この時間帯のバーには、信じられないほど細身の魅力的な女性が信じられないほどミニ丈の高級ブランドのドレスを着て、信じられない色合いのカクテルを口に運ぶ姿でにぎわっている。ディスクジョッキーが選ぶのはもっぱらテクノポップ。しかし極度に音量を抑えているので、思春期の若者でもなければほとんど気づかないだろう。たいていの人は椅子が妙に振動するな、と思うくらいだろう。大西洋横断の船のエンジンの振動はちょうどこんな感じだろうか。

どこからともなくウェイターがあらわれて、アレクサンドルの前にはモルトウィスキーを、カプシーヌにはウォッカをまちがいなく置く。ウォッカはロックで、レモンの皮をねじったものが添えてある。そしてふたたびそっと姿を消した。アレクサンドルがやさしいまなざしでカプシーヌを見る。「事件のことで気分が晴れないのかい？」

「ええ、なんだかもやもやするの。確実に捜査は進んでいるはずなのに、なにひとつ実のある成果が出ていないような気がして」

「がんがんぶちまければ、きっと気分も上向きになるさ。なにがどうなっているんだ？」

「タロン警視正が捜査方針を変えたのよ。リヴィエールがひととおり聴き取り調査を終わらせたものを、もう一度わたしにやらせたがっているの。彼が聴き出せなかった繊細な部分を嗅ぎ出すことを期待されている。わたしの鼻の感度が抜群だということでね」

「タロン警視正は才能を見抜く目は確からしいな。わたしの目から見てもステキな鼻だ。で、なにか収穫はあったのか？」

「ドゥラージュが十年前に二週間だけ交際した女性を糸口に少しずつわかってきたわ。ドゥラージュが亡くなった夜に会食した相手と彼女は長年、恋人同士だった。そして彼女との結婚を強く望んでいた。ところが彼女はドゥラージュへの恋心を失っていなかったの。いつの日か彼の気持ちを取りもどせるのではと思っていたから結婚話には耳を傾けなかった。つまりあの晩、犯罪の現場にいた、そして動機もあったという人物がひとり特定できたというわけ」

「でもきみは彼を犯人とは思っていない、そうだね」

「ええ。彼はレストランを出てまっすぐその女性の自宅に行き、一晩そこで過ごしたと主張している。確固たるアリバイだとはいえないけれど、ともかくアリバイにはちがいないわ。それにどう考えても彼がカキについての専門知識を身につける機会などありそうにないのよ。もちろん可能性がゼロとはいえないけれど。〈ディアパソン〉の常連客の知り合いも多いだろうし、そのうちの誰かから聞く機会もあったかもしれない。まあ、あまり可能性はなさそう。そしていちばんの問題は、兵器並みの威力のサキシトキシンと彼を結ぶ接点が見つかりそうにないということ」

「兵器並みなのか？」

「死因がサキシトキシンの中毒と判明した時点で、それはあきらかだった。サキシトキシンの毒をつくるのは、自宅のキッチンでカモのソースを煮詰めるのとはわけがちがうの。特殊な実験装置が山ほど必要だし、それを使いこなすには専門的なノウハウが山のように必要。なんといっても化学兵器として理想的な性質を備えている。毒によって被害者の身体は瞬時に麻痺し始めるの。意識がはっきりしている状態で静かに静かに麻痺は進む。そして最後には窒息死。かつてＮＡＴＯの正式な化学兵器ＴＺとして登録されていた時代もあったわ。いまも多くの国でひっそり保管されているはず」

「その男と兵器庫を結ぶ線は考えられない、そういうこと？」

「そのとおり。彼は顧問弁護士で、堅い仕事ぶりで知られているわ」

「じゃあ、この先は？」

「タロン警視正は被疑者が見つかったことにとても満足して、リヴィエールの事情聴取のやり直しを続行させようとしている。動機に異常なほど執着する人なの。今夜のパーティーをひらいた彼女の言葉を借りると、司法警察の捜査手法は完全に〝動機偏重〟なの。九割の事件はそれでうまくいくかもしれない。でもこの事件はちがう。動機を持つ人物ではなく、殺害の手段にアクセスできる人物こそが重要な被疑者なのよ」

「じゃあ、なにか別なことをするつもりなのか？」

「ええ。レストランに焦点を絞るつもり。手段に直結する場所だから」

「なるほど、いい線を行っていると思うよ」アレクサンドルが少し酔っ払っているのではないかと、カプシーヌは彼の顔をまじまじと見る。

「問題は、レストランのスタッフに口をひらいてもらうことなの。頭が痛いわ。トップの三人を警視庁に呼んで事情聴取をした時には、だんまりを押し通すか、レストランのプロであることを鼻にかけてまともに応じてくれなかった」

「無理に聴こうとしたからだろう。いいか、レストランのスタッフというのはしゃべりたくて仕方のない連中なんだ。しかもとっておきの場が毎日用意されている。アガサ・クリスティの小説顔負けのシーンが期待できる——登場人物全員が書斎にあつまって先を争うように自分たちの秘密を刑事にべらべらとしゃべるシーンがあるだろう」

「いったいなにがいいたいの？」

「スタッフの賄いの時間だよ。どこのレストランでも、かならずある。この業界の偉大な伝統だね。すべての従業員は一日に二度、無料で食事を提供される。食事の内容はすばらしい時もあればそうでない時もある。つまり、ランチタイムとディナータイムの前に若手のシェフが余った食材や基準に満たない食材、使い道のないもので料理をつくらされるんだ。才能の片鱗を示すチャンスだな。そしてスタッフはすてきな食事を味わいつつ絆を深める。とまあ、そうなることもあるが、たいがいは廃棄される運命にあったものを食べるわけだ。だがな、パリのレストランであればかならずスタッフ全員があつまり、出されたものをガツガツ食っているのはまちがいない。きみもそこに同席すればいいってことだ」

「でも、いきなり入っていくわけにもいかないわ。警察の人間というだけで警戒する人がどれほど多いことか。あなただって知っているでしょう」

「しかし警察といってもきみは……そのなんだ……いいオンナだからな。これは貴重な切り札だ。いまこそ、それを活用したらいい。彼らは鼻の下を伸ばして大歓迎するだろう。厨房のスタッフの反応は見当がつく。安心して行っておいで」

26

アレクサンドルが予言者を気取るところまでは許せる。でもその予言が毎回ぴたりと当たるのは、カプシーヌにとって癪の種だ。

午後五時、〈ディアパソン〉の正面のドアには鍵がかかっておらず、ダイニングルームには人の気配がなかった。厨房では活気に満ちた賑やかな物音がしている。カプシーヌは厨房へのドアの小さな窓からなかをのぞいた。アレクサンドルの言葉どおり、スタッフ全員がスチール製の準備台の周囲にあつまり、がやがやと食事をとっている。これとそっくりの光景を見た記憶がある。学校に入ったばかりのある日の午後、母に無理矢理連れられて行った誕生パーティー。知り合いが一人もいなくて、恥ずかしさと決まり悪さが入り混じったあの時のなんともいえない気持ちがよみがえる。耳が焼けるように熱い。顔も赤く染まる。ラブルースの姿はないが、食卓のいちばん向こう側の主客席にはブテイエがツイードのゆったりしたジャケット姿で落ち着きはらって座っている。カプシーヌは意を決して緑色の革張りのドアを押し、ブテイエのほうをめざして進んだ。

突然の侵入者に驚いて一同がしんとなった。が、それがカプシーヌだとわかると、ふたたびにぎやかな食事が始まった。彼らの表情はやわらぎ、カプシーヌに微笑みかけたり挨拶の言葉をかけてくれるスタッフもいる。ブテイエが彼女のところにやってきた。責任者として余裕たっぷりの態度だ。

「失礼いたしました、警部。いらっしゃるとは知らなかったもので。なにかお役に立てることがあればぜひ。うちのスタッフの誰かと話をするためにいらしたのでしょうか？」彼がたずねた。

「いいえ、ムッシュ・ブテイエ、そういうわけではないんです。皆さんのお食事に同席してレストランの様子を拝見しようと思いまして」

ひどくかわいらしい若者がぱっと立ち上がった。シェフの下で働く駆け出しなのだろう。

「どうぞここに掛けてください。今日はポトフです。つくったのはわたしです。自慢ではないんですが、絶品です。材料は店で出せなかった牛のほほ肉と子牛のすね肉、ニンジンとポロネギとジャガイモ、それからわたしだけの秘密のスパイスです」初めてひとりでつくらせてもらったのだろう。胸を張ってすらすらと語る。

テーブルがどっと笑いに包まれた。「秘密のスパイスだと、バカいうな！　ベイリーフ一枚、大量のタイム、コショウひとつまみのどこが秘密なんだ？」彼の隣に座っている男がいった。「きいてくださいよ」彼がカプシーヌにいわくありげにウィンクする。「彼がポトフに入れた牛骨髄《モワル》を取り出して、ブロスに浸したバゲットに塗れば、シェフの料理として出せる一品になるのに！」

顔ぶれもにぎやかで元気のいい集団だ。下準備を担当するコックたちはぼろぼろの仕事着の脇の下に汗じみをつくり、そのしみが背中でひとつにつながっている。ひたすら切ったり刻んだりする作業で消耗したエネルギーを補給して元気がいい。調理担当のスタッフはランチタイムの後で一休みしたので元気を回復している。縞の入ったゆったりした制服のズボンだけはすでにはいているが、上半身はまだTシャツ姿だ。真っ白なシェフコート、ネッカチーフ、帽子はディナータイムの直前に身につける。フロアのスタッフは普段着でリラックスした格好をしている。制服を着るのはあと数時間先だ。案内係の陽気なギゼルはジーンズ姿だが、それが五百ユーロは下らないブランドものであることが、目の肥えたカプシーヌにはわかる。ギゼルはシャネルのミュールと合わせ、とてもおしゃれに着こなしている。

ソムリエのローランは悠然とした態度で歩き回り、安いテーブルワインのボトルをあちこちに置く。いったんどこかに姿を消し、シャンパンの入ったフルートグラスを手にあらわれた。いつもと同じもてなしぶりだ。にやにやした表情は、警視庁で見せた表情と変わらない。仕事を離れた時の彼はいつもこうなのだろうかとカプシーヌは首を傾げた。

「わたしたちの食事に加わっていただけるとは、なんとうれしいことでしょう。すばらしいタイミングです。さあ掛けて。アルフォンスのポトフを味わってみてください。食べてもらえなければ彼は傷つくでしょう。シェフというのはそういう生き物なんです。いくら若手でも」

スタッフたちはスツールをひきずって盛大にキーキーといわせながら移動し、ちょうどまんなかあたりにカプシーヌのスペースをつくった。黒っぽい髪の毛にオリーブ色の肌のスタッフが——おそらくレバノン人だろう——カプシーヌに微笑みかける。小柄な彼は汗だくで仕事着はシミだらけだ。午後のための下準備を担当するコックなのだろう。何時間もぶっ続けで猛然と野菜を切り刻んでいたにちがいない。にっこりした拍子に欠けた歯がのぞく。

「警部、こうしてわたしたちと食卓を囲んでくださるなんて、感激です。わたしの仲間には、いつ警視庁に呼び出されることになるかとビクビクしている者がいるんです。入国カードを提示できなければいったいどうなってしまうのだろうかと」

カプシーヌが返事に迷っていると、ローランがボトルを持ってやってきた。今度はいつもの謎めいたソムリエ然とした態度だ。レストランで使われているクリスタルのワイングラスも手にしている。「レゼルヴ・ド・ラ・コンテス二〇〇〇年です。ご存じかもしれませんが、これはピション・ロングヴィル・コンテス・ド・ラランドのセカンドワインです。先日はあのように述べましたが、これは例外です。ひじょうに繊細な味わいのワインであると納得していただけるでしょう」噛んで含めるように説明する。ボトルにはほぼ半分ほど入っている。これは上級スタッフのために出した残りなのか、それともランチタイムに出した残り物なのだろうか。後でアレクサンドルにきいてみよう。

ワインが効いたのか、あるいはローランの鼻持ちならない態度で吹っ切れたのか、さきほどまでの物怖じする気分が抜けてカプシーヌは一同を前にささやかなスピーチをした。

「温かく迎えていただいて、みなさんにはほんとうに感謝しています」そこで全体を見渡す。

「どうしても皆さんのご協力が必要なんです。全員に警視庁にご足労いただくよりも、わたしが来て質問するほうが効率的だと思ったのでこうしてうかがいました。ドゥラージュ社長が亡くなった晩、深夜の午前二時三十分にふたりの男が重そうなズック製の袋を引きずって厨房に入ったところを目撃されています。そのことでなにか知っている人はいませんか？」

あちこちでひそひそと会話が始まった。しばらくしてからようやく、下準備のコックが――今度はトルコ人だ――カプシーヌに向かって話しかけた。

「マダム、わたしはこの美しい国のいろいろなレストランで働いてきましたが、これほど配達が多いところは初めてです。あらゆる食材が別々の場所から届くのかと思うほどです。ジャガイモからキノコからなにもかも。仕入れ先の多くは地方の小規模の農家です。じつはそのところが下準備のスタッフとしては悩みの種で、よく納品が遅れるんです。だから下準備の作業は時間との勝負になります。われわれがそれだけ大変な思いをしていても、シェフは方針を変えません。だからといって深夜に運びこまれたのが食材だと考えるのはどうでしょうか。どう考えてもおかしい。どうやってなかに入るんです？　誰も鍵を持っていないんですよ！」

テーブルを囲むスタッフがそのとおりだとばかりにうなずく。

「彼のいうとおりですよ」ブテイエだ。「むろん、わたしは鍵をひとつ預かっています、ペローも持っています。受付のデスクにも予備の鍵がひとつあるはずです。それ以外は誰も持っていません。シェフであろうと他の誰であろうと、納入業者に鍵をわたしたりしません。

金曜日の晩に戸締まりをしたのはわたしです。そしてなにかが届くのを待って残っている者はひとりもいなかったと断言できます。残念ですが、わたしたちはこれ以上お役に立てそうにありません」

どうにももどかしい。ここにはもっと情報があるはずだとカプシーヌの直感は告げていた。が、無理矢理きいても話してはもらえないだろう。彼女は別の方向からアプローチすることにした。

「もうひとつ、うかがいたいことがあります。ドゥラージュ社長と会食の相手マルタン・フルール氏が食事中に軽い言い争いをしたときいています。もちろんこれはデリケートな事柄なんですが、皆さんがなにか知っていればぜひきかせてください」気詰まりな沈黙があった。誰ひとり彼女のほうを見ようとはしない。

「当然ながら、ここにいる皆さんは食事中のお客さまの会話を人に洩らすような真似はしないと承知しています」彼女は安心感を与えるように少し微笑んだ。「けれども、このレストランの大切なお得意さまが殺されたのです。犯人に法の裁きを受けさせなければなりません。そのために皆さんの力が必要です。このまま犯人を放置するわけにはいきません」

ふたたびあちこちで熱心な会話が始まった。そのなかでティーンエイジャーと思われる少年二人だけが姿勢を崩さず、ぎゅっと口を結んでまっすぐ前を見つめている。おそらく二人とも給仕係の助手だ。秘密を漏らすまいとしているのだろう。ブテイエが牽制するようにちらちらと彼らを見ているので、なおさら目立つ。

「ムッシュ・ブテイエ」カプシーヌが話しかける。「あのふたりがなにか知っているのなら、きく必要があります。レストランとして慎重な態度を取ろうとするのはわかりますが、捜査を妨害する行為は慎んでいただきます」

ブテイエは渋面になり、肩をすくめた。そして少年たちに向かって頭をぐいと動かし、合図した。

「トレ・ビアン、話してよろしい」

「じつは、マダム」少年が口をひらいた。「食事の最初に、アルセーヌが——ぼくたちの上司の給仕係です——ドゥラージュ社長に〈コクティエ・オ・リキュール・デラブル・アシデュレ〉をお出ししました。これはシェフの特別料理です。半熟卵に酢とメープルシロップのソースを添えたものです。卵はディナーの直前に配達されたものです。その日の午前中に産まれた卵を使っているんですよ、すごいでしょう」若々しい口調で素直に感激をあらわす。

「ドゥラージュ社長はソースをもっと欲しいとおっしゃいました。毎回足りないと思うのだそうです」話している少年から少し離れた場所に三十代の男性が座っている。きっと彼がアルセーヌなのだろう。少年の話にうなずいている。「それで」少年が続ける、「アルセーヌはぼくたちをその場に残して厨房にソースを取りに行きました。ぼくたちは教えられているとおりテーブルから五歩下がり、気をつけの姿勢で立って待っていました。でもそこでも会話はよくきこえました」

「よかった」カプシーヌは知らず知らずのうちに興奮してくる。「会話の内容を教えてちょ

「あの」もう一人の少年がそこで口をひらく。「ドゥラージュ社長の友人はひどく腹を立てているようでした。こんなふうなことをいってました。『断念しろなんて、よくもいえるな。わたしとしてはこれまでで最高のことをやったつもりだ！』」

いったん口火を切るともう止まらない。最初に話していた少年がどけとばかりにもうひとりを肘で突いた。

「そうなんです。そうしたらドゥラージュ社長は意地悪そうに笑って『これまでで最高か。きみに同情するよ』といいました。ふたりは互いを睨みつけてました。西部劇の対決みたいだった。いまにもどちらかがコルト・ピースメーカーを抜いて相手を撃ちそうな迫力だった」

「それで？」カプシーヌがたずねる。

「なにも起こりませんでした。アルセーヌがソースを持ってきて、ぼくたちは所定の位置にもどりました」

彼らは地位の高い贔屓客の人生の一端に触れただけでじゅうぶんに胸を躍らせ、けっきょく話が尻すぼみになっていることには気づいていなかった。

カプシーヌは途方に暮れた。どう見てもこれ以上はなにも収穫はなさそうだ。けっきょくペローがとどめを刺した。立ち上がり、軍隊の上級曹長のように命じたのだ。

「さあ、仕事だ！」

それを潮に賄いが終わり、カプシーヌひとりが取り残された。定期航路を行く堂々たる船を波止場で見送るような気分だった。

27

　三日後、アレクサンドルはいつもの気まぐれを起こして、いまパリで一番人気のレストラン〈ハンド〉で遅いディナーを取ろうといい出した。

「あなたはこのレストランを嫌っていたはずでしょう？」店に到着するなりカプシーヌがいった。

「ああ、大嫌いだとも。スーパーシェフといわれるアルマン・デュヴァルの最新の店だ。オートキュイジーヌの世界からさらにユーロをかっさらっていこうという企てだ」

「それなら、なぜわざわざ来たの？　なかなかキュートな内装ね。そう思わない？」

　カプシーヌが腰かけた長椅子にはバージェロ・ニードルポイントをほどこした装飾用のクッションがいくつも無造作に置かれている。食器類は日本製の漆塗りの弁当箱で統一され、カトラリーは人間工学に基づいたデザイン。そして見るからに高そうな象牙製の箸も。

「大昔からいうだろう、『汝の敵を知れ』と」アレクサンドルがにやりとする。アジアの賢人ぶった表情を期待していたのでカプシーヌはがっかりだ。「デュヴァルの才能にけちをつける気はないが、やっていることは敵視されても仕方ない。このレストランはザッピングの感覚で食を楽しみたいというニーズにこたえるものだと彼は主張している。メニューはメニューになっていない。A列から好きなものを選び、B列から好きなものを選び、C列からも好きなものを選ぶ。それを〝モジュール型〟と称しているんだ。ベアネーズソース添えのサラダ？　どうぞ。酢の風味がたっぷりのスシ？　それもどうぞ！　それがフュージョン2.0なんだ」

「おもしろそうね。いつか妊娠することがあれば、ここに来ることにするわ。どうしてあなたはそんなに嫌うのかしら。理解できないわ」

「ではこのように説明しよう。いつだったかジャン＝バジルがこんなことをいっていた。三つ星レストランのシェフのうち、ほんとうの意味で〝シェフ〟という名にふさわしいのは自分だけだとね。わたしも彼に賛成だ。彼以外はすべて、ただのビジネスマンになってしまった。できるだけたくさんレストランをオープンしたいものだから、デリカテッセンのチェーン店みたいな方式を採用している。目を引く内装でおしゃれでバカ高い値段の料理を出すレストランを世界各地につくるんだ。ジャン＝バジルはプライベート・ジェットでわざわざラスベガスに飛ぶくらいなら、ハウスマン大通りのデパートの前にスタンドを出してクレープを売るほうがましだといっているよ。料理の食感と匂いを感じていたいからだそうだ」

「まあジャン＝バジルったら。笑うのは失礼だけど、彼の前ではないからいいわよね」

アレクサンドルはその後も悪口を言い続けたが、カプシーヌにとっては満足のいくディナーだった。イカと貝がたっぷり入ったタイ風のスパイシーなコンソメも、〈ハンド〉特製の

BLT——バタビアレタス、クレソン、エアルームトマト、グリルしたパンチェッタをブリオッシュにのせてバルサミコマヨネーズを塗ったもの——も、バブルガム・アイスクリームのデザートも、なにもかも気に入った。アレクサンドルは素直には認めようとしなかったが、塩漬けレモンを刻んだソースを添えたイカの料理や高級マカロニ・チーズを堪能している様子だった。カプシーヌがアイスクリームを食べていると彼は焼酎を注文した。ウェイターによると日本の労働者の伝統的な酒であるそうだ。焼酎は西部劇の映画に出てくるような厚底のショットグラスで運ばれてきた。

「〈ディアパソン〉からはかけ離れているが、あそこの賄いよりはましだと思わないか?」アレクサンドルがたずねる。

「あら、賄いの料理は結構おいしかったのよ。それより、ようやくスタッフと打ち解けて、さあこれからって時にペローが仕事再開の号令をかけてしまったの。それが癪に障ってたまらない。もう一度出直して話をきき出したいのは山々なのだけど、タロン警視正は頑として首を縦に振らないの」

アレクサンドルは焼酎をすすって顔をしかめた。

「なんだこれは。水で薄めたウォッカみたいな味だ。タロンはなぜ賛成しないんだ?」

「べつの案があるから。マルタン・フルールを起訴しようとしているの。だからいままでのことをすべて中断して、フルールに張りつけとわたしに指示した。例の三人の巡査部長と、あらたに事件の担当に任命された六人の部下を動員して二十四時間態勢で彼を見張れとね。

見張るだけじゃなくて盗聴も。タロン警視正はダグルモン予審判事から第一級の盗聴の承認を得た。これはただごとじゃないわ。フルールの電話は終日コンピューターではなくて本物の人間が盗聴しているの。司法警察の世界でこれをやるということは、バスケでいうとフルコートプレスを仕掛けるのと同じ意味なのよ」

「で、なにか成果はあったのか？」

「もちろん、ないわ。わかったことといえば、フルールのワーカホリックぶり。朝八時までにはデスクにつき、昼食はオフィスでとるかカフェのカウンターでなにかを手早く食べる。午後九時までに帰宅して家政婦が用意した夕飯を食べる。社交はいっさいなし。盗聴の結果はクライアントとの会話とカリーヌ・ベルジュロンにおやすみを告げる野暮ったい会話だけ。どう考えても彼が殺人に関与しているはずがないと断言できるわ。タロン警視正はわたしたちの時間を無駄にしている。解決の道は、レストランのどこかにあるはずなのよ。警視正にも意見して、口論になったわ」

「ほう、初めて食ってかかったというわけか。かわいいもんだ」アレクサンドルが目尻を下げる。

「確かにわたしは殺人事件に関して新米で、彼は確固たる地位を築いて評判も高い。でもわたしの目に狂いはないはずなの。直感的に――」カプシーヌの携帯電話の静かな着信音が鳴り、彼女は話を中断した。

「警部！」イザベルの押し殺した声だ。緊迫した様子が伝わってくる。「彼が地下の駐車場から自分の車を運転して出てきました。尾行します。いいですね？」

「もちろんよ。出発してちょうだい。電話はこのまま切らないで」

電話を通じて、走る足音、車のドアがバタンとしまる音、イザベルが誰かに話しかける声がかすかにきこえてくる。話しかけている相手はもちろんモモだ。モモはつねにハンドルの前にいる。

「出発しました」イザベルが報告する。「尾行を開始しました。これは絶対に変です！　彼がテレビをつけていたのは確認できていました。もう寝る支度に入っていたはずです。それなのに、とつぜんメルセデス５００を運転して地下から猛スピードで出てきたんです、金持ちの匂いがぷんぷんするあの大きな車で。現在彼はアンリ・マルタン通りを時速六十マイルで走行しています。わたしたちはその二百ヤードほど後ろにいます」

カプシーヌは電話の「ミュート」ボタンを押し、アレクサンドルのほうを向いた。

「やはりタロン警視正が正しかったのかもしれない。部下の三銃士たちから連絡が来たの。フルールを追跡してパリ市内を走っているわ」

「映画よりおもしろそうだ。ポップコーンか飲み物でもどうだい？」アレクサンドルは合図してウェイターを呼び、まだ中身がいっぱい残っているショットグラスを押しつけて「コニャック」といい、指を二本立ててダブルを指定した。

それからの十五分、イザベルが押し殺した声で刻々と報告する内容をカプシーヌはアレクサンドルに伝えた。彼らはフルールを追跡して十六区を出てヌイイ通りに入った。広い通りの両脇には小規模なオフィスがびっしり並んでいる。かつて集合住宅として使われていた風格のある建物にオフィスが入居しているのだ。

「警部」イザベルだ。「たったいま彼の車が曲がりました。オフィスビルの車庫に続く傾斜路を進んでいきます。ビルの窓にはどれも明かりがありません。人の気配はなさそうです。どうしますか？」

「あなたとダヴィッドは車をおりて建物の正面を張ってちょうだい。モモはその区画をぐるりと走って裏口があるかどうかを確かめて」

三分後、イザベルから報告がきた。「裏にはなにもありません。出入りできるのは正面のエントランスと車庫のドアだけです」

「わかった。ダヴィッドに郵便局の合鍵を使ってロビーに入るようにいって。相手に姿を見られないようにね。それから明かりをつけないこと。エレベーターの動きを見張るように伝えて。あなたとモモは車のなかで待機して建物の正面を見張ってちょうだい」

「郵便局の合鍵？」アレクサンドルがたずねた。

「あら、知らない人がいるのね。郵便局はパリのあらゆる集合住宅をあけられる合鍵を持っているのよ。それで建物に入って郵便を配達するというわけ。その合鍵の複製をいくつか分けてもらっているの」

「この歳になっても学ぶことはまだまだあるもんだ」

カプシーヌが自分の携帯電話を持ち上げる。「そうね。ダヴィッドに伝えて。わたしに電話するように。番号は0623268997。かけたらそのまま切らないようにといってね。こっちからかけたくないのよ。彼がロビーで張りこんでいる時に呼び出し音が鳴るのはまずいからね」

「わたしの電話番号だ！」アレクサンドルが叫ぶ。

「ショーはますます盛り上がるわよ。今からサラウンド・サウンドシステムだからね。電話を貸して」

五分もしないうちにアレクサンドルの電話が鳴った。ガラスの下にハチが閉じこめられたような音とともに振動しながらテーブルの端に寄っていく。

「もしもし警部、こちらダヴィッドです。ビルのロビーにいます。エレベーター二機はどちらも一階です。自動的に一階にもどるような設計ではなさそうです。このビルの規模ではそういう高機能のものではないんですね。彼はきっとまだガレージにいますよ。なにかやばい事態が起きているんじゃないかな」

カプシーヌは返事をしない。アレクサンドルを凝視しているが、彼を見ているわけではない。五秒後、ダヴィッドの心配そうな声がした。

「警部、まだそこにいますか？」

「ごめんなさい、いろいろ考えていたの。高い報酬を取る弁護士がひとけのないオフィスビルのガレージでうろうろする理由をね。あなたのいうとおりかもしれない。ガレージのドアはあけられる？」

「はい。郵便局の鍵であきます。どういう仕組みなのかはわかりませんが」

「わかった。モモに坂をガレージまで降りるように指示するわ。なかの状況を確かめてもらう。あなたはそのままロビーにいて。わたしもいまから駆けつける。なにか起きたらすぐに呼んでちょうだい」

カプシーヌは立ち上がり、アレクサンドルの額に軽くキスした。

「タクシーをつかまえられるわね？ 携帯電話も必要ないでしょう？ わたし行くわね」

「女性というのはまったく皆同じだな。なんだかんだと理由をつけて勘定書をわれわれに押しつける」

カプシーヌの耳にはほとんど入らなかった。すでに足早にレストランを横切って外に向かっていた。

カプシーヌはクリオを頭から歩道に突っこむ形でレストランの前に停めていた。いまだに学生時代の習慣が抜けないのだ。なにしろいまは駐車違反で取り締まられる心配がないので改めようとも思わない。携帯電話ふたつを助手席に置き、車を縁石にバウンドさせるように急発進した。ヌイイ通りまで走る十分間、車内は静かなままだった。

ようやくめざす建物に到着すると、正面の入り口にはひとけがなかった。カプシーヌはアレクサンドルから取り上げた携帯電話に向かって話す。「ダヴィッド、まだそこにいる？」

「はい」ささやき声で返事がかえってきた。

「どうなっているの？」

「まったく見当がつきません。ガレージのドアがあがる音はきこえたので、モモとイザベルはもういるはずです。わたしはここで座って、エレベーターの位置を示すライトをずっと見ています。ライトもこっちを睨んでます。大きなゼロがふたつ、トラの目みたいにね。いまのところ、どちらも瞬きをしていません」

「詩的表現はいらないわ、ダヴィッド。電話は切らずにね。これからガレージのドアを調べてみる」

カプシーヌは坂道を歩いて下り、金属製のドアに耳を押し当てた。驚くほど冷たい。死体安置所で遺体が眠る空間と仕切るドアに耳を当てているような錯覚に襲われる。なかで男性が喚いている。

「ゲス野郎《サロー》！　裏切り者！　クソめ！　おまえなど殺されて当然だ。虫けらと同じだ。ウジにまみれた汚らわしいイヌだ！」

カプシーヌは力まかせにドアを叩く。反応はない。いらいらして正面のエントランスにまわり、ガラスのドアを叩いた。またもや反応はない。頭に血が上る。クリオのところに歩いてもどり、携帯電話を取り上げた。

「ダヴィッド、ドアをあけてちょうだい！」返事はない。自分の携帯電話に叫んでいることに気づき、アレクサンドルの携帯電話に持ち替えてもう一度呼びかけた。「ダヴィッド、ドアを叩いたのはわたしよ。あけてちょうだい。いそいで」

ようやくなかに入るとカプシーヌは照明のスイッチを入れた。吹き抜けになった階段をめざし、ダヴィッドについてくるように合図した。短い階段をすり足で降り、カプシーヌが片足でドアをそっとあける。ふたりはドアの両脇にそれぞれ身を潜め、拳銃を抜いて身構える。ガレージのなかではモモとイザベルがその場に凍りついたように立ち、こちらに顔を向けている。ふたりとも両手に拳銃を握り、銃口を黒っぽい車に向けている。車内にはおおぜい乗りこんでいるようだ。車はそのまま加速し、キーッとタイヤがこすれる音と煙を残して坂道をのぼっていく。モモとイザベルはなぜか発砲しない。

フルール弁護士がコンクリートの床に力なく横たわっていた。手足を曲げ、首を後方に異常な角度でひねっている。首が折れていても不思議ではない角度だ。かすかにあいた口から血がぽたぽたと垂れ、床に小さな血だまりをつくっている。その光景はあまりにもどぎつくて、B級映画のワンシーンを見せられているようだ。フルールはけいれん性の発作を起こしている。彼が死んでいないことがカプシーヌには不思議だった。

28

モモとイザベルの説明をきいているさなかに救急車が到着した。モモたちは郵便局の合鍵でガレージのドアをあけ、坂道を車でおりた。いつもここを使っている常連であるかのように装うつもりだった。すると、ガレージのなかでアジア系の風貌の男たちが、あおむけに転がったフルールを寄ってたかって蹴っていたのだった。この連中はプロだなとモモは直感したそうだ。モモとイザベルは車から飛び降り、片手にバッジを、もういっぽうの手には銃を持って男たちにちかづいた。彼らは背を向けて駆け出し、自分たちの車に乗りこむと猛スピードでスタートした。相手の顔はいっさい確認できなかった。モモもイザベルも車に向かって引き金を引くに引けない状態の時にカプシーヌとダヴィッドが来たのだった。

救急車が到着した。カプシーヌがIDを見せても救急隊員たちは気に留める様子もない。被害者は重要な殺人事件の鍵を握る人物だと主張しても、お構いなしだ。彼女を押しのけるようにあわただしくフルールのもとに駆けつけた。さいわい、救急車がピーポーピーポーとけたたましい音を立てて出発する間際にカプシーヌは飛び乗ることができた。といっても車内では隅でじっとしているしかない。救急隊員たちは緊急を要する深刻な事態にあわてることなく、冷静に対応している。フルールの顔に酸素マスクを叩きつけるように装着し、手の甲の静脈に点滴の針を刺し、心電図のセンサーをいくつも彼の胸と両脚につけた。救急車が車体を傾けるように左右に激しく揺れながら走行するので、気持ちが悪くなりそうだ。運転手は車の流れを縫うように鋭く右へ左へと進路を変える。救急隊員が無線で交信を続けている。相手はあきらかに医師だ。隊員は同僚に指示を伝え、フルールにつながれた点滴装置のゴム栓の部分からつぎつぎに薬剤が注入されていく。担当している救急隊員は眉根をよせて心電図を確認し、同僚と相談し、さらに点滴を続ける。カプシーヌはフルールの容態について何度もたずねるが、相手にもされない。しかし予断を許さない状態であるのはまちがいない。ようやく救急車が停まり、バックで救急救命室《ER》に横づけしてフルールが降ろされた。が、ここがどこなのかカプシーヌにはまるで見当がつかない。

　病院内でもカプシーヌは相変わらず無視されている。フルールはストレッチャーに乗せられ、手術着姿に樹脂製の透明なエプロンをつけた一団が取り囲み、猛スピードで廊下を進んでいく。そのまま手術室に入りストレッチャーが見えなくなると、集団のなかで一番小柄でまるまるとした身体つきの女性がくるりとこちらを向いた。そして、家族なら待合室に行くように、そうでないなら病院から立ち去るようにと告げた。有無をいわせぬ口調に気圧されて、カプシーヌはおとなしく待合室に入った。リヴィエールならどう行動するだろうか。カプシーヌはくちびるを噛み、自分はフルールの妻だと看護師に名乗った。

　一時間後、みるからに若い医師がカプシーヌにちかづいてきた。血が飛び散った緑色の手術着姿のままだ。マスクを首まで押し下げ、笑顔を浮かべている。こういう表情で接すれば患者の家族を安心させられると誤った教育を受けているにちがいない。

「マダム・フルールですか？」

「正確には、そうではありません」カプシーヌがにこやかにこたえ、これを見よとばかりにIDカードを示す。「司法警察の者です。あの患者は殺人事件の被疑者です。事件がらみであのように襲われた可能性があります。彼の容態は？」

「順調ですよ。救急車のクルーのおかげで一命を取り留めました。肋骨が三本骨折、脾臓破裂、重度の打撲、そして舌に深い切り傷があります。救急隊員が駆けつけた時点で血圧は上が七十で下が十、心拍は百八十でひじょうに弱いものでした」

カプシーヌがぽかんとしているのを見て医師がさらに説明を続ける。

「血圧がそれほど低く、心拍数がひじょうに多く、かつ弱かったということは死の瀬戸際にあったといっていいでしょう。しかしいまはバイタルサインの数値は標準の範囲内にもどっています。このままよくなると思ってまちがいありません」

「破裂した脾臓の手術は？」

「それは昔のことです。いまは入院して自然な回復を待ちます。うまくいけば一週間か、せいぜい十日で元気になって退院するでしょう」

そこまでが朗報だった。フルールはモルヒネで眠っていた。適量の最大値で深い鎮静状態にある。意味のある会話をするには翌日まで待たなくてはならない。

その間、ただ手をこまねいているわけにもいかず、カプシーヌはフルールの病室の外で制服の憲兵隊員が警備にあたるように手配し、警視庁に引きあげた。

翌朝、フルールの朝食のトレーが運ばれる頃合いをみはからってカプシーヌは病室に顔を出した。彼の顔にはまったく血の気がなく、目はすっかり落ち窪んで深い穴があいているように見える。薬が効いているはずだが、痛みをこらえているような表情だ。カプシーヌのほうに視線を向け、顔をしかめた。

「ここでなにをしている?」かすれた声でうなるように問いただす。

「先生の守護天使はきっと、少々の感謝を示すよう望むでしょうね。わたしの部下たちがあなたを追い、あのガレージで異変が起きているのではと推測したのですから。彼らが車で入っていかなければ、いまごろあなたはとんでもない状況に陥っていたでしょう。そのことはおわかりですね? わたしがきいたところでは、あれはあなたのお友だちのウォーミングアップに過ぎなかったようね。いったいなにがあったのか、教えていただきましょう」

「きみには関係ない、告発するつもりはない」

「ところが、わたしには関係があるの。あなたは殺人事件の被疑者です。あなたの身に異常な事態が起きれば、すべて警察の詳細な調査の対象となります」

フルールはバカにするように「ふふん!」と声を洩らし、長々と息を吐き出した。そして痛そうに身体をひねりながらナースコールのボタンに手を伸ばした。

「わたしがあなたの立場なら、あわててそんな行動は取らないわ。あなたを警察の病院に移送することなど、たやすいことです。おそらくここのように快適ではないでしょうね」じつのところカプシーヌにできるのは、せいぜい病室の戸口に憲兵隊員を手配する程度だ。どうかフルールにそれを気づかれませんようにと祈った。「宣誓供述書を取らせていただきます。よろしいですね」

「わかった、わかった、きみがここから出ていってくれるなら、なんだって応じる。わたしはクライアントの取引相手と会っていたんだ」そこでフルールは皮肉な笑いを浮かべる。「いや、正確に言えば元クライアントの元取引相手だ。ある取引に関してアドバイスを拒否したところ、クビにされたものでね。けっきょくそのクライアントは取引を断念し、そのことをわたしは相手に伝えた。それが相手の機嫌を損ねた。さあどうぞ《ヴォワラ》。このままタイプして清書すれば、わたしはよろこんで署名しよう」

「先生、ユーモアのスケールの大きさには脱帽です。ただし司法警察はそのような軽薄さを高く評価しませんね。ご理解いただけますね。さあ、続きを」カプシーヌはベッドの端に腰掛けた。

フルールはコーヒーをカップに注ぎ、紙パック入りの砂糖の口をあけようとして袋ごとカップに落とした。

「わたしがやりましょう。ミルクも入れますか？」カプシーヌはスプーンで袋を拾い、新しく砂糖の袋をあけ、プラスチックの容器から豆乳も注いだ。

カプシーヌがコーヒーを混ぜていると、それまで反感をあらわにしていたフルールが少しだけ表情を緩めた。

「そうだな、ほかの選択肢はないということか。いずれにしても、すでに終わったことだ。わたしは富裕層に属するクライアントを多く抱えているのだが、それに加えて戦術用装備を製造するフランスの多くのメーカーの顧問弁護士も務めている。海外との取引における法律的なバックアップをしている」

「〝戦術用装備〟とはつまり〝兵器〟を指しているのですね？　それでまちがいありませんか？　航空機やミサイル、攻撃用武器といった兵器ですね」

「そう、確かに〝兵器〟ともいう。フランスはあらゆる種類の兵器を輸出している。サイドアーム《ピストル》から戦闘機まであらゆるものを。規模の大きいものほど契約は複雑になる。わたしの専門はミサイルだ。契約にはたいてい保守サービスの詳細な内容まで含まれる。これまでさまざまな契約を成功させてきた実績がある。問題の取引は、アジアのある国にミサイルを輸出するというものだった。わたしは熟考の末、この取引は道義に反すると決断をくだした。そしてクライアントに対し、力になることはできないと伝えた。彼らは取引そのものを断念するよりほかないと感じ、買い手側にそれを知らせて欲しいとわたしに依頼した。ただそれだけのことです。買い手はあきらかに落胆し、メッセンジャーを務めたわたしにやつあたりした」

「なるほど。さて、その元クライアントと買い手について、具体的に教えていただけますか？」

「警部、もはや過ぎたことです。わたしはクライアントの弁護士名簿から抹消されている。買い手に会いに行く直前にクライアントから電話でそう伝えられたんだ。兵器を扱う他の業者とともに、わたしを脅迫するつもりだそうだ。だからわたしのキャリアにおいて、もはや封印されている」

「先生、あなたのキャリアについてうかがっているのではありません。その取引の売り手と買い手の名前を話していただく必要があります」

「それはあきらかにクライアントに関する守秘義務に抵触する。わたしがおこなってきた業務の一部は公的な記録として残っている。いずれ知られることになる内容ということだ。つまり、いままでに話したことは、あなたたちの手元にすでにある情報に過ぎない。わたしがクライアントに対する守秘義務を犯すなどと考えてもらっては困る。さて、そろそろ朝食をとりたいのでおひきとり願いたい。さもなければ、ほんとうに看護師を呼ばなくてはならない」

その日の午後、フルールからカプシーヌに電話がかかってきた。

「おたくの予審判事とたったいま電話で話しました。彼女はひじょうに激高した様子で、不愉快な思いをしましたが、たいへんに博識だ。法文から長々と引用してくれてね。弁護士とクライアントの機密特権の詳細について豊富な知識を披露してくれた。わたしが詳細な供述調書の作成に協力しなければ、ただちに投獄されてもおかしくないそうだ。そこまでいわれたら、応じるしかない。たいへんなご足労をおかけすることになるが、再度病院に来ていただけるだろうか。わたしのほうからそちらに出向くことはどうしてもできないので」

カプシーヌのなかで予審判事の株がぐんと上がった。

フルールは単刀直入に語った。台湾政府に多弾頭ミサイルを売りこむという話だった。売り手側のマトラ社は自動車、情報、武器を扱うコングロマリットである。その多弾頭ミサイルは台湾が保有するフランス製のミラージュ2000という戦闘機四十七機に使われることになっていた。交渉内容はすべて整い、現存のミサイルの保守整備契約の範囲をあたらしい兵器にまで拡大するというデリケートな部分もすべて整っていた。残されたのはミサイルそのものの価格に関する合意であり、これは比較的シンプルな交渉内容だった。ガレージにいたのは台湾の国防部長の秘書と、彼に同行するボディガードたちだった。秘書が人目に立つことを好まなかったので、地下を会合の場とした。契約を白紙にもどすことを伝えれば台湾はおおいに失望するだろうとフルールは覚悟していた――ミラージュ2000戦闘機にフランス製の多弾道ミサイルを搭載すれば、現在の中国軍の最高の戦闘機ロシア製のSu－27に大きく差をつけて優位に立てるのだ――が、よもや彼らが暴力に訴えることまでは予想していなかった。

「それにしても、あと少しで取引が成立するという段階で、なぜ白紙撤回を決めたんですか？」

「ひとことでいうのは難しいが、まあけっきょく、亡きジャン＝ルイ・ドゥラージュに哀悼の意を表したいと思ったからだ。あの晩、会食に誘ったのはわたしだったが、彼は持ち前の気前のよさから支払いを持つといってきかなかった。今回のこの取引に関してジャン＝ルイには快く賛成してもらいたかった。わたしがやっている兵器関係の仕事は大部分が彼経由の話だった。だから彼から同意を取りつけておきたかった。それは人として最低限の礼儀だと思った、といえばわかってもらえるだろうか」

「そもそもそういうたぐいの仕事に引きこんだのがドゥラージュ社長であるのなら、なぜ今回は反対を？」

「ああ、あなたはジャン＝ルイという人間をわかっていない。彼は実業家である前に、なによりも、政治家だった。この分野において巧みに諸外国と手を組んでルノーを、そしてフランスを成功へと導いた。ご存じの通りマトラ社はルノーに大量の部品を納めており、両社の太いパイプは海外にも知れ渡っている。この取引を実行すれば中国政府はマトラだけではなくルノーもブラックリストに載せるにちがいないと彼は夕食の席で断言した。中国の工業が成長著しい時期にそんな真似をするのはどうしようもなく愚かなことだと。彼はそういう調子で、とにかく頭からこの取引を否定してかかっていた。あまりにも敵意を剝き出しにするものだから、てっきり日本と同じように中国とも提携話を進めているのだと思った」

「それで、夕食の時にあなたはその取引の撤回を約束したんですね？　それで話はまるくおさまった」

「じつは、わたしのほうは往生際が悪かった。ともかくあの場ではジャン＝ルイの言葉に従うことを約束した。じっさい、そうするよりほか選択の余地はなかった。外国企業との契約に関して彼が自分の意見を引っこめることはあり得ない。わたしが首を縦に振らなければ、わたしの頭越しにマトラの幹部とやりとりして強引に止めさせただろう。ただ、彼との会食の後でわたしの気が変わった。莫大な手数料をフイにするは惜しい。それに今後もずっと中国が台湾に対し、愚かな態度を維持するかどうかは疑問だと思った。だからジャン＝ルイとの約束にもかかわらず取引は続行した。しかし、もはやこの世にいない彼の望みに反する行動を取ることが耐え難くなった。ジャン＝ルイの名を汚すように思えて、そのまま突き進むことができなかった。これで説明になっているだろうか？」

これ以上の収穫はなさそうだと思いながらもカプシーヌはさらに質問を続けるつもりだったのだが、その時ちょうどカリーヌ・ベルジュロンが入ってきた。鞄や荷物を山のように抱え、せわしない足取りだ。フルールの入院生活を快適にしようとあれこれ用意してきたにちがいない。カプシーヌに対し迷惑だといわんばかりの一瞥をくれ、フルールと話を始める。第三者がいることを意識した他人行儀な口調だ。カプシーヌはすっかり邪魔者の気分だ。いつのまにか被疑者側が主導権を握っている。歯ぎしりする思いでエレベーターに向かいながら、リヴィエールならどう応じただろうかと何度も考えた。

29

翌日の土曜日、早朝からカプシーヌはクリオで出発した。ひじょうに不機嫌なアレクサンドルを乗せて四十五分かけてヴェルサイユまで走ったのは、彼女のいとこの第一子の洗礼に立ち会うためだった。

「わざわざヴェルサイユに住もうなどと考える人間の気が知れないね」アレクサンドルがやつあたりする。「百歩譲って住むのはしかたないとしても、いたいけな幼子にわざわざ夜明けの時間帯に洗礼を受けさせる気が知れん」

「彼らがあそこで暮らしているのは、マリー＝シャンタルが少しばかりお高くとまっていて、オーレリアンが保険の販売であまりたくさん稼げていないからよ。マリー＝シャンタルにいわせると、あそこはパリほど高くなくて十六区と同じくらいしゃれているそうよ。それから午前十一時はどう考えても夜明けとはいえないと思うわ」

カプシーヌは教会を眺めてうっとりした。フランスの初期バロック様式で、大きくはないが均整の取れた美しい姿だ。ボウルを逆さにしたような円屋根、繊細な彫刻のあるオークの羽目板、惜しげなく金箔を貼った洗礼盤。洗礼盤の脇にいとこのジャックが立っているのは思いがけなかった。グレンチェックのスーツをセンスよく着こなし、さっそうとゴッドペアレント（子供の宗教上の指導の責任を担う）を務めている。馬面のゴッドマザーには冷たいそぶりだが。そういえば彼は寄宿制の学校でオーレリアンといっしょだったとカプシーヌは思い出した。当時の友情を彼がいまだに保ち続けているとは意外だ。

赤ん坊のマリー＝アイモーンは小さな頭を冷たい聖水に浸されると弱々しい泣き声を洩らしたが、ジャックが洗礼用の白いレースのショールでくるむと行儀良くおとなしくなった。代々一族のあいだで使われてきたショールだ。自分も洗礼の時にこれにくるまれたのだと気づくと、カプシーヌは喉がつまり目がうるんで視界がぼやけた。くちびるを噛んでもこらえきれないので、しかたなくリヴィエールがにやにや笑う憎らしい顔を思い浮かべ、女性警察官としての毅然とした態度を取りもどした。

儀式の後、四十名ほどの出席者はマリー＝シャンタルとオーレリアンが暮らす石造りの小さな家の庭に案内された。周囲から仕切られたプライベートな空間だ。カプシーヌは事前にマリー＝シャンタルから事情をきかされていた。こぢんまりしたおしゃれな家なので――ルイ十四世がヴェルサイユ宮殿を建設中に現場監督のひとりが建てた家なのだと彼女はいいはる――おおぜいのゲストは入り切らない。だからガーデンパーティーをすることにしたのだと。いまの季節ではなくて夏なら庭も最高なんだけど、といって彼女はくすっと笑った。庭の隅の小さなテーブルには紋章入りの銀の皿が二枚置かれ、フィンガーサンドイッチがわびしげに盛りつけられている。そしてロココ様式の銀のワインクーラーにはシャンパンが四本つつましく収まっている。

アレクサンドルは愕然とした表情だ。

「はるばる移動してフランス文化の真の辺境地帯に来てみれば、人間の生命維持に最低限必要な栄養すら与えられないとは」

このひとことで済むはずがないとカプシーヌはピンときた。アレクサンドルのことだから神父の姿を探し出し、イエスがパンを量産しただの、おおぜいに魚を食べさせたりしただのとウィットに富んだ辛辣なコメントをぶつけるにちがいない。とはいえ、彼の落胆ぶりにはじゅうぶんに同情できる。カプシーヌのお腹もグーグーいいだしているこの状況では、おそろしく小さなサンドイッチを二つか三つ、そしてシャンパンをほんのちょっぴりだけというのはあまりにも酷だ。これはもう、どケチなどという生易しい表現では追いつかない。

カプシーヌの背後でアレクサンドルに話しかける声がする。からかうようなその口調の主は顔を見なくてもわかる。ジャックだ。

「まあそう心配しないで、親愛なるいとこよ。勝手ながらわれわれ三人のためにテーブルをひとつ予約しておきました。王族のために宮殿につくられた有名な野菜畑のすばらしい眺めが楽しめるすてきなレストランにね。ミシュランの星をひとつ獲得している店ですから、一日が台無しにならずに済むと思いますよ」

カプシーヌはまたもやぎくっとした。アレクサンドルはジャックに対してなぜか嫉妬心を少々抱いている――バカげているとしかいえないのだが。ところが、そのアレクサンドルがジャックの手をひしと握り、「いとこよ、きみはわたしの暗い日に射しこむ一条の光だ」とこたえるではないか。皮肉のかけらも見当たらない。

「ではさっそく、とっととここを出ましょう。ぼくも、口をゆがめるような気取ったいいかたで『ジャーーック』と呼ばれるのはもうごめんです。年寄りのしわだらけの手にキスするのも、もうまっぴらだ。これ以上我慢しろといわれたら、この一族の語彙《ごい》にない言葉を彼らに教えることになる」

石の壁にはめこまれた古い木のドアにジャックがもたれると、ドアは彼の体重に耐えきれず、ギシギシと派手な音を立てて壊れてしまった。三人はこっそり抜け出してまっしぐらにクリオをめざした。

〈ルレ・デュ・ポタジエ・デュ・ロワ〉からの眺めはまことにすばらしい。果実や野菜の畑が美しい市松模様を描く王家の家庭菜園がパノラマのように見渡せる。ルイ十五世の時代の菜園そのままに丹念に復元されたものだ。かなりベジタリアンの傾向が強いレストランだが、動物性タンパクを尊ぶフランス人のために、狩猟で捕獲された野生の鳥がメニューの特等席を占めていた。カプシーヌはヤマウズラを、ジャックはキジを、アレクサンドルはフランス産のライチョウを選んだ。いまどき、こんなものはなかなかお目にかかれないからねとアレクサンドルはホクホク顔だ。

鳥をほとんど食べ尽くし——食べているさいちゅうに出てきた弾を皿の端にそっと置く際の音までもが満足感を盛り上げる——ニュイ・サン・ジョルジュの二本目のボトルのコルク

が抜かれた。ここまで足を運んだ甲斐があったとカプシーヌはしみじみと感じ入った。

するとジャックがテーブルの下で片手をのばし、カプシーヌの片足をぎゅっとつかんだ。膝のすぐ上のあたりだ。アレクサンドルが顔をこわばらせる。

「それで」ジャックがにやりとする。「きみが担当しているあの有名な事件はどうなっている？　トラッグ社の諜報員についてのきみの報告書を読んだよ。うちの職員になりすましていたそうじゃないか。そいつをひっ捕らえるのはさぞかし愉快だっただろうな」

「あんなのは朝飯前よ」カプシーヌがジャックの手をどかす。「じつはね、被疑者を確保しているのだけど、その人物があの殺人にかかわっているとはどうしても思えないの。なんだかピンとこない」

ジャックは愉快でたまらないという笑顔で、ふたたびカプシーヌの足に手を置く。

「なんだ、もうとっくに国際的陰謀の路線で突っ走っているものと思っていたよ」

不意に、カプシーヌのいままでの楽しい気分が消えた。

「ジャック、あなたいったいなにを隠しているの？　いますぐいいなさい！」

ジャックがクスクス笑ってカプシーヌの膝小僧をつねった。カプシーヌが身体をぐいとひねるのを見て、アレクサンドルが顔をしかめる。

「かわいいいとこよ、ぼくがきみに秘密を持っているなんて、どうしてそんなことを思いつくんだろう。それはフロイトでいうところのきみのイドの問題だな。ほんとうはぼくと親密な関係を結ぶことを望んでいるんじゃないのか」

カプシーヌは精一杯厳しい表情をつくった。そうしなければアレクサンドルの怒りが爆発しそうだ。

「でも」ジャックが続ける。「秘密なんてなにもない。純粋論理学で説明がつくことさ。トラッグ社がティフォン・プロジェクトに目をつけたいきさつを、きみは考えてみたか？」

「ええ、もちろん。ルノーが燃費効率を改善する研究をしているにちがいないと当たりをつけていた彼らが、ドゥラージュ社長が亡くなった隙を突いてスパイを潜りこませたのだと思うわ」

「そのとおりだ。ただ、そういうことをしたのはトラッグ社一社とは限らない。冷静に考えれば、当然そう思いつくはずだ」

「トラッグみたいな組織がほかにも存在するということ？　まさか」

「あきれたな、民間のそういう組織はいくらでもある。もちろん、もっと規模が小さいものが大部分だが。それに加えて諸外国の諜報機関だ。なかにはトラッグ社よりもはるかに優秀な組織もあるだろう。そういうところの連中の報酬はトラッグ社よりもずっと安いにもかかわらず、えげつなさは二倍かもしれない。ルノーを牛の糞にたとえればだな、湯気をあげているホカホカのそいつに小さなフンコロガシがびっしりたかって出たり入ったりしているような状態だとぼくは睨んでいる」

「でもティフォン・プロジェクトはトップシークレットよ。どうしてそんなにおおぜい集まってくるの？」

「ティフォン・プロジェクトは秘密でも、ルノーがあたらしい触媒の開発に取り組んでいるなんてことはもはや常識だ。技術的な飛躍というのは多くのライバル同士の熾烈な競争のなかで実現する。ルノーは技術的に相当な実力の持主なんだから、その競争に加わっていないはずがない」

「意味がよくわからないわ」カプシーヌがいう。

「いいたいことはわかる」アレクサンドルだ。「わたしが説明しよう。化学と技術の大発見がある時はかならず、地球上の複数の場所で複数の人々が同時にまったく同じことに取り組んでいるという現象が見られる。たとえば飛行機の発明といえば、当然のようにサントス・デュモンとライト兄弟の名前があがる。カール・ヤトーやトライアン・ヴイアやヤコブ・エレハマーのことなど、誰もいわない。じつは彼らはみなほぼ同じ時期にちがう国で飛行機を飛ばしている。飛躍的な技術というのは熟した果実が木から落ちるように、至るところで出現する。それが重要なポイントだ」

「まだ、わからないわ」カプシーヌがいう。

「いいか、かわいいいとこよ、新しい触媒もまったくそれと同じなんだ」ジャックがいう。「世界各地で開発がおこなわれている。いまにも木から落ちそうな段階だ。親愛なるわがいとこ、アレクサンドルの表現を借りればな。いまがまさにその時期というわけだ」

「新しい技術の出現の法則とこの事件とが、いったいどう関係しているの？」カプシーヌがたずねる。

「牛の糞について、いまさっきぼくがいったのを憶えているか？」

「もちろん！　ランチの席にはふさわしくないたとえ話ね」

「いいか、糞にはフンコロガシがびっしりたかって出入りしている。そしてそのフンコロガシは一種類だけではないってことだ」

「そのたとえでもっとききたい」

「産業スパイは基本的に二種類に分かれる。モールとハッカーだ。モールは従業員として潜りこんで信頼を獲得し、情報を外部に持ち出す。ハッカーたちは外部にいてコンピューターシステムから情報を手に入れる。今回登場したのはひじょうに珍しいタイプだ。詐欺師だな。なかなかお目にかかれないから、つかまえたらホルムアルデヒドに漬けてデスクに置いておくといい」

「タロン警視正もそのつもりみたい」

カプシーヌは腿に置かれたジャックの手をつかみ、テーブルにぽんと置いた。

「少し時間はかかったけど、やっとわかったわ」

30

翌朝十時にカプシーヌはフロリアン・ギヨムに電話をかけて——朝の十時前と夜の九時以降に電話をかけるのは失礼に当たるという母親の教えを忠実に守り——いろいろたずねたいことがあるので、今夜お宅にうかがいたいと告げた。ギヨムは猛烈ないきおいでまくしたて、早朝に電話してきたこと、そして日曜日に自宅に押し掛けてかけてくることに対し抗議した。が、しまいには彼女に会うと同意した。

アパルトマンで出迎えたギヨムは落ち着いた態度だった。冷ややかな、と表現するほうがちかいかもしれない。そして不承不承といった様子で居間に通した。カプシーヌは思わず顔をしかめそうになった。壁も床も天井も、どこもかしこも公共の建物のような白いペンキが塗られている。てかてかとした光沢のあるペンキは病院向けのアウトレットかなにかで調達できるのだろうか。なんとも殺風景な空間だ。室内の大部分のスペースを占めている奇怪な物体は動く美術作品《キネティック・アート》だ。ピカピカのステンレスのパーツを無数に組み合わせた作品が高い台座からそびえ立っている。パーツが出たり入ったり回転したり前後に揺れたり、パーツのなかでさらになにかがくるくると果てしなく回り、絶えずガチャガチャ、ガタガタと騒がしい音がしている。誰かが適当に組み立てた機械がいまにも崩壊しそうな風景にも見える。

「博物館以外でカナンジールの作品と出会うとは思わなかったわ」カプシーヌが騒音に負けないように声を張り上げた。「彼は自分の作品の行き先についてひどく神経質だときいているから」

「警察官が彼の作品を理解するとは意外ですな」ギヨムの口調が弾んでいる。「彼とは学生時代からの知り合いです。これは彼の初期の作品のひとつで、幸運にも彼はわたしが購入し所有することを許してくれました。内部に仕込まれた小さなコンピューターで動きはすべて正確に制御されています。動きを止めることも、推し量ることもできない。それがこの作品のメッセージです。わたしにとってインスピレーションの源ですよ」

「これを手に入れることができたなんて、あなたはお幸せね、ムッシュ・ギヨム。では、座ってお話をうかがいましょうか」

知らず知らずのうちに叫んでいることにカプシーヌは気づいた。携帯電話の電波状況が悪い時のようにあたりかまわずに。

「そのお話とやらが、このように強引に押しかけるほどの重要性があるものと期待しましょう」ギヨムの滑らかな口調は、気安さを演出しようとしているのか不機嫌さを装うとしているのか、どちらともつかない。

「ムッシュ・ギヨム」彫刻の騒音に負けまいとカプシーヌは大声を出す。「先日お話しした時には、治安総局の課報員があなたに面会を求め、ティフォン・プロジェクトの視察をするのは、取り立てて不自然ではないと感じたとおっしゃっています。あなたは治安総局になにか期待するものがあったのではないですか？　なにを期待していたのでしょう。なんらかの支援を依頼していたのでしょうか？」

「マダム、あの時はティフォン・プロジェクトが国益にかかわるものであるという意味でお話ししたつもりです。そのプロジェクトのセキュリティがしかるべき水準に達しているかどうかを治安総局が調べるのは当然ではないか、ということです」

カプシーヌがギヨムの本音を見透かすような表情でにこっとする。

「それではわたしの誤解ですね。突然の訪問だったんですね？」

「こういう質問の仕方で、いったいなにをもくろんでいるんです？」ギヨムが大きな声を出すのは、背後の騒音のせいだけではなさそうだ。

「なにももくろんだりしていません。ただ、治安総局が関心を持ちそうななにかが起きていたのではないかと感じただけです」

「情報漏洩の可能性があるのではないかという懸念があったのは事実です。ただわたし個人としては、そういう危険性はまったくなかったと確信しています。が、慎重の上にも慎重を期することは決して悪いことではない」

「それで、あなたは治安総局に通報したんですか？」

「もちろん、していません。ドゥラージュ社長との定例の打ち合わせで、たまたまそういう話になったのです。それで社長もなんとなく不安にかられて自ら当局にコンタクトを取ったのでしょうね。いま考えると。その必要はないといくら止めても無駄だったでしょう」

「それで、あなたが情報漏れを疑うようになったきっかけは？」

「たいしたことではないんです。ソウルでおこなわれた会議に出席した時に噂が流れているのを知りました。ティフォン・プロジェクトについての情報が一部流出していると受け取れる噂でした。そんなバカなことはあり得ないのですが」

「秘密保持違反があったことを示す徴候はほかにも？」

「いいえ、そんなものありませんよ。わたしたちを見くびってもらっては困る。ティフォン・プロジェクトのセキュリティ・システムはフランスのメーカーのなかでは随一です。プロジェクトの現場に入れるのは、高度なハイテク技術を駆使したセキュリティ・バッジを持つ者だけです。ひじょうに高度な技術なので偽造はまず不可能です。社員は始業時と退社時にチェックを受けます。人は金属探知機で、彼らの手荷物はX線検査機で、データを持ち出すためのカメラといった道具を持っていないことを確かめます。当然、ノート型パソコンを所持して建物に出入りすることは許されない。水も洩らさぬ万全な警備で守られています。情報漏洩はなかったと確信していますよ。絶対に不可能です」

「まあ、すごい」

「ええ、すごいのは確かです。が、そんなものは必要ないのです。うちのスタッフは真のエンジニアであることを忘れないでください。彼らはプロフェッショナルだ。一人残らず、わたしが慎重に選抜した人材です。紛《まが》い物が、つまりモールが入りこもうとしてもすぐに見破ることができる。わたしの目をごまかすことなどできやしない」

「全員が一日に二回セキュリティ・チェックを受けるといいましたが、ほんとうに一人残らずですか？」

「ええ！　免除される者はいませんよ」

「ぜったいに、誰一人として？」

「あたりまえです。むろん、社長は別です。そしてわたしも。それはいうまでもない」

「そして社長とあなたの秘書は？」

「わたしの秘書はセキュリティ・チェックは受けません。ドゥラージュ社長の秘書も同じです。わたしたちは彼女らに全幅の信頼を寄せています。しかし社長代行には受けてもらっています。わが社の厳重なセキュリティを身を以て示してもらうためです」ギヨムが一瞬笑みを浮かべた。悪意のこもった表情だった。

「では、じっさいには少なくとも三人の人物が完全にノーチェックで、ティフォン・プロジェクトの現場から自由にデータを持ち出せるわけですね。〝エティエンヌ〟が偽者でよかったですね。ほんものの治安総局の諜報員なら容赦のない報告書を提出して、こってり油を絞られたはずです」

「なにをおっしゃりたいのかな？」ギヨムがむっとする。

「それだけの警備体制を敷きながら、少なくとも穴がふたつあいていたということです。誰かから、あるいはどこかから情報が漏れてソウルで噂として流れた。そしてトラッグ社のスパイが入りこんだ。その人物は施設を案内されたばかりか、ランチも無料で提供されている」

「ランチのことなど、誰からきいたんですか？」ギヨムはあきらかに動揺し、目をそらす。

「ああそうか、あの愚かなヴァイヨンか。彼はとうに辞めましたよ」

「ブリーフケースいっぱいのデータとともに、という可能性がゼロだといいきれますか？」

ギヨムがにらみつけた。

「マダム、そういう嫌みなものいいは不快です。うちの、そしてルノーの警備体制に口を挟んでいただきたくない。治安総局の諜報員が会社に入ることをわたしは許可しました。社長が依頼したのだと思ったからです。それについて批判される覚えはないですね。それに業界の会議ではいろんな噂が流れていましたよ。警察の世界にはくわしくありませんが、どこの業界でも会議で噂のひとつやふたつあるでしょう」

「ムッシュ・ギヨム、確かあなたのお話では、ドゥラージュ社長はソウルでの噂について不安を抱いただけだった。でもじっさいには、治安総局にコンタクトをとるようあなたに命じたのではないですか」

「マダム」ギヨムが歯を食いしばったまま声を出す。「それは一方的な思いこみです。支離滅裂なことをいうかと思えば、身に覚えのないいいがかりをつけられて、まったく滑稽としかいいようがない。第一ひじょうに不快だ。あなたとこれ以上話をするつもりはありません。ですから、あなたがここにいる理由もなくなる。ただちにお引き取り願いたい」

背後でドアが閉まる音がした瞬間、カプシーヌは心底ほっとした。電気掃除機のスイッチを切った時のように、とつぜんの静けさが訪れ、心が安らいだ。

31

カリーヌ・ベルジュロンは一階の面談室で遠慮がちに座っていた。えび茶色のカシミアのツインニットに真珠の一連のネックレスをつけ、プラスチック製のやわらかなカップの中身を混ぜている。警視庁で歓待のしるしとしてふるまわれる自動販売機のエスプレッソだ。カリーヌの表情は晴れ晴れとしてキラキラと輝いている。

「警部、突然うかがったのに時間をつくってくださって感謝します。先日お話しした際にとても打ち解けることができて、なんだかお友達のような感じがするんです。いろいろと決意したので、ぜひ直接お話ししたかったの」

「いいお話を期待しているわ」

「もちろん！　このあいだもお話ししたように、マルタンのプロポーズを受けるかどうかずっと考えていたのだけど、決心がついたわ。再来週、彼の故郷のブリタニーの教会で結婚します。彼が入院している時にふたりでそう決めたのよ。彼はすっかり弱りきってしまって、どうしてもわたしといっしょになりたいと強く望んだの。ノーなんてとてもいえなくて」

「ずいぶん急なお話ですね」

「ええ。それもね、結婚するだけではないの！　彼はわたしのために人生を変えようとしているのよ。わたし、とても感動してしまって」

「どういう意味ですか？」

「マルタンは船に乗ることが大好きなのよ。ブリタニーに大きなボートを持っていて、夏はいつもそれで航海しているの。わたしたち、一年間休みをとってその船で世界中をまわることにしたんです。彼が結婚を急ぐのは、それも理由のひとつなの。気候がまだあたたかいうちにフランスを出発したいって。いまなら貿易風は申し分ないし。まずはグアドループ島に行くつもり。その先のルートは、そこで考えます」

「でも弁護士としての仕事は？　業務から離れるつもりなの？」

「彼の専門分野はあなたもご存じのとおり、兵器の取引です。クライアントはほぼみんな、ドゥラージュが社長の地位にあったから依頼してきた人たちよ。だから重要なクライアントはすでにマルタンを切ってしまった。きっと他のクライアントたちも同じようにするだろうと彼は考えているわ」

「それは残念なことね。実入りのいい業務だったでしょうから」

「ええ、確かに。でも、出張は多かったし、とてもおそろしい人たちを相手にしなくてはならなかった。あなたが見たあの連中よりもっとひどいのがゴロゴロいたわ。彼が扱っていた兵器の守備範囲は広かったの。小型のものではピストル、手榴弾などもね。そういうものを買う相手というのは、限りなくいかがわしい人たちが多いの。おそろしかったわ。マルタンには似つかわしくない仕事よ。彼の人生からその部分がなくなって、わたしはなによりほっとしている。いまはふたりで世界一周することだけを考えているわ。もどってきたら彼は一から弁護士の業務を立ち上げるでしょう。いかがわしいものとは無縁な良質な仕事だけをするの」

「あなたにとって、とてもよかったと思うわ。結婚のためにブリタニーに行くことについては、まちがいなく許可が下ります。ですがフルール先生がフランス領土を離れる許可は無理ね」

「いったいなぜ?」

「ドゥラージュ社長殺害の容疑で裁判にかけられる見込みが高いので」

「そんな、ひどいわ」カリーヌが涙ぐむ。バッグからティッシュを一枚取り出し、メイクをこすらないように注意を払いながら下瞼《まぶた》を押さえた。「それではマルタンは破滅してしまう。どうして彼に容疑が?」

「動機があります。あなたとの結婚を実現するにはドゥラージュ社長が邪魔だった、という見方ができます。彼が国を出たがっていることは、被疑者である可能性を裏づけるわ」

カリーヌの目から涙がぽろぽろこぼれ落ちて、メイクは無惨にはがれてしまっている。

「で……でも、彼はあの晩、会食をした直後に店を出たのよ。彼は……わたしに会いに来たの。そうお話ししましたよね」

カリーヌは小さくしゃくりあげながら、しくしく泣く。

「結婚しようとわたしを説得するためにやってきたんです」

「街で夜遅くまで遊興にふけった後で？　ずいぶん変わった常識を持ち合わせている方ね。彼が到着したのは何時でしたか？」

「とても遅かったわ。十一時を少しまわっていた。見ていた映画がちょうど終わったところ。司法警察の女性刑事の映画よ。でもあなたとは似ても似つかない。なんだかもう無茶苦茶な人だった。ドラッグ中毒者と恋に落ちるのだけど、しまいには相手を逮捕しなくてはならないという筋よ」カリーヌは涙をこぼしながら笑う。

「見たことがあるわ、それ。夫がいつもその映画のことを持ち出してはわたしをからかうの。とにかく、彼が着いたのが十一時よりもずっと遅かったということはないんですね？　レストランから直行したということね。店からあのアパートまで車で二十分もあれば着くでしょう」

「ええ。午後十一時のニュースがちょうど始まったところだったわ。わたしは彼に、見るかどうかたずねたんです。彼は見たくないとこたえたわ。指輪を受け取って欲しいと彼はいった。その時には断わってしまったの。愚かね。彼がぼろぼろになってようやく、わたしはわかったの。自分がどれほど愛されているのか」

「おめでとう、よかったわ。でもね、これだけは警告しておくわ。国を離れようなどと企てたりしないで。それはあなたたちを不利な状況に追いこむだけよ。フルール先生がバカげた行動に走らないように、なんとかあなたの力で食い止めてください」

面談が終わり、カリーヌが中庭を横切って車寄せに向かう姿をカプシーヌは目で追った。そしてフルールの心境に思いを馳せた。生計を維持するための手段を取るか、それとも生涯の恋人を取るか。考える余地もないはずだ。選択に迷うほうがどうかしている。

32

カプシーヌはなぜか自分がすっかり落ちこんでいるのに気づいてはっとした。事件の捜査の進捗状況には、よろこんでいいはずなのに。鍋のなかには材料がたっぷり入ってグツグツと煮えたぎっていて、すばらしい成果が約束されているも同然だ。刑事部の仕事は期待を裏切らなかった。一つひとつの事件には無数の糸がからみ、さまざま人が複雑に関与し、それを解明するにはあの手この手で細心の注意を払いながら捜査を進めなくてはならない。ホワイトカラー犯罪の不毛な仕事とはまるで別物だ。あの仕事は着手した時点で被疑者が特定されていた。やるべきことといえば、その被疑者を法廷に送るための厚いファイルの作成だ。

しかしいくら理屈で自分にそういいきかせても、口のなかのざらざらした味わいは消えない。手元にある糸のどれをたぐってもなにも出てきやしない、まして事件の解明にこぎつけることなどできやしないという直感は、理屈ではどうしても封じることができない。なにもかもが徒労に過ぎないのか。カプシーヌは絶望的な気持ちになった。これでは事件は解決できない。ああ、もうなにもかも嫌だ。刑事部で活躍するのだという自分の決意も浅はかだったというしかない。ただ幼稚だっただけだ。考えれば考えるほど、ますます落ちこんでいった。

こんなふうに落ちこんだ経験はもちろん過去にもある。昔をふり返るとカプシーヌは胸が痛んだ。シアンスポ（パリ政治学院）の学生だった当時、同じ絶望感に襲われて学期の半ばで文学の講義を受けるのを止めた。いまだにあの時の決断を悔やんでいる。ただ単に頭のなかがショートしたような状態だったのだと気づいたのは、少し気持ちが落ち着いてからだった。猛勉強を強いられる授業だったので、深くのめりこみ過ぎたのだ。だから深刻にとらえる必要などなかったはず。授業を休んでふたたび情熱が湧いて来るのを待つ。それだけでよかったのだ。きっとあっという間に回復していただろう。誰だって燃え尽きることはある。それは当たり前のことなのだ。動じるな。

いくら自分を叱咤激励しても、むなしいばかりだ。これは相当危険な状態だとカプシーヌは自覚していた。このままではタロン警視正の執務室に突入して、バッジと拳銃を彼のデスクにバンと叩きつけてしまいそうでこわい――アメリカ映画の見過ぎだろうか？

部下の巡査部長三人に電話で指示を出した――いまにも涙をこぼしてしまいそうで、直接指示を出す勇気がなかった。コンピューターでさらに身辺調査を続けるように指示したものの、そんなものは役に立たないとわかっていた。ともかく彼らの関心をそちらに向けておくための手段だ。カプシーヌは気持ちを切り替え、今日一日は思い切り気楽にのんきに過ごすことにした――のんきな気分こそ、いまの自分にいちばん必要なのだといいきかせた。さっそくサンジェルマンに出かけ、おしゃれなブティックめぐりをして高級ファッションにたっぷりふれた。警察に入って以来、決して手放さなかった拳銃をあえて置いてくるほどの徹底ぶりだ。おかげで裸で街を歩いているような気分だ。結婚指輪を洗面所のシンクの脇に置き忘れても、ここまで心許なくはないだろう。

結果的に、はずむ気持ちと浮かない気分が入り交じった甘酸っぱいような午後となった。カルチエ・ラタンのシックなブティックで天文学的な価格の一流ファッションにふれた効果は抜群で、麻薬のように効いた。警察とはまるで別世界のひとときをカプシーヌは堪能した。本来であれば彼女にはこういう暮らしが待っていたのだ。それが嫌でフルタイムの仕事に就いた。でも今はこんなにも心地いい。いっそさっさと辞めてしまおうかという誘惑にかられるのだから皮肉なものだ。いや、ダメだ。そんなことをしたら敗北感から二度と立ち直れないだろうし、なにより虚ろな人生などとうてい耐えられない。日が暮れるまでに買ったのはイタリア製のバックレス・ミュールだけだった。自分の努力を評価するための証だ。すっかりくたびれ、辞職を伝える電話をする元気も残っていない。カプシーヌはサン・シュルピス教会に面したカフェテラスの椅子にどっかりと腰をおろした。太陽が傾き、秋のすがすがしい空気があたりを包む。キールをちびちびと飲みながら《ル・モンド》紙の最終版のわかりにくい社説を読み進めた。

三杯目のお代わりを飲む頃には、新聞を読むふりもできないほど暗くなっていた。寒さで感覚が鈍くなり、アルコールのおかげで厭世《えんせい》的な気分もすっかりやわらいだ。名案が浮かんだわけではないけれど、なんとかなりそうな気がした。よくわからないが、きっと分水嶺を越えたのだろう。もう家に帰らなくては。アレクサンドルはサンダルを見たら、きっとからかうにちがいない。仕事にまったく役に立たないじゃないかといって。それを想像したらカプシーヌはとても幸せな気持ちになった。

33

翌朝、カプシーヌはすっきりした気持ちで目覚めた。頭のなかの迷いも吹っ切れていた。警視庁に出勤して午前十時まで辛抱強く待って電話をかけた。今回は特に母親からしつけられたとおりにする必要があった。ダイヤルしたのは〈ディアパソン〉のソムリエ、グレゴワール・ローランの自宅の電話番号だ。

不意を突かれて動揺している彼に、上流階級の令嬢らしいソプラノの声で警視庁に来てもらいたいと告げた。ふたりで「ブレーンストーミング」をしたいので、ご都合のいい時にぜひいらしてもらいたいと。レストランについてわからないことがあって困っている、スタッフのなかで唯一「波長が合う」あなたに協力してもらいたいと説明を加えた。ローランが得意になっている様子は電話越しに伝わってきた。そこでさらに、あなたの仕事に支障が出るようなことがあってはいけないので都合のいい日時を率直にいってもらいたいと告げた。相談した結果、二日後の午後三時半と決まった。ランチタイムの後の時間帯だ。この計画をリヴィエールが知ったら、鼻で笑うだろう。電話を切ったカプシーヌはリヴィエールの顔を想像し、数日ぶりに笑った。

ローランはスーツにオープンシャツという出で立ちであらわれた。ぴったりと身体の線に沿ったスーツはあきらかにフランス製のものではない。確かに高級ブランドなのだろうが、値引き商品の棚に置かれていたような風情が漂っている。どこかのデパートの全品売り尽しセールで手に入れたアルマーニなのだろう。ローランはいつになくリラックスしている。スタッフの食事の時のようなへりくだった態度でもなく、レストランのサービスの時に見せる謎めいた態度でもない。もしやこれこそ彼の素顔なのだろうか。社交の場にあらわれたような調子だ。まさか手土産として箱入りのチョコレートを持参してはいないだろうが。

ローランが先に口をひらいた。「わたしでなにかお役に立ちますか?」

「ええ」カプシーヌはこたえた。「むずかしいことではないのよ。レストランについてもう少しくわしく知りたいの。あなた以外に頼れる人がいないのよ。ラブルース・シェフとはなかなか自由に話すこともできなくてね。わかるでしょう?」

「もちろんわかります。ただ、持ち場以外のことはさほどくわしいわけではないので」

「では、あなたのお仕事から話していただこうかしら。ソムリエというのは、どうしたらなれるものなの?」

ローランはよろこんで自分のことを話し始めた。だらだらと続く話をきいていると、テレビのトーク番組を見ているような気分になった。自分に都合のいいエピソードをつぎはぎして、あちこちで脱線する。ローランはモンタルジ出身だった。パリから百二十キロほど南下したところにある、運河が有名な町だ。父親は郵便配達員。そのどちらにもいい思い出がない。小学校が大嫌いで、逃げ出してパリの職業訓練コースの中等学校《リセ》に入り、レストランとホテルの業界に進むための訓練を受けた。田舎からはなんとか脱出できたものの、苛酷な日々が待っていた。学校の厨房の暑さはどうにも耐え難く、まだ小学校のほうがましだということがわかった。自由な時間などないに等しく、パリになじむどころではなかった。彼の非凡な嗅覚が認められたのは、最終学年になってからだ。即興のレシピづくりの授業を担当する教師がテーブルいっぱいに食材を並べ――牛肉、アーティチョーク、オレンジ、アスパラガス、卵、鶏肉をそれぞれボウルに入れて――生徒たちに目隠しをさせてこたえさせた。当然ながら、半分以上正解する者はいない。しかしローランだけはちがった。においだけですべてぴたりと言い当てたのだ。これはローランにとってビッグチャンスとなった。その日の午後、教師が彼を上級のワインのクラスに入れた。以前に彼はそのコースを希望したが、成績が凡庸だという理由で断わられていた。すぐさま彼は驚異的な逸材として校内で認められ、その年の夏にはロアンヌにある三つ星レストラン〈トロワグロ〉のソムリエ見習いになった。

その後は一直線に走ってきた。つぎつぎに賞をものにし、リセを卒業して三年もたたないうちにフランス若手最優秀ソムリエに選ばれた。続いてフランス最優秀ソムリエに、そして三十歳になる前に遂に世界最優秀ソムリエという最高峰にのぼりつめた。しかし受賞歴など意味はないとローランは強調した。いちばん重要なのはソムリエのコミュニティのなかで評価されることであり、彼はライバルを寄せつけない実力の持主として認められていた。

家族をつくりたいという気持ちはローランにはいっさいない。女性と子どもは、レストランのビジネスと時間的に折り合わないから、という理由で。関心があるのはひとつだけ、ワイン学の世界にあたらしく足を踏み入れた新人たちとの交流だ。一気に話した後、不意に言葉が止んだ。遠いところを見るような目つきだ。夢見るようなまなざしでもあり、会食の席で心ここにあらずという状態の時の表情と似ている。これは、マッチ棒で高さ十フィートのエッフェル塔をつくることに生涯をかけた人物が人生を振り返るビデオを見せられているような気分だとカプシーヌは思った。

話題を〈ディアパソン〉にもどそうとして、さりげなくたずねた。

「世界で指折りのレストランのチームの一員なのだから、誇りもあるでしょうね」

「誰かのチームの一員などと考えたことはありませんよ。ラブルースは彼の仕事を、わたしはわたしの仕事をする。彼が称賛に値するシェフであることは認めています。ただ……なんと説明すればわかってもらえるかな……料理は、ワインのための脇役に過ぎないんです」彼は眉をしかめ、少し間を置いた。「うまいたとえではありませんが、パンにチーズをのせるようなものです。パンがよくなくては話にならない。でも主役はあくまでルブロション。つまりチーズのほうだ。わたしが一九八七年のシャトー・オー・ブリオンをお客さまに出す際、そこにラブルースの料理があれば、いうことはない。背景としてね。主役はワインなのですから。ちがいますか？」

「ラブルース・シェフも同じように考えているかしら？」

ローランは耳障りな笑い声をあげた。「料理人の考えなんて、わかりゃしませんよ。彼らの脳みそはあの熱と汗で腐ってしまっているとわたしは思ってますからね」

牛飼いが扱いにくい牛をうまく誘導して群れにもどすように、カプシーヌはローランから〈ディアパソン〉の話をきき出そうと何度もはたらきかけたが、彼は頑として動かない。重要なのは彼が出すワインだけなのだ。そしてレストランの唯一の価値といえば、立派な顧客をひきつける能力だけ。もうもうと湯気が立ちこめる厨房のなかのことなど、できる限り関知したくないのだ。

彼はさらに三十分、自分のことを語り続けた。いま関心があるのは大規模なブドウ園であり、オーストラリアに半年滞在して「肌で感じて理解」を深めたいのだと。いきなり彼が腕時計を見た。

「大変だ！　こんな時間になっているとは。レストランに大急ぎで帰らなければなりません。遅刻してしまう。少しでもなにかお役に立てたのであれば光栄です。おかげさまでとても楽しいひとときでした」ローランは礼儀正しい態度を崩さず、にこやかな表情をして立ち上がり、片手を差し出した。

カプシーヌがデスクの下のボタンを押すと、ドアが静かにひらいてモモが無言のまま入って来た。カプシーヌがローランに告げた。

「ムッシュ・ローラン、今夜はここで過ごしていただきます。あなたを留置します。早くても明日まで、ことによればさらに長期間ここに留まってもらいます。モモ、ムッシュ・ローランを下の留置場にお連れして」

「冗談じゃない！　わたしはディナータイムのために着替えなくてはならない。レストランにわたしがいなければ……」

カプシーヌが顎を鋭くくいと動かして合図すると、モモは肉厚の手をローランの脇の下に入れてぐっとひねるように締めた。ローランはおとなしくなり、モモにうながされるままドアへと歩き出す。

「心配いらないわ。ラブルース・シェフにはわたしから電話して、ディナータイムに支障がでないように手配してもらいます。ごきげんよう、ムッシュ・ローラン」

34

今回は、リヴィエールならどうするだろうと想像するわけにはいかない。部下の巡査部長たちに無意味な業務を命じておいて、自分は息抜きにショッピングをした。そのことだけでもカプシーヌはおおいに罪悪感をおぼえていた。それなのに、彼らにまたもやひどく退屈な任務を与えようとしている。

三人が足を引きずりながら入ってきて、司法警察の至るところにあるパイプ椅子に掛けた。背中をまるめて座っている彼らに、カプシーヌは〈クラブ・メッド〉のホスト顔負けの陽気な口調で告げた。

「新たな戦術に切り替えます。ギヨムとドゥラージュそれぞれの秘書を二十四時間態勢で尾行します。バックアップの要員はつくと思うけれど、尾行の大部分はわたしたちでこなさなければなりません。かなりハードな仕事になるでしょう。でも真に確実な手がかりを得るには、これしかないとわたしは考えています」

カプシーヌは内心ひやひやしていた。いまにも三人は怒りを爆発させるのではないか。が、驚いたことに、全員がぱっと笑顔になり、おたがいにハイタッチをしてはしゃいでいる。

「すごい《エ・ヴィアン・ヴォワラ》」「やった！《アンフィニ》」経済犯罪部門の巡査部長とはなんというちがいだろう。刑事部の巡査部長にとって街に出ることは、よろこび以外のなにものでもない。

　騒ぎが静まったところで、ダヴィッドとイザベルをギヨムの秘書テレーズ・ガルニエの担当に命じた。

「本部からの援軍はあるでしょうけど、朝の出勤時と夜の帰宅時、そして彼女の通常の就寝時刻の二時間後まではあなたたちに張りこんでもらいたいの。長い一日になるけれど、重要な時間帯を人任せにはできないわ。モモはわたしといっしょにドゥラージュの秘書クロティルド・ランクレー・ジャヴァルを尾行してもらいます。明日は立ち上げの日なので、本部からの応援に引き継いだ後、深夜零時にここで報告をしてもらいます。明後日以降は家に直帰して電話で報告してもらえれば結構よ」

　翌日の深夜のミーティングでは、ダヴィッドとイザベルは元気いっぱいだった。退屈な任務だったはずなのに彼らは水を得た魚のようだった。テレーズ・ガルニエの住まいはパリの東側の郊外フォントネー・スー・ボワにあった。低所得層が多い地域で、そこに彼女は夫と二人の幼い子どもたちと暮らしていた。朝六時に起きて家族に食事をさせ、ＲＥＲのぎゅうづめの地下鉄の急行でシャトレ駅まで乗り、さらにべつのＲＥＲに乗り換えてレ・ムリノー駅で降りる。そこから会社まではルノーのシャトルバスに乗る。通勤に一時間半かけて彼女が会社の建物に入るのは八時四十五分。上司が出勤する十五分前だ。退社時刻は午後六時半。朝と逆のルートで八時少し過ぎに帰宅。家族の食事を用意し、テレビを一時間見て十時前には就寝した。

「仕事に文句をつけたくなったら、ああいう女性の暮らしを思い浮かべると歯止めになりそう。いっそ尼さんになりたくなる」イザベルがいう。

「めくるめくセックスをするチャンスがゼロになっても？」ダヴィッドだ。イザベルが彼の腕を叩く。ふざけ半分に軽く叩いたようにしか見えないのに、ダヴィッドは身体をのけぞらせ、痛みのあまりくちびるを噛んだ。

テレーズの行動はその週いっぱい、判で押したように代わり映えしなかった。土曜日、イザベルの予想に反してテレーズ一家がそろって外出した。といっても通りの突き当たりにあるスーパー〈モノプリ〉に行っただけだ。ガルニエ一家は自家用車を所有していない。ダグルモン予審判事が許可したレベル３の盗聴の結果、金曜日の夜にギヨムから電話があったことがわかった。週末にプレゼンテーションの原稿を書く予定なので月曜日の朝七時半に出勤してそれを清書してもらいたいという指示だった。それ以外はたいした収穫はない。テレーズと夫のやりとりは録音されていなかったが、どんなものかはカプシーヌには容易に予想がついた。

カプシーヌが尾行をするのは警察学校を出て以来、初めてだ。決して得意な科目ではなかった。自分という存在を消すということがどうしても性分に合わない。さいわい、モモがすばらしい才能を発揮してくれた。彼のリードでさりげなく人ごみにまぎれたり間一髪で物陰に隠れたりしながら、クロティルド・ランクレー・ジャヴァルの尾行はハプニングもなく進んだ。

社長室の事務方としての仕事量が増えるとともに、クロティルドの退社時間は遅くなり、早くても午後七時半をまわっていた。ただ、彼女の通勤時間は同僚のテレーズよりもはるかに短い。同じRERの列車を使っていたが、カルチエ・ラタンのオデオン駅でメトロに乗り換える。彼女の住まいの戸口まで三十分もあればたいてい着いてしまう。十五分の乗車のあいだに、車中が時折、緊迫したムードになるのは、まあしかたない。彼女の住まいはモンマルトルの丘に沿ってロシュシュアール大通りまで下っていく曲がりくねった細い通りにある。このあたりはパリのなかでも北アフリカからの移民が多い地区の中心部にあたり、制服警官でも身に危険を感じることがある地域だ。

尾行を開始して二日目、クロティルドが出勤して無事にオフィスに落ち着いたところで、カプシーヌはふたたび彼女の自宅の近所にもどり、あたり一帯の様子を見てまわることにした。

「警部、ここでは用心してもし過ぎることはないですからね。休暇でマラケシュに行くのとはわけがちがうんです」モモからは釘を刺された。

ぴしゃりと言い返したいところだが、カプシーヌはそれをこらえ、モモから離れないようにしてさっさと歩いた。通りはどこもかしこも北アフリカ系の人々でいっぱいだ。暇を持て余している風情でぶらぶらし、タバコを吸い、通りすがりの人たちにやじを飛ばしている。どこにも行き場のない者たちだ。この界隈の住人の大半は職に就けない不法入国者であり、合法的な移民の失業率は三十パーセントを超えている。通りではフランス語はほとんど話されておらず、アラブ系の抑揚のない言葉がもっぱらきこえてくる。さまざまな言葉がちゃんぽんで話されてまるで隠語のようだ。モモとカプシーヌがいっしょに歩く姿は周囲の注目をあつめた。カプシーヌはまわりの言葉は理解できなかったが、なにをいわれているのかはなんとなくわかる。あの男はちがう民族の女を選んだからにはベッドのなかではさぞやつまらないだろう、料理も悲惨だろう、という揶揄《やゆ》にちがいない。モモは笑って受け流していたが、一度か二度、恐ろしい形相で振り返った。あざけり笑っていた男たちは巨漢のモモにおそれをなして逃げていった。

クロティルドが暮らしているのは四階建ての黒っぽいひっそりした建物だった。十九世紀後半の建物で、以前は小規模のタウンハウスだったにちがいない。こんな界隈であるにもかかわらず、狭いホワイエを女性管理人が磨いていたのは意外だった。タイル張りの床に膝をついて、緑色のプラスチック製のバケツに入った漂白剤と硬いブラシで磨いている。着古した部屋着に色あせたレモン色と白のストライプのエプロンを身につけ、くたびれきった布製の室内履きをはいている。顎と左右の目の下のヘナ・タトゥ（植物染料ヘナを使ったタトゥで、二週間ほどで消える）は色が薄くなっている。

モモがカプシーヌの耳にささやきかけた。

「ボス、この女性に交渉してみます。室内を見せるようにって。なに、かんたんです。少し離れていてください。ちょっと話してみますから」

膝をついている女性管理人のところにモモがちかづき、かがんで威嚇するように強い口調で話しかけた。

「おい、おまえはずっと悪いことをしているな」マグレブ地方のアクセントを強調している。「これから警察に連れていって、おまえが白状するまで拘束する。外にはしばらく出られないだろう。わかるか?」

女性が怯える。「ノー、ノー。悪いこと、してない、わたし。どうして、そんなことという? わたしを連れて行かないで。小さな子たち、食べさせなくてはならない」

「ここに悪い人間を住まわせた。だからおまえは悪い。ランクレー・ジャヴァルという〝白人〟だ。彼女のことを話せ」

「ランクル・ナヴァル! ここに住んでいる。見たいなら、行って見たらいい。わたし、鍵を持っている。彼女は北アフリカの人間ではない」

モモがカプシーヌのほうを振り返る。「成功です。入りましょう。〝ランクル・ナヴァル《海軍の錨》〟と彼女を呼んだのは、名前が難し過ぎて発音できないからです。この女には絶対に笑顔を見せちゃいけません。警察に何週間も勾留されると彼女が怯えている限り、協力するはずです。ここいらの人間はじっさいにそういう目に遭ってますからね」モモは警察の身分証すら見せていない。カプシーヌには驚きだ。

ふたりは管理人の女性の後ろからついていく。彼女は足を引きずりながら、古びているが汚れひとつない階段を上がる。そして最後の階段のところで足を止めた、ハシゴのような急勾配だ。こういう階段の先にあるのは、使用人のための小部屋があるフロアのはずだ。水道設備は冷たい水しか出ない蛇口ひとつだけで、廊下の突き当たりにある個室には床に穴があいただけの「トルコ式」のトイレがあるような場合が多い。しかしこの階段の先には木製のドアがあり、鮮やかなライラック色のペンキが塗ってある。

「ここです。あの人が住んでいます」管理人がエプロンから鍵の束を取り出し、そのうちのひとつをつまんで束ごとモモにわたす。「見てくるといい。わたしはここにいる。なにもいわない」

そこは《フィガロ》で特集されてもいいような住まいだった。小部屋の仕切りは取り払われ、長細いロフトに改造されていた。六つの窓からは明るい光が差しこんでいる。天井を抜いて剝き出しになった屋根梁に着色し、ワックスを塗り、年代物の納屋のようながらんとした心地よい雰囲気だ。向こうの端にある大きなダブルベッドには小さなクッションがいくつも置いてある。スペースの中央部は居間に当たる。オニキスの暖炉を囲むようにベージュのレザー張りの家具がいくつも配置されている。凝った装飾の額縁に入った大きなポートレートが床から天井までびっしり並んでいる。ドアにいちばんちかいエリアはキッチンのスペースとして使われ、つや消しのステンレスで統一されている。ドイツ製の最新の設備だ。

「すごいな！」モモが感嘆の声をあげる。

「あの人は白人だからね」階段の下から管理人がうれしそうに叫ぶ。

カプシーヌとモモがクロティルドの住まいを調べて警視庁にもどった時には、すでに夜だった。建物がある地域は別として、比較的裕福な独身女性にふさわしい住まいだった。興味をそそられたカプシーヌは自分の執務室に直行してコンピューターを起動した。一時間もたたないうちに巡査部長の部屋に飛びこんできた彼女の目は、なにかを発見したよろこびで輝いていた。

「あのアパートはどう考えても妙なのよ」

「宝くじでも当てて手に入れたのかな？」モモがいう。

「とんでもない。書類上では、あの建物のあのフロアには四つの住居があることになっているの。そのひとつは彼女の名義で、ほかの三つはそれぞれジャン、バートランド、リゼット・モローの名義。四人はいずれも郵便局の住宅ローンがある。住居の価格はいくらバルベス地区でもバカバカしいほど低く設定されているわ、あなたならそこから、どういう推論を導き出す？」

「さっぱりわかりませんね、警部。おれは力仕事のためにここにいるもんで」

「警部、しくじったかもしれません。まずいかも」

携帯電話からきこえるモモの声は室内のどこからもきこえるほどだった。週の半ばまで、クロティルドの尾行の結果はとくにこれといった成果を見せていなかった。じれたタロンは終業時に来て経過報告をするようカプシーヌに命じた。カプシーヌはメトロで帰宅するクロティルドを尾行し、彼女が住まいに続く階段をのぼって行ったところでモモと交代した。そして警視庁にもどって会議に入ったのだった。開始から三十分後、カプシーヌの携帯電話のバイブ音が気に障る音を立てた。

「どうしたの?」

「交代してから約三十分後に彼女が降りてきました。腕に新聞を挟んでいました。《ル・モンド》紙です、小さくて二つに折ってあるタイプの新聞です」

「モモ、《ル・モンド》紙なら知っているわ。いいから続けて」

「それで彼女はぶらぶら歩き始めたんです。まるで当てがないみたいな調子で、奇妙でした。そのまま通りを歩いて店の前で足を止めて、歩道にはみ出して置いてあるものをあれこれ物色してました。鍋とか、フライパンとかスーツケースとか、壁にかかっているジャラバ(モロッコなど北アフリカ圏で着用されるフードつきで足首まであるゆったりした服)とか、そんなものを一つひとつ丁寧に」

「その店ならおぼえているわ」

「そうしたら、アジア系の男がひとりやってきたんです。スーツを着て《ル・モンド》紙を脇に挟んでいました。そのまま彼もがらくた類を見始めたんです。男が彼女にぶつかったので、謝っていました。ふたりはそれ以上言葉を交わしていません。そして男は去って行きました。なんだか変でした。バルベス地区で《ル・モンド》紙を読む人間などいやしないのに。

ふたりは新聞を交換したんだと気づいて、あっと思いました。彼らが持っていた《ル・モンド》紙は普通のものより厚みがあったんです」

「それから？」

「彼女はそのまま建物の上の住居に戻りました。完全にしくじりましたよ。あのアジア系の男を尾行すべきだった。でも勝手な判断で対象者から離れたくはなかったんです」

「それでよかったのよ、モモ。わたしがいっしょにいるべきだった。ライブ・ドロップ（顔を合わせて情報をわたすこと）がおこなわれたらしいわね。ありがとう。そのまま対象者から目を離さないで。三十分でそこに戻るわ」

カプシーヌは責めるようなまなざしをタロンに向けた。

「どうやらたったいま、クロティルド・ランクレー・ジャヴァルは往来で誰かになにかを渡したようです。モモは相手を尾行できませんでした。わたしがここにいて、彼のバックアップをしていなかったからです」

タロンが上機嫌な顔になった。

「安心しろ。張り込みの人数を増やす。それから彼女の電話の盗聴の優先レベルを上げる。さあ、仕事に取りかかってくれ。いい状況になってきたぞ」

35

独房に入れられたローランがカプシーヌの執務室に連れてこられたのは翌日の午後だった。独房のなかで彼はすっかりふてくされていた。スーツを着たまま二晩を過ごしたのですっかりシワだらけだ。それでもカプシーヌの前にあらわれた彼はいつもの柔和な態度で、社交をするためにやってきたようなムードを漂わせている。

「ムッシュ・ローラン、先日のお話は楽しかったのですが、レストランについてあまりうかがえませんでした。厨房のスタッフとはあまり交流されていないようですが、〈ディアパソン〉を職場としているのはまちがいないのですから、いろいろ話はしていますよね。店で男性の遺体が発見されたことや、深夜に何者かが店内に重い袋を引きずって持ちこんだことについて」

「話をしているとしたら、わたしが加わっていない時にでしょう。わたしがお伝えできることはもうお話ししました。ドゥラージュ社長はワインの愛好家ではなかった。むろん、基本はふまえていました。が、注文するのは無難でまちがいがなくて高価で、退屈なワインでした。特に好きというわけでもないのに。相談を受けても少しも面白くありませんでしたよ。

亡くなられたことはお気の毒ですが、わたし個人にとっては悲劇ではありませんね」

「深夜の謎めいた訪問者の件は?」

「いったいわたしがなにを知っているというんです? わかるわけないでしょう。なんらかの食材が届いたとしかいいようがない。ご存じでしょうが、ジャン゠バジルはフランス中の小規模農家に少量ずつ食材を注文することで有名なんです。嫌がられている、といったほうがいいのかもしれませんが。おかげで四六時中、配送があります。もちろん、卸売業者を通さないのはいいことです。わたしだって大手のワイン商は信頼していません、大部分は現地のシャトーから直接仕入れています。ただし、どうしても量は限定されます。ですから厨房ではつねに、メニューにのっている料理を出せなくなるというリスクにさらされるわけです。それは三つ星レストランにはあるまじきことですよ。まして、その料理のために厳選したワインの栓をすでにあけてしまっていたら、これはもう取り返しがつかない」

「でも、鍵はどうしたのかしら。仮に生産者だったとして、彼らが鍵を預かっている可能性は?」

ローランが声をあげて笑う。「マダム、誰が鍵を持っているのか、誰が配送しているのかなど、わたしにはどうでもいいことだ。わたしのワインセラーはスチール製のドアで金庫と同様にがっちり守られている。保険会社がそういう仕様を要求するんですよ。それが破られない限り――まちがいなく、絶対に破ることなどできませんが――昼でも夜でもレストランの周囲を誰がほっつき歩いていようが、知ったことではありません」

カプシーヌが鋭い視線を彼に向ける。「ワインセラーに入る鍵を持っているのは？」

「ラブルースとわたしだけです」ローランがそこで黙りこみ、床をじっと見つめる。「あそこには、誰であろうとわたしの立ち会いなしでは入ることは許さない」彼が顔を上げ、室内をゆっくりと見回す。ショットガンの二つの銃身《ダブルバレル》で狙いを定めるようにカプシーヌの目をしっかり見つめた。「あなたには想像もつかないでしょうね。自分が監督していない状態でアシスタントのソムリエがわたしのボトルにふれるところを想像するだけで、どれほどつらいか」

「あら、彼はこれまであなたから完璧な訓練を受けて、レストランにふさわしい実力をつけているはずでしょう」

「警部、いったいいつまでこれが続くんですか？　今夜は仕事に行かせてもらえるんでしょうか？」

「いいえ、今夜は無理ね。明日はもう少し進展があることを期待しましょう」

モモが入ってきた。カプシーヌは立ち上がり、ローランに背を向けた。モモは無言のままローランをうながし部屋から出ていった。

翌日、昼食がすんだ頃をみはからってカプシーヌはふたたびローランを連れてこさせた。彼はすっかりやつれ、スーツはみすぼらしく汚れ、かすかにアンモニア臭と業務用の消毒剤のにおいを漂わせている。が、それでも人当たりのよさを懸命に保っている。尋問というより雑談のような調子で長々と話が続いた。ローランの関心はワイン学だけで、それに関わりのないことにはいっさい興味がなかった。料理などというものは凡庸な人間がやるものとして下に見ていた。そういう主張を彼が何度も繰り返した後、四時ちょうどにカプシーヌはいったん会話を中断し、モモを呼ぶボタンをこれみよがしに押した。

「まもなくあなたの勾留期限の四十八時間を迎えます。車で自宅まで送らせましょう。その状態で街に出るわけにはいかないでしょうから」

モモが入ってくるとカプシーヌは手招きして窓際に呼び、やっとききとれるほどの声で耳にささやいた。

「わたしの車で彼を自宅に送り届けてちょうだい。かならず住まいまで同行してね。彼が戸口からなかに入るのを確認したら、ただちに拘束してここに連れてもどってきて。まだ取り調べはすんでいないの」

モモは、ぎょっとした表情でカプシーヌを見つめたが、なにもいわずローランを連れて出ていった。

一時間もしないうちにローランは元の独房に戻っていた。彼が出た時の状態のまま、なにひとつ変わっていない。夕飯の当てがはずれて、彼はさぞやがっかりしていることだろう。ねばねばして味のない大量の物体、塩味すらついていない白い豆、正体不明の数個の肉片のうえから、彼は独房の流しの水道水をコップで飲むことになる。

カプシーヌはまたもや翌日の午後まで彼を放っておいた。そして今度は執務室ではなく、二階の取調室に連れてこさせた。カプシーヌはシャネルのスーツにミュールという出で立ちだ。落ちこんだ気分を解消しようとショッピングに出かけて購入した、あの上等のミュールを選んだ。室内にはフェルトのカーペットが敷かれ、壁は発泡物質でできた消音効果のあるタイル張りである。メラミン樹脂製のテーブルがひとつ、それに見合った金属製の椅子が四脚置かれている。情けないほどくすんだ室内でカプシーヌの姿は不快なほど場違いだ。さらに場違いだったのは、ドアの横の小さな台に置かれたワインのボトルだ。

ソムリエの気を引きそうな高価なワインはないかとカプシーヌがアレクサンドルに相談すると、彼は両目をかっとみひらき、グレゴリオ聖歌のように厳かに唱えたのだ。

「ラフィット、ラトゥール、ムートン、オーブリオン、マルゴー、ディケム、ペトリュス、そしてロマネコンティーーーー」

「そうじゃないの。そんなふうに誰にでもわかるようなものではなくて。そういうブランドならわたしだって知っているわ。もっとずば抜けていて、でも知名度があまり高くないもの。うまくいけば、そのボトルがあなたのものになるかもしれない」

「おお。そうなると話はまるでちがってくるな」彼はしばし考えこんだ。「ラ・ムーランはどうだ？　コート・ロティだ。あれなら最高だし、ほとんど知名度はない。そして手に入れるのはほぼ不可能だ。一年に三百ケースしか生産されていない。先日、一九九一年のものが一本あったが、千ユーロにちょっと欠ける値段だった」

「完璧。まさにそういうのをさがしているの」

「そんなぜいたくなエサで、いったいどんな高級なネズミをおびきよせようっていうんだ？」

「エサとはちょっとちがうわね。警察学校の尋問の授業では〝ストレッサー〟と呼んでいたわ。みごと成功したら、明日あなたに全部話す。最高のワインを飲みながらね」

制服警官がローランを取調室に連れてきた。彼はふと足を止め、木箱に納められているボトルを見つめた。蓋をされていないその姿は、最後のお別れをするために横たえられた亡骸《なきがら》のようだ。カプシーヌにうながされて彼が座ると、ボトルが視界の端に入る。彼は気になってしかたないように何度も視線をそちらに向けた。

さすがにローランはいままでのように、カクテルパーティーに来たような態度を装うことができないらしい。はあはあと音をさせて口で息をしている。独房でしみついたアンモニア臭はもはや隠せず、麝香《じゃこう》のような体臭と混じってきついにおいを漂わせている。顔は青ざめてすっかりやつれ、何十年ものあいだ深い地下牢のなかに閉じこめられて朽ち果てたような風情だ。椅子の端に腰掛けたままそわそわと身体の向きを変える。カプシーヌはほとんど音を立てないようにテーブルを叩く。彼は無言のままだ。永遠のように長い一分が過ぎたところで、カプシーヌのかすかな笑みは潮が引くように消えた。「ききましょう」彼女がついに口をひらいた。

ローランはためらっている。椅子の端に座ったまま身体をひねり、ごくりと唾を飲みこみ、彼女を見つめ、さらにボトルに視線をやり、ふたたび彼女に戻し、咳をひとつしてからようやくかすかな声を出した。

「わかりました。わかりましたよ。わたしです。白状します」

「そうね、そうするしかないわね。誰でもカタルシスを得たいものよ。でも、なにを白状するつもり？　もっと具体的にいってちょうだい」

「厨房に袋を運びこんだのは、わたしです。もう一人の男は、つまりその、仲間です」

「グレゴワール」カプシーヌがいきなりファーストネームで親しげに呼びかけた。「煮え切らない態度は止めて、さっさと本当のことをいってしまったらどうなの。おたがいに手間が省けるわ」

「警部、信じてください、ほんとうにたいしたことじゃないんです。最初から打ち明けなかったわたしが愚かでした。自分がついた小さな嘘にこだわってしまった。あなたには笑い飛ばされてしまうようなことですが」

「いってごらんなさい、グレゴワール」

「じつは、わたしはささやかな道楽を楽しんでいるんです。ギャンブルが好きなんですよ。賭け事のスリルは緊張をやわらげるのにぴったりでね。わたしの仕事にたいして緊張などないだろうと思うでしょうが、案外そうでもないんです。といっても賭け事は賭け事ですからね。勝つこともあれば、負けることもある」彼がそこで黙る。どんなふうに話を続けたものか迷っている様子だ。

「賭け事といったけれど、具体的にはどういうことを？　カフェで宝くじを買うの？」

ローランが嘲笑《あざわら》うような表情をする。虚勢が少し復活してきた。

「いえいえ。週末にカジノに行ったり、パリ市内で賭けをしたりしているんですよ。法律的にはアウトとわかっていてギャンブルをやらせる会員制のクラブはたくさんありますからね。警察もそこのところはよく知っているでしょうが。ギャンブルでスリルを味わうには、賭け金の額、それから場の雰囲気が重要なんですよ」

「そのささやかな娯楽と真夜中に袋を運ぶことと、どう関係しているの？」

「女性はたいていそうですが、きっとあなたもギャンブルをよしとしないんでしょう。しかしこれまでの長いギャンブル歴でわたしは負けた金額よりも買った金額のほうが多いんです。いっさいコストをかけずにお金が儲かる娯楽なんて、そうそうはありませんよ。まあ、短期的に損が予想をうわまわることはあります。ギャンブルというのはそういう仕組みですからね。でもわたしはいつだって取り返してきた。かならずね。少し前ですが、ある男に――その人物の名は絶対にいえません――借りができたんです。五万ユーロを少し超える額です。あいにく自分の銀行口座にはそれだけの金がなかった。だからわれながらみごとな決断をしました。自分のワインの一部を業者に売って、支払いに充てた。売ったといってもほんの少しだけです。たった二ケース」

彼はいったん口をとじてカプシーヌを見つめた。同意を求めるようなまなざしだ。彼女は無表情で見つめ返した。

「一週間後、ボロ勝ちしました。まあ、わかっていたことです。それでドゥルオーのオークションに行って、売ったワインと同じものを二ケース手に入れました。うれしいことに、業者に売った値段よりもかなり安い価格でね。差額で儲けるつもりなど毛頭なかったのでレ・

フォール・ド・ラトゥールも一ケース買いました。ちょうどレストランの在庫がきれそうだったんです。ドゥルオーの配送担当者にチップをはずんで真夜中に届けさせました。ああいう連中はたかが数ユーロでなんだってやりますからね。ほらこのとおり《ヴォワラ》！　誰も損はしていない。おまけにワインセラーには、ただで一ケース余分に増えた。どうして最初からお話ししなかったんだろう。愚かですよね」ローランはどうやらほっとしたようだ。これでようやく汚名返上できたとばかりに得意げだ。

「つまり、ギャンブルで負けた穴埋めのために〈ディアパソン〉のワインセラーからワインを盗んでお金をつくったと、そういう話ですね。ちがいますか？」

「盗むなんて、とんでもない！」ローランは愕然とした表情だ。「たしかに、わたしはワインの一部を業者に送りました。それは、ほんの数日で元通りにできるとわかっていたからです。念には念を入れて、つねに市場に流通しているスタンダードな最高級品を選びました。リスクはまったくなかった。わたしはいつだってすみやかに負けを取りもどすんです。自分のワインでいちかばちかの勝負に出るなんてことはしませんよ」彼はすっかり気を許したような表情でクスクスと笑う。

「おわかりではないようね、グレゴワール。これだけの金額の窃盗は重窃盗罪にあたるのよ。懲役十五年以上となる可能性もあります。それよりなにより、あなたはラブルース・シェフの信頼を裏切った。自分の職業を冒瀆《ぼうとく》し、レストラン業界の信頼に泥を塗った。刑務所のなかで何年もかけて心を入れ直すことができればいいわね」

「警部、それはあんまりだ。わたしはなにも盗んでなどいません。ワインセラーのワインは無事にもどってなにごともなく並んでいます。変わったことがあるとしたら、わたしが一ケース増やしたということだ。そのどこが犯罪なんでしょう」

一瞬、カプシーヌは不正会計を捜査する部署に舞いもどったような気がした。ローランの顔に張りついたニヤニヤとした表情は、傲慢で自己満足に浸りきっている。あの職場の仕事でこれと同じ表情を何度見たことだろう。そのたびにカプシーヌは激怒した。ローランは自分がまちがっているとは露《つゆ》ほども思っていない。倫理観をふりかざして優等生ぶっている彼女のほうがまちがっている、だからいってきかせなくてはならないと思っている。

「警部、いったいなんの根拠があるというんです？　証拠なんていっさいありませんよ。ドゥルオーの配送業者は自宅で寝ていたというでしょう。ワインセラーからなくなったものは一つもない。なぜか一ケース増えただけです。購入した際にわたしの不注意で記録から洩れていたものだ。おおごとです」彼のニヤニヤした表情が腹立たしくてたまらない。

カプシーヌは奥歯をぐっと噛みしめ、口を固く結んで険しい表情を浮かべた。彼を下の独房にこの先何カ月も閉じこめて廃人にしてやろうかと考えた。知らん顔してやってのけることも可能だろう。いかにもタロンが好きそうなやり方だ。が、思案の末に彼女はため息をつき、やれやれとばかりに首を振った。

「わかったわ。今回、あなたはラッキーだった。でもこの先はそう甘くはないわ。あなたに選択肢を与えましょう。〈ディアパソン〉を辞めてパリを離れるか、さもなければわたしがラブルース・シェフと話をする。彼はあなたを店から追い出すでしょうね。あなたの名声もそこまで。あなたが分別をわきまえて週末までにパリを離れれば、ラブルース・シェフにはなにもいいません。彼はすでにじゅうぶんに苦しめられているわ。でも、この街でふたたびわたしの視界にあなたの姿が入るようなことがあれば、覚悟を決めて神様にでもすがることね」

「警部、あなたは警察官にしておくにはもったいないほどチャーミングだ。ただ、少々西部劇の見過ぎが残念でたまりません」

ローランは、四日前に初めてやってきた時と同じように、取り澄ました態度で出ていった。カプシーヌは必死でこらえなければパイプ椅子を投げつけてしまうところだった。

36

「いまいましいネクタイめ！　こんなピエロみたいな格好をさせられるくらいなら、制服を着るほうがずっとましだ。交通整理でもなんでもやりますよ」

「モモ、落ち着いて」カプシーヌがなだめる。

「警部、モモのせいで作戦が台無しになるところでした」イザベルだ。「へんてこなアラブ人を演じるんだから。あの女性が気を動転させていたからよかったですけど、そうでなければ怪しまれていましたよ」

「わかった、わかったから、最初から話をして」電話会議《カンファレンスコール》のセットアップをしてふたりの巡査部長から携帯電話で同時に報告をきくのは、やはり無茶だったようだ。

「ゲシュタポみたいなしゃれた扮装をさせられて……」

「モモ」イザベルがさえぎる。「あれはルノーの警備員の制服よ。だからどうしようもなかったの」さらにカプシーヌのために情報をつけ加えた。「モモはサム・ブラウン・ベルト（刀や銃を携帯するために軍隊や警察の制服に装着された革帯）に敵意を抱いているようです」

「はいそこまで。もうじゅうぶんよ。あなたたちはルノーの本社でセキュリティ・チェックを担当しているのね。そのためにルノーの警備員の制服を着用している。それで、いったいなにが起きたの？」

イザベルが話を続ける。

「ええ、七時半ころわれらがプリンセスこと〝ランクル・ナヴァル《海軍の錨》〟がやってきました。彼女は金属探知機をよけて出ていこうとしたんです。それでモモがさっそく始めたんですよ。こびへつらう北アフリカ系の警備員を演じたんです。『大変申し訳ないんですが、マダム、この探知機を通っていただけませんかね。さもないとわたしがボスにクビにされちゃうんですよ』って。あほらしい」

「いやいや、それが効いたね。効いたさ。ちがうか？」モモが言い張る。

「はいはい、効きましたよ。まったくあほらしい。警部、彼女は特権を振りかざそうとしました。セキュリティ・チェックは免除されているのだといって。それで向きを変えて引き返そうとしました。でも、けっきょくわたしたちは彼女のブリーフケースをあけさせたんです」

「それでなかにはなにが？」カプシーヌがたずねた。

「折り畳んだ《ル・モンド》紙、フレッド・ヴァルガスのミステリのペーパーバック、マルボロ・ライト一箱、封をした茶封筒一通。封筒の厚みは一インチほどでした。もちろん、そんなものにはまったく注意を払わない振りをしました。いかにも盗まれたノートパソコンを探している振りをしてね。でもたしかに鉱脈を掘り当てました。だからこうして報告しているというわけです」イザベルが自慢げに報告する。

クロティルドはメトロのマルカデ・ポワソニエール駅の階段をのぼっていく。一段上がるごとに夜の空気の冷たさが強く感じられる。彼女の数段下をカプシーヌが追いかける。ふたりの巡査部長は階段を上がり切ったところで待機している。クロティルドの住まいへのルートにはダヴィッドと巡査部長ふたりを戦略的かつ効果的に配置している。カプシーヌは万全を期して教科書どおりの張り込みを計画した。ビデオに録画して研修で使ってもいいくらいの緻密さだ。

巡査部長がひとり、メトロのところに残っている。カプシーヌはクロティルドを尾行して小さな区画を二つぶん行ったところでほかのふたりにスムーズにバトンタッチした。クロティルドの住まいと道を隔てた歩道を巡査部長がぶらぶらと歩いている。予想に反して彼女は自宅に直行した。明かりが点き、すぐにテレビの青い光も窓から洩れてきた。今夜はどうやら家で静かに過ごすつもりらしい。

カプシーヌが率いるチームのメンバーは、これから夜更けまで見張りを続ける。船の乗組員が気つけ薬を使って不寝番につくように、全員がなんとしてもやり遂げる覚悟でいるのにカプシーヌは心打たれた。彼らは一定の速度で静かに歩き、タバコを吸ったり空想に浸ったりしながらも鋭い視線はひとときも外さない。暗がりの中ですっかり気配を消している。カプシーヌは角まで歩き、無線機に向かって小さな声で話す。チームの一人ひとりの位置を指示し、建物のドアを中心に三区画にわたって大きな弧を描くように配置した。

時間は苦痛なほどのろのろと進んだ。彼女はまんなかの窓のかすかに青いちらちらとする光を見つめながら、つぎの動きを計画した。すべての明かりが消えてから少なくとも二時間待ってからチームを帰宅させる。ただしなんらかの事態が起きた場合に備えて巡査部長をひとり、ドアの前に残しておくことにしよう。

その時、いきなり正面のドアが開いてクロティルドが飛び出してきた。まだ通勤着のまま、腕には折り畳んだ《ル・モンド》紙を抱えている。

カプシーヌは無線のボタンを押した。「彼女が動きだしたわ」

クロティルドは通りを左に折れ、そのまま急勾配の丘をのぼり、サクレ・クール寺院の方角へと迷いのない足取りで進む。約束の時間に遅刻しているような急ぎ足だ。カプシーヌは五十フィートほど距離を置いて尾行する。まったく予想もしていなかったルートだった。この地点を担当しているのはモモだ。百フィート先の丘で待機しているはず。彼とイザベルはクロティルドに面が割れる可能性が高いので、彼女の住まいの入り口からいちばん離れた場所に配置して、なるべく彼女の視界に入らないようにと気を配っていたのだ。カプシーヌはふたたび無線機のボタンを押した。

「モモ、彼女があなたのほうに向かって行くわ」

モモは小さなカフェのガラス張りのおんぼろのドアをあけて、なかに入っていく。道路に面したカフェはすねの位置まで一面ガラス張りだ。汚れたガラスの向こうの店内は幅十フィート奥行き十五フィートほどの広さで、男性客でぎっしり埋まっている。その大半はゆったりとしたジャラバ姿で頭にクフィというニット帽をかぶり、ベンチに腰かけて凝った金メッキのグラスでミントティーを飲んでいるか、指ぬきほどのサイズのカップでエスプレッソを飲んでいる。これだけ混雑していても室内には体臭もタバコの煙の匂いもしない。モモは入り口からいちばん遠いカウンターの端に陣取り、ミントティーを注文した。ここなら外の細い通りはよく見えるが、モモの姿は北アフリカ系の客たちに埋もれて見分けがつかないはずだ。一杯飲みたいところだったので、うっかりビールを注文するところだった。その寸前に、自分がどこにいるのかに気づいてひやっとした。この界隈はこの区でもっとも信仰心の篤い地区だ。アルコールなぞ注文したらバーテンダーから厳しい叱責を受けたにちがいない。そして客のなかからも「恥を知れ」という叫びが上がっただろう。もしかしたら大騒動になってカフェから叩き出されたかもしれない。

通りの反対側をクロティルドが歩いていく。その先にはスーツ姿の小柄なアジア系の男性がいた。彼女が腹立たしげな様子で彼に声をかける。が、彼は困惑したようなそぶりで、彼女を避けるように歩いていこうとする。彼女は激怒したかのように、《ル・モンド》紙を彼に突きつけ、そのまま踵《きびす》を返すと憤然とした足取りで丘をおりていった。男はくるりと向きを変え、そぞろ歩きを続けるように反対方向に向かってゆっくりと歩き出した。数秒後、カプシーヌが到着し、そのままアジア系の男性の跡をつける。歩道を歩きながら彼女が小声でさかんに無線機で指示を出す。モモはカウンターに小銭を数枚放り、外に出てカプシーヌを迫った。あわてていたので後ろから大勢の男たちがカフェから出てくるのに気づいていない。アジア系の男が十字路で足を止めた。どちらの方向に進むか決めかねているような様子だ。

とつぜん、ひとつ向こうの通りの拡声器から大音響でメリスマ様式の詠唱が流れてきた。祈禱《きとう》の時刻を告げる録音された音声だ。「アッラーは偉大なり、アッラーは偉大なり、アッラーの他に神無しと誓言す」という言葉で始まる詠唱は一度きいたら忘れられない独特の響きに満ちている。

通りをぎっしりと男たちが埋め尽くした。誰もひとこともしゃべらず、たいていは敷物を巻いたものを抱えている。悠長にしていられない切迫した雰囲気だ。

アジア系の男が左に折れて細い通りに入る。車一台がようやく通れるほどの狭い道だが、いまはメトロのラッシュアワーのように人でごった返している。拡声器は、その区画の中ほどにある。ふたたび声が流れてきた。今度はさきほどよりもさらに大音響だ。「アッラーは偉大なり、アッラーは偉大なり、アッラーの他に神無しと誓言す」

祈禱時刻を告知する声は厳しく、そして命令的だ。男たちはいそいで靴や先のとがったバブーシュ（モロッコのスリッパ）を脱ぎ、建物の壁に背を向けて先を争うように整然と列をつくる。それも隣同士の肩と肩がぴったりとくっつくほどぎゅっと固まっている。祈りが始まり、敷石の上にひろげた敷物に男たちが一糸乱れず両膝をつく。アジア系の男はその区画の中程にいる。ひざまずく男たちにぶつからないように、身体をひねりながら壁を背にして横歩きで歩道をじりじりと進む。壮観な祈りの風景に動揺している様子だ。拡声器からつぎの詠唱が流れてくると、通りの男たちが前に身を投げ出した。敷物に額を強く押し付け、顔の両脇に左右の手のひらをついて臀《でん》部を宙に浮かせるように高くあげる。その状態で前の列との間隔は一インチもない。この絶妙な距離は果てしなく繰り返してきた経験の賜物《たまもの》にちがいない。通りを埋め尽くす彼らの姿はまるで密に織られたカーペットのようだ。録音された詠唱が流れると、それに合わせて通りでひれ伏した男たちが詠唱する。

カプシーヌは男を追いかけようと足を前に進める。そこにモモが息を切らして到着し、彼女の上腕をつかんだ。

「警部、これは〝サラート・イシャー〟、つまり夜の礼拝です。邪魔することはできません」

カプシーヌは腕を振り払おうとした。「このままでは彼を逃がしてしまうわ」

モモの手にぎゅっと力が加わる。

「だめです。祈禱の場では白人は歓迎されません。それにわれわれが警察官だと気づかれたら、騒動になるでしょう」

アジア系の男は通りのつきあたりに到達し、角を曲がって姿を消した。

37

「それで、彼女はいまどこにいるの？」カプシーヌが怒鳴る。

「自宅がある建物にまっすぐもどりました」無線機からダヴィッドの割れた声がきこえる。

「ダヴィッドはそのまま動かずにいて。あとの人たちは撤収して警視庁に戻ってちょうだい」

数分のうちにカプシーヌは少し息を切らせてダヴィッドのところに到着した。

「男を見失ったわ。これから上に行って直接彼女から聴き出しましょう。あなたとわたしでね。なかに入ったら身分証を提示して、あなたは黙っていること。いいわね？」

「警部、それには令状が必要なのでは？　午後九時をまわっています」

「わたしたちに必要なのは、ここで躊躇《ちゅうちょ》しないこと。あなたたちに必要なのは、おとなしく指示にしたがうこと。さあ、行くわよ」

玄関のドアをあけたクロティルドは、靴を脱いで靴下の状態だった。まだ着替えてはおらず外出着のままだ。手にはグラスを持ち、飲みかけのワインが半分まで入っている。マスカラが落ちて左右の頰に縦の線がついている。パントマイムで哀れを誘うマルセル・マルソーのようだ。

カプシーヌとダヴィッドは威嚇するように身分証を顔の高さに掲げた。

「マダム・ランクレー・ジャヴァルですか？　司法警察です」カプシーヌが名乗る。

「きっとこうなると思っていました！　わたしは逮捕されるんですか？」

「そういうわけではありません」カプシーヌがこたえる。「とにかく、お話を聴かせてもらう必要があります」

クロティルドがふたりに背を向けて歩き出したので、カプシーヌはその後ろから室内へと入っていく。残されたダヴィッドは気乗りしない様子でドアのところで見張りについた。

「掛けてください」カプシーヌが口をひらいた。「いったいなにが起きたのですか？」

「あなたはいったいどこまで知っているの？」クロティルドがしゃくりあげながらたずねる。

「わたしがなにも知らないという前提で話してもらいましょうか。いちから、なにもかも」

「どうして彼がわたしを選んだのかは、全然わからないんです。ある朝、〈プランタン〉で買い物をしていました。家庭用品売り場で。お鍋を新しく買いそろえる必要があったので。気がついたら彼が隣にいて、オムレツ用のフライパンのことでアドバイスを求められました。それで会話をしたんです。とても魅力的な人でした。瞳の色が濃くて、とても礼儀正しくて。彼はダク・キム・チューと名乗りました。ベトナム人だそうです。売り場でしばらく話をして、デパート内のコーヒーショップで軽食を食べませんかと誘われました。そして二日後にはディナーを。数日後、彼からちょっとした頼み事をされました。大金を提供するという条件で。そのお金があればわたしが抱えている問題はすべて解決したんです。わたしはずっとお金の事でとても困っていました。彼とはそういういきさつです」

　突破口がひらけたと確信して、カプシーヌはリラックスした口調になった。

「さかのぼって最初のところから聴かせてください。なぜお金のことでそんなに困っていたのでしょう？」

「三年前、夫がわたしを捨てて逃げたんです。まったくなんの前ぶれもなしに。ある日とつぜん秘書といっしょにアメリカに行ってしまったんです。それまでの蓄えをすべて持っていかれました。銀行の預金は根こそぎ、株も売り払って、とにかく洗いざらいすべてを。最悪だったのは、彼が巨額の税金を滞納をしていたことです。彼の会計処理のことなどわたしはまるで知らなかったというのに、責任を負わなければならないのだそうです。わたしは彼に捨てられたんですよ。それなのに滞納分の税金を払わなくてはならないなんて。税務署の人たちときたら、おそろしいほど強引で。さいわいお給料のいい仕事に就くことができて十二年ぶりに働き始めました。でもお給料のおよそ三分の二を国庫に納めなくてはならないんです。残ったお金では、必要なものにも事欠く状態でした。それがどれほど苦しいものか、あなたには想像もつかないでしょうね。いつもいつも頭にあるのは倹約することばかり。どこをどう切り詰めたら支払いができるのか、そんなことばかり考えていました。三年前にはまったく気にしていなかったことをね。お金の苦労でわたしの人生はぼろぼろになってしまったんです」そこで少し間を置いて彼女が続ける。「自分の子どもたちに食費を借りるつらさなんて、おわかりにならないでしょうね。その時の子どもたちの目つきがどんなものかなんて」

「でも、こんなすばらしい住まいがあるじゃないですか。どうやってここを手に入れたんですか？」

「夫は抜け目のない人でしたから。子どもがひとり生まれるたびに彼は郵便貯金口座を開設しました。利子なんてたいしたことないけれど、口座があれば十五年後には奨励金付きの住宅ローンをひじょうに低い金利で借りられるんです。彼は口座のお金を購入費用に充ててメイド用の部屋を四室購入し、貸していました。彼が逃げた後、借りていた人たちに出てもらって子どもたちが四室をひとつの住居に改造したんです。そして住宅ローンを目一杯借りて内装をしました。わたしのささやかな分をのぞけばすべて子どもたちの名義だったから、税務署にはなんともいわれませんでした。これって違法ではないですよね」

「郵便法が制定された時には、そういうやり方は想定されていなかったでしょうね。でも、誰にも手出しはできないと思いますよ。巧妙なやりかたね。きいたことはあるけれど。それで、〈プランタン〉で会った魅力的な男性はあなたにお金を提供したんですね。具体的には、なんの代償として？」

「そこなんです。なにかをやるというほどのことはしていません。ただ仕事中に女性用の化粧室に行ってペーパータオルのホルダーをあけて、ペーパーの上に置かれた封筒を取り出すだけです。それを《ル・モンド》紙に挟んで、帰宅して一時間後に近所を歩きまわるんです。

すると彼がちかづいてきて新聞を交換しました」

「それをいつ実行するのか、どうやって知るの？」

「わたしのデスクに花が一輪置いてあると、それが合図です。ウォーターサーバー用のプラスチック製の小さなコップに白いムクゲが活けてあるんです。それがあると、女性用の化粧室に封筒を取りに行けという意味です。逆にダク・キムのほうからルノー社内の何者かにわたしたいものがある場合は、わたしはピンク色のムクゲをデスクに飾ります。そしてペーパータオルのホルダーにしのばせておくんです。まわりからは、オフィスにわたしに秘かにあこがれるファンがいると思われていました」

「受け渡しは頻繁におこなわれていましたか？」

「いいえ。たいていはひと月に一度か二度。でも頻繁だったこともありました。何日か続くことも」

「見返りとしていくら受け取っていたんですか？」

「彼になにかをわたすたびに、受け取った新聞にはお金の入った封筒が挟まれていました。ひと月分を足すと、月末にはお給料と同じくらいの額になっていました。天の恵みだったわ――もちろん税金はかからないし。おかげで人生が変わりました。ふたたび自由になったような感じでした」

「それはなにより。でも、彼とのおつきあいはかんたんな昼食を一回とディナーを一回だけでしょう。そんなあなたが、なぜそのような綿密な計画に加担することになったのかしら。

なんだか納得がいかないわ」

　クロティルドはつかの間、床をじっとみつめ、少しだけ顔を赤らめた。

「じつは、それだけではなかったんです。わたしたちは何度かディナーをいっしょにとりました。わたしたちは……その……親密になったんです。週末に彼がここで過ごしたことも何回かあります。わたしは彼の住まいに行ったことは一度もありませんけれど。いつも彼がここに来ていました。夫がいなくなって以来、初めて深い間柄になりました。わたしなんて、誰からも求められていないのだと感じていたんです。お金の話になったのはもっと後です。ある日、お金に困っていることを彼に打ち明けました。そうしたら援助してくれるといってくれて。あの時は、わたしへの好意から親切にしてくれるのだろうとしか考えていませんでした。自分がやっていることの意味など、わかっていなかった。いまでもわからないまま」

　彼女がグラスのワインを飲み干した。「ワインをもう少し飲むわ。あなたも少しいかが？」

「ありがとう。少しいただきます。勤務時間外のふりをするわ」

「彼も飲むかしら？」クロティルドがダヴィッドのほうを示す。

「彼はふりをすることが許されていないの」

　グラスをふたつ持ってきたクロティルドに、カプシーヌはたずねた。

「あなたは自分がなにに関わったのだと思う？」

「想像もつかないわ。ほんとうに、まるで思いつかない。産業スパイの一種なんでしょうね。その程度はわかるけど。でも内容についてはまるで想像がつかないわ。思い当たることといえば、たかが知れているし。新型モデルの設計図とかそういうものでしょうね。色、かもしれない。とにかくルノーは徹底した秘密主義が貫かれているから」

「彼にたずねたことはないの？」

「ええ。封筒の受け渡しをするようになってから、わたしたちの〝関係〟は以前のようではなくなってしまった」クロティルドは左右の手の中指と人差し指で宙に引用を意味するかぎ括弧を描いた。「仕事と私的な関係を混同したくないと彼にいわれたの。すっかり人が変わってしまったようだった。とても厳しくて、残忍といってもいいくらい。わたしは彼がこわくなった。今夜みたいにわたしが止めたいといいだすと、もう引き返すことはできないと脅すの。わたしが本気で止めようとすれば、きっと仲間を連れてきて無理矢理に続けさせるでしょうね。彼はおそろしく強い人よ。あんなに強い人、知らないわ。とにかくおそろしい。抱き合う時も乱暴よ。とても荒々しくて、いつもわたしを痛めつける。それを楽しんでいるのよ」

「今夜はなにがあったの？　どうしてあなたは止めたいといったの？」

「ルノーはセキュリティ対策を強化したの。はっきりわからないけれど、わたしが彼にわたした書類に関係あるのだろうと思うわ。警備スタッフが増強されたり、いろいろ強化されている。今夜はあやうくつかまるところだった。警備員がブリーフケースを調べようとして。抗議したからなんとかなったけれど、ダク・キムにわたす封筒をあけられていたかもしれない。毅然とした態度を取って無事に通ることができたけれど。だからダク・キムに、もう加担したくないと話したの。封筒だけわたしてお金は断わった。そうしたら、いまさら引き返すことはできないと脅された」彼女がワインを飲み干す。

「とんでもない過ちをおかしたことはよくわかっているわ。でも、孤独な日々を何年も過ごしていると、誰かといっしょにいられるのは夢のようだった。そしてお金のことであくせくしなくてすむのは、それ以上に夢のようだった。自分がとんでもないことをしているのは気づいていたわ。でもそれを心の奥底に押しこんで気づかないふりをした。わたしは逮捕されるの？」

「いいえ。あなたがしたことのなかで犯罪行為にあたるものはありません。しかしルノーの就業規則にはまちがいなく抵触するでしょう。民事で訴えられる可能性はあると思うけれど、警察は介入しません。わたしたちが関心を寄せているのは、ある事件との関連性からです。彼とはどうやってコンタクトを取るのかしら。教えてちょうだい」

「彼の携帯電話の番号を知っているの。封筒をわたしたい時にはその番号にかけます。彼は出ないわ。わたしは電話して切るだけ。そうすれば彼の電話にわたしの番号の記録が残る。その日の夜に彼は取りにくる。あるいは彼が公衆電話からわたしの携帯電話にかけてきて、会う場所を指定するの」

「その番号を教えてもらえるわね。たぶん匿名で購入したプリペイドの携帯電話でしょう。でも確認を取る必要があるわ。運が良ければ、あなたをこの泥沼から救い出せるかもしれない。でも、くれぐれも注意して。あなたが相手にしているのは、きわめて危険な人物ということを忘れないで。とにかくいままでどおりの生活を続けてください。一両日中にわたしから連絡を入れます。なにか起きた場合は、この番号にかけて。わたしに連絡がつくわ」カプシーヌはクロティルドに名刺をわたした。そしてやさしく微笑みかけ、彼女の手の甲をそっと押さえた。「気を確かに持ってね。うまくいけば万事解決するでしょうから。まかせて」

カプシーヌはさっそうとレストランに入っていき、カウンター端のあたりでいったん足を止めた。アレクサンドルの姿はすぐにみつかった。いつもの場所だ。テーブルをつけて十人あまりがあつまり、宴もたけなわといった様子だ。その騒々しさは周囲のひんしゅくを買うレベルだ。カプシーヌは奥歯をギリギリ嚙みしめながら室内を横切る。あつまっているのはアレクサンドルの仲間のジャーナリスト連中だ。彼らの誰ひとりとして警察のファンはいない。ここでうっかりなにかを口走ったら、たちまち彼らの格好のネタとなり、つまらないゴシップも真珠のような価値のある記事に仕立て上げてしまうのではないかと警戒した。

テーブルにちかづくカプシーヌに、太ったウェイターが背の高いグラスをわたす。グラスには氷が二つと琥珀色の液体が入っている。その量はたっぷりフォーフィンガー。

「スコッチです、警部。今日は大変ハードな一日だったようにお見受けしましたので」

カプシーヌはテーブルの一同に快活に挨拶した。皆が移動して、あっというまにアレクサンドルの隣の椅子があいた。肥満体型の男が手も顔もピンク色に染め、よく響く声で朗々と話し出した。ラシーヌを称えるかのような調子だ。

「おお！　われわれの美しくも勇敢な刑事の降臨だ。まさに絶好のタイミングであらわれ、われわれの鬱々とした集まりから暗い影を取り払ってくれるのだね。いとしいきみよ、邪悪な力を制圧するためにそそいだ努力に対し王冠はもたらされたのだろうか？」

「それどころか、ロバート、わたしは邪悪な野うさぎを野放しにしてきたわ。彼にはまだまだ走ってもらうつもり。その間、彼が虐げた人物をさらに虐げてやるの。ほんの腕試しとしてね」

「アレクサンドル、彼女はいったいなんの話をしているのだろう。おまえさんにはわかるのか？」

「いっさいわからんね。そしてこれこそ完璧な結婚の秘訣だ。ひたすら『ああ、そうだね、おまえ』と愛情をこめた表情で繰り返していればいい。その効果は満点だ。きみもつぎの嫁さんを迎えたら、ぜひともこのテクニックを試すべきだね」

スコッチの効果は抜群で、半分ほど飲むとカプシーヌはすっかり明るいムードに溶けこみ、来る上院議員選挙の候補者たちのささやかな性的スキャンダルについて皆でわいわいと盛り上がっていた。

カプシーヌとアレクサンドルが〈ドゥマゴ〉でようやく二人になったのは、かなり夜も更けてからだった。二人が座っている窓際の隅のテーブルはサルトルとボーヴォワールの第二の自宅として呼ばれて有名になった席だ。コーヒーと、おいしくないコニャックを小ぶりのスニフター・グラスで飲んでいるが、すでに飽きるほどお代わりをしている。

「いい方向に進んでいるようには思えないな」アレクサンドルがいう。

「ううん、うまくいくはずなの。そこは大丈夫なはず。ただね、有罪だと睨んだ相手がかならず無罪と判明するの。被害者といってもいいくらいなのよ」彼女は今夜なにがあったのか、そして姿を消したアジア系の男について話した。

アレクサンドルはしばらく黙っていたが、ウェイターに合図してコニャックを二杯追加注文した。

「仮にこれがほんとうにスパイのしわざだとしたら、事件はきみの手からもぎ取られるだろう。マリー＝エレーヌは治安総局に通報するよりほかなくなる。彼女は激しく怒り狂うだろうが」

カプシーヌが笑う。

「いいえ、ちがうわ。今回はあなたがまちがっている。このまま警察が捜査を続けるわ。そして殺人犯を捕まえる。指切りしてもいいわよ」

38

「会社に着くまでおそろしく時間がかかることがあります。ムッシュ・ギヨムは今朝とてもいらだっていました。でも、わたしにはどうしようもありません」

カプシーヌはギヨムの執務室に九時半に到着していた。秘書のテレーズ・ガルニエはちょうど出勤してきたばかりのようだった。彼女はカプシーヌに、ギヨムはまもなく顔を出して今日の打ち合わせをするはずだと教えてくれた。彼女がオフィスのなかを歩きまわり、ヒールがスタッカートを刻み、彼女の活力が伝わってくる。ようやくデスクの前に座り、入念にメイクを始める。コンパクトを広げて一心に鏡をみつめながら出勤時の顛末《てんまつ》を語り出した。

「シャトレ駅の動く歩道が故障してトンネルが大混雑でした」テレーズがぱっぱと髪の毛をなでつける。「おまけにいつまでたっても電車は来ないし」そこで彼女がぐっと目を見開く。「ようやく来たと思ったらぎゅうぎゅう詰め。イワシになったみたいだったわ」

テレーズが頭をふり、きゅっと口角をあげた。いまにもやわらかな笑みがこぼれそうだ。魅力的というにはほど遠いが、やつれた表情はほぼ消え、目のあたりにはお茶目な雰囲気が漂っている。彼女はバッグのなかから香水の小さな瓶を取り出して親指と中指で挟んで掲げるように持って逆さにし、左右の耳の下の窪みにそっとつけた。そしてにっこり微笑む。

「まあ、しかたないですね。いまから廊下をひとっ走りしてコーヒーを持ってきます。召し上がりますか？　ムッシュ・ギヨムはそう長くはお待たせしないと思います」

彼女が立ち上がった。がっちりした体軀にまとっている黄褐色のスーツは安物だが、その姿はどこかエレガントな風格を漂わせていた。変身が完了したのだ。レザーとクロームめっきで統一され、やわらかな間接照明で照らされた空間にいかにもふさわしい。

三十分後、ギヨムがドアをあけて無愛想なそぶりでカプシーヌを執務室に招き入れた。

「どうぞ、マドモワゼル、始めましょう。今朝は、ひじょうに立てこんでいるんです」

執務室のなかに入ると、彼が高圧的な態度で身振りだけで椅子を勧めた。

「あなたは成長されたようだ、マドモワゼル。礼儀を守るという初歩的な規則におとなしく従い、わたしと話をするために執務室を選んでくださった」ギヨムは彼女を延々と待たせたことを小気味良く思っているようだ。「今日はなにごとですかな？」

「ムッシュ・ギヨム、どうやらあなたの担当部門でなんらかのスパイ活動が秘かにおこなわれていたようです。本来はわたしの業務の範囲外なのですが、もしかしたら社長殺害に関係している可能性があります」

「おやおや、そのことならすべて前回話し合ったではありませんか。偽者の治安総局の課報員は、とあるアメリカの会社が送りこんだのだとあなたは主張した。それならそれで仕方ない。だが彼はなにも盗んではいない。ただで昼食は食べていったが、それだけのことだ。そのいったいどこが問題なんです？　わたしには理解できませんな」

「それとはまったくべつの話です。わたしたちは、ルノーの社員が街頭で何者かに封筒をわたす場面を押さえました。封筒の中身を入手することはできませんでしたが、あなたが率いる部門の部外秘のデータである可能性が極めて高いのです」

ギヨムが嘲るようにニヤニヤとする。

「理解できませんな。あなたたちはわが社の社員が往来で誰かになにかをわたすのを見た。しかし、またもやへまをして封筒の中身を確かめることができなかった。それなのに機密事項が奪われたと断言する。いったいどうしてそうなるんですか？　あなたの精神構造におおいに疑問を感じますね。しくじればしくじるほど、街のいたるところで犯罪を発見するってわけですか。もはや妄想の域ですな」

「ここしばらく、わたしの部下がこちらの建物の入り口脇で警備担当者の補助としてセキュリティ・チェックをおこなっていました。彼らはある社員が資料を持ち出す現場に居合わせました。そこでわれわれはその社員を尾行し、街頭で何者かにその資料を手わたすところを目撃したんです。これはトラッグ社の活動とはまったく別件と考えられます」

「たいへんな侮辱だ！　ルノーの社員を警察官が尾行？　わが社の社員をつけまわしたんですか？　いったい誰の権限で？　そしてあなたたちに目をつけられた社員は誰なんです？」

「ムッシュ・ギヨム、見当ちがいの発言をなさっています。説明をしてもあなたの気が済むかどうかわかりませんが、わたしたちは人事部門と万全な協力体制を組んで警察官を警備チームに組み入れています。これは殺人事件の捜査の一部としておこなっているので、いまお話しした人物を特定できる情報は部外秘の扱いです。わたしが今日うかがったのは、あなたの担当部門であきらかに重大な情報漏れがあるからです。〝重大な情報漏れがもう一件ある〟というべきですね。もちろん、対策を講じたいとお考えになるでしょう。その際には捜査を進めるわたしたちと密に連携していただくように望みます。理解していただけますか？」

「わたしにいったいなにをしろというんです？　わたしは警察ではない。あなたがたでしょう？」

「ご存じのとおり、産業スパイはめったに警察の捜査対象とはなりません」

「それではあなたはわざわざここにやってきて、これこれこうこうと話したあげく、わたしがどうしたらいいのかなにも提案がないと、つまりそういうことですか」

「ムッシュ・ギヨム、あなたには二つの選択肢があります。治安総局に依頼するか、あるいは民間の会社を雇う。このままなにもしないという選択肢はないとわたしは考えますが、いずれにしても引き続きわたしたちに情報を伝えていただく必要があります。これは重要なことであり法的要求事項です」

　ギヨムは自分のデスクの前を行ったり来たりしている。

「それで、あなたはわたしがどうすべきだとお考えですか、警部」

「ある時点であなたは、治安総局が関与することは不自然ではないとお考えになったのですね。ティフォン・プロジェクトが国家にとってどれほど重要であるかを考えれば、それもまあ納得できます。もしお望みであれば、わたしが治安総局の窓口との橋渡しを買って出ることは可能です。とても気さくな人物です。治安総局がお力になれるかどうか、彼の話をきけばおわかりになると思います。なれないと判断すれば民間の会社を推薦しましょう」

「警部、あなたは企業の組織の仕組みというものをまったくおわかりになっていないようだ。わたし個人の権限で治安総局に泣きつけるとでもお考えですか？　取締役会がどう受け止めるでしょう？　社長代行の反応も予想しておかなくては。まったくあなたはどうかしていますよ」

「ほんとうに社長代行の意向を知りたいとお考えなら、じっさいに会ってみてはどうでしょう？」

「あなたはなにもわかっちゃいない。彼は最高財務責任者です。社長代行の地位には臨時に任命されただけで、期限は取締役会が新社長を指名するまで。ですから決断をする立場にはない。だから社長室に腰を落ち着けようなどともしない。社長の元の秘書がいまも業務を続けているんです。社長室に持ちこまれる案件はすべて彼女が処理している。では彼女にこの件もやってくれと頼めますか？　あなたはそうお考えですか？　そりゃたいした名案だ」

「あなたの想像を遥かに超えたメリットがあると思いますよ、ムッシュ・ギヨム。ともかく、善後策を講じる必要はあります。見て見ぬふりは許されません。あなたから社長代行の注意を喚起してもらわなくては。このままではルノーは深刻なダメージを受けるでしょう」

「いいでしょう、彼に会いに行きますよ。しかし彼のこたえは見当がつく」

「おわかりいただけたようですね。治安総局に行くということでお二人の意見が一致すれば、わたしはよろこんで橋渡しをしましょう」カプシーヌが立ち上がる。「ご相談の結果を電話で知らせてください。わたしの電話番号はご存じですね」

ギヨムに向かっていっぱしの口をきいたことを、下に降りるエレベーターのなかでカプシーヌは後悔していた。この事件はいずれ、すべてが明るみに出て解決するだろう。吹き出物のなかにたまった膿がいずれ出ていくように。それだけは確信していたが、つぎになにをどうしたらいいのかとなると、カプシーヌは頭を抱えるしかなかった。

39

ジャックは「スイミングプール《ビシンヌ》」の建物のエレベーターホールでカプシーヌを迎えた。彼の仕事場があるフロアだ。彼の服装は激務に没頭している自分を演出するために、緻密に計算されたものとカプシーヌは睨んだ。鮮やかなストライプの〈ターンブル＆アッサー〉のシャツだけでジャケットは着ていない。ぴったりと身体のラインに沿ったシャツはあつらえたものとひと目でわかる。金のカフスボタンは船のロープを結んだデザイン、ネイビーブルーの無地のネクタイの素材はローシルク。そのネクタイを金のハンティングピンで留めている。手にはキャップを外したままの金色のごつい万年筆を握っている。コンピューターでは作成できない極秘の手紙を書いている真っ最中なのだ、といわんばかりに。

「いきなりでごめんなさい。会ってくれて感謝するわ。さすが、わがいとこね」

「抵抗しがたいものに抵抗できる者などいやしない」ジャックはペンを握っていないほうの手を彼女の腰のくびれにまわし、肋骨をくすぐった。カプシーヌはクスクス笑いながら逃れようともがくが、ジャックがぐっと力を入れて自分に引き寄せる。「ジャック、インクを一滴でもつけたら、一生許さないわよ」

「かわいいとこよ、よもやきみがファッションの奴隷だなどとは夢にも思わなかった。ぼくを見習って物質的な欲望と決別したらどうだ。それこそが幸福にいたる唯一の道だときっとわかる」

「ジャック、今日はふざけている暇はないの。あなたの助けが必要なのよ」

「そういうことなら、ぼくが執務室としてあてがわれた小さな食器棚にふたりで入って真面目な話をしようじゃないか。ドアの鍵はちゃんとかかる」彼がそこで流し目を送る。「こっちだ」

ジャックの執務室はほんとうに食器棚と大差ないサイズだった。十八世紀につくられた堂々たるマホガニー製のロールトップデスクがでんと収まり、余分なスペースはほとんどない。カプシーヌはこのデスクに見覚えがあった。たしかジャックの家族の大邸宅《シャトー》にあったものだ。デスクの蓋はぴったりと閉まっている。じっさいに極秘の業務をしていたにちがいない。マホガニー製の肘掛け椅子をカプシーヌにすすめ、対の椅子に自分も腰掛け、おたがいの膝がくっつくほど近くまで引き寄せた。

「親愛なるいとこよ、ほんとうにぼくの助けが必要なのか、それともぼくの小さな巣にひっそりこもって午後を過ごすための口実なのかな？」ジャックはわざとらしくいやらしさを強調する。

「ふざけている場合ではないの。真剣な話なのよ。あなたが予想したとおり、牛の糞にたかっているフンコロガシが他にもいたことがわかったの」

「おお、すばらしい。ぜひともきかせてほしいね。洗いざらいききたい」

「ドゥラージュ社長の秘書がこっそり封筒を社外に持ち出して、アジア系の男にわたすところをキャッチしたの。バルベス地区でね。でも夜の礼拝にまぎれて男は姿を消してしまった」

「祈りなんてものは、水を差すばっかりだからな。だからぼくはうっかり近づかないことにしている」ジャックが続ける。「きみの話は野うさぎ狩りみたいでおもしろいな。最後まできこう」

男を見失った顚末とクロティルドから聴き出した話を、カプシーヌは要領よくまとめて伝えた。

「ふむ、きみの追跡ドラマをきいていると、海外の諜報機関の香りがぷんぷんする」ジャックがいう。「ただし、いささか鈍臭い。女性用の化粧室のペーパータオル・ホルダーに封筒を置く方法はスパイ養成の専門学校で〝デッド・ドロップ〟と呼ばれている。この方法だとその秘書とペーパータオルのホルダーの先にいる人物とは、完全に切り離されることになる。ただし、このケースでは何者かが彼女のデスクに花を置くのだから、当然、彼女を知っているわけだ。そこが鈍臭い部分だな。プロとしては甘過ぎる。それからアジア系の男との接触は、さらに稚拙だ。確かにふたりをつないでいる具体的なものといえば彼の携帯電話だけだ。そんなものはいくらでも橋の上からセーヌ川に落としてしまえば消せる。それから、諜報員が深い関係を持つなんて言語道断だ。そんなのはマタ・ハリの時代で終わっている」ジャックは嫌悪感を剝き出しにしてオーバーに顔をしかめた。レストランの厨房をのぞいたら、シェフが料理人にあるまじき行為をしているところを見てしまったような表情だ。たとえばインスタントのベアネーズソースの袋をあけている瞬間を。

「それで、きみはわれわれがルノーの内部を探り、その連中の正体を明かすことを望んでいる、ということかな?」

「まさか、とんでもない。わたしは秘書の件で来たわけではないの。彼女からいくらでもき出せるわ。わたしが心配しているのは、別のフンコロガシがいる可能性よ。ほかにもスパイ活動がおこなわれているかどうか、その様子をつかんでおきたいの。でも司法警察は、そういう捜査には手が出せない」

「それはそうだ。防諜活動は通常の犯罪者を逮捕するのに比べたら、少々複雑だからな」ジャックが子どもっぽい甲高い声でヒッヒッと笑う。

「治安総局がわたしたちのために調べることは可能かしら?」

「そのティフォン・プロジェクトは国家機密に相当するとぼくの上司たちが納得すればな。彼らの出方はまったく予想がつかない。いいことを教えてあげよう。今日の午後、うちの業務委員会がある。この件を議題として提出して幹部の反応を見てみよう。結果はすぐに電話で知らせるよ」

「ジャック、お礼の言葉もみつからないわ」

「いいさ」ジャックが立ち上がり、ボードヴィルの芸人のようにウィンクをする。「お礼の方法なら、ぼくが二、三考えておくから気にすることはない」

下に降りるエレベーターのなかでカプシーヌはデジャヴを感じていた。いま話したことをジャックはすでに知っていた、それ以外にもっとなにかを知っているのに隠している。そう思ったのは今回が初めてではない。

40

「シビレ！　ふたつ！」にぎやかな厨房で鋭い声が飛ぶ。

「シビレ！　ふたつ！」アシルも大きな声で返す。

材料はシビレとクリと黒トリュフ。さっそく料理に取りかかる。金属のボウルに入った濃い茶色の液体に両手を入れて、白くふっくらとした丸いシビレを三つすくいあげた。それを親指とひとさし指でつまみ、薄くスライスする。アシルは調理台におおいかぶさるように背中をまるめ、手元をにらみつけるようにして全神経を集中させた。まずは完璧な一枚目。円形の薄いスライスに彼の汗が一滴落ちる。スライスの中央には虹彩のような真っ黒なトリュフ。それを子羊の白い胸腺肉が包み、まるで目のようだ。

〝汗なんか気にするな。レストランの料理の隠し味だ〟。

彼の口角があがり、にやりとする。

〝まあ、それほどのこともないか。だいいち汗をたらすほどむずかしい料理ではない。ないはずなんだが。さすがにここはよそとはちがう。どの食材もシェフが自ら調達している。通常の産地とはちがうらしい。少なくともシェフはそういっている。このシビレは彼がどこかに所有している農場で育った子羊の胸腺だ〟。

彼は二枚目のスライスをまな板にそっと置く。一枚目とまったく同じ厚さだ。せっかくの胸腺も端から端まですべて使えるわけではない。いちばん端の太い部分だけだ。スライスをもう一枚並べる。

〝下準備のコックたちは何時から準備を始めれば間に合うんだ？　十一時か？〟

薄切りのスライスがさらに一枚。〝氷水に二時間浸す。氷と水は三十分ごとに換える。シェフ特製のストックで湯がいて氷水につける作業を三回繰り返す〟。さらに薄切りスライスを一枚。〝薄い膜をはがし、シェフのこれまた特製ブイヨンで一時間ことこと煮る。ブイヨンの材料はシェフだけの秘密で絶対にわれわれには明かされない〟。さらにスライスが一枚。〝そして指でそいつを突き破り、トリュフの断片を押しこむ〟。スライスをもう一枚。〝で、そいつがバラバラになっちまわないように祈る。おれはこの下ごしらえをしていた時にはいつもそう祈っていた。おっと、スライスが終わった。よしよし〟。

年季の入ったステンレスのフライパンを引き寄せる。内側はピカピカに磨かれてクロムの輝きを放ち、外側は火で焼かれて黒檀のように真っ黒だ。温めてあったフライパンにバターの大きな塊を落とす。バターはジューッと音を立て、苦しみ悶えるようにフライパンのなかで暴れる。円形のスライスを指でつまんでつぎつぎにフライパンに入れる。スライス同士がくっついてしまわないように威勢良く前後にフライパンを振る。

〝いいぞ、すばらしく順調だ。においだけで進行状況がわかるとは、確かにおもしろい。よし！〟

アシルは親指と人さし指で一枚ずつつまんでさっとひっくり返す。最後の一枚は少し張りついている。後ろのカウンターからフライ返しを取ろうとして、片足を軸にしてくるりと向きを変える。フライ返しがない。一歩踏み出してカウンターに近づき、あたふたと探して、ようやくみつけた。

〝時間がかかり過ぎだ。ちくしょう！　この持ち場で足を移動させたら、おしまいなんだ！〟

抵抗するスライスの下にフライ返しを少しずつ入れ、手早くひっくり返す。

〝やれやれ……こいつは美しくないな。目指していた本来の色よりも少々濃い〟。

焦げてはいなかった。それどころか火が入り過ぎているわけでもない。ただ、シェフが求める金色をほんのわずかに過ぎていただけだ。アシルはこっそり周囲に目をやり、部門チーフ《シェフ・ド・パルティ》の鋭い視線がこちらを向いているかどうか確かめた。

〝彼はロブスター・エギュイエットに気を取られている。たとえおれがここでウェイトレスを叱りつけても気づきやしないだろう。そもそもウェイトレスなんていないのだから、あり得ないわけだが〟。最後のスライスをほかのスライスとともに並べた。

〝アメリカ人観光客は少しも気づきやしないだろう。シェフだってそうだ。ここらへんでなにが起きていたって、気づくはずがない〟。

厨房のちょうど反対側のコンロの前でラブルースが一心に調理している様子をアシルはちらっと見た。

〝なにをつくっているんだ？　ああ、わかった。前に見たことがあるぞ。有名な、ふわふわのオムレツだ。泡立て器で二十分間がんがん攪拌《かくはん》して、それから粉砂糖とチョコレートのかけらを投入する。つまらん旅行客がガキでも連れてきたにちがいない。ここは三つ星レストランだというのに！　そんな連中は叩き出せばいいものを、シェフは子どものためにデザートなんぞつくっている。なんだなんだ、この店はおそろしいいきおいで落ち目になっているのか〟。

アシルは空になったフライパンをふたたび熱した。そして〈サラン・レ・バン――ヴァン・ジョーヌ〉というラベルのついたワインボトルをつかみ、熱くなって煙が立っているフライパンにずんぐりした形の小さなボトルからワインを惜しげもなく注ぐ。ワインは瞬時に沸騰し、元気よく飛び散った。シビレを焼いた後の沈着物でオレンジがかった濃い黄色のワインは数秒のうちに濁《にご》る。トングの先でクレーム・フレッシュを少量すくってフライパンに入れ、そこに塩をひとつまみと、コショウ四つまみをひねりながら加える。さらにボウルから各種ハーブをミックスしたものをふたつまみ、べつのボウルからみじん切りのトリュフを三つまみ入れる。フライパンを少し温度の低い部分に移し、なかの材料からぶくぶくと泡が立つのをじいっと見つめ、考えごとをしながら時々中身をかき混ぜる。メソッド式演技法を実践する俳優のように、アシルはソースになりきっていた。ソースに溶けこみ、その一部になった心地になる。係留された小さなボートが揺れるように、フライパンのなかで彼の意識がソースとともにゆっくり揺れる。

〝警察はいまだに事件を解明できていない。なんとも妙なことだ。担当しているといっていたあの『警察官』はじつにセクシーだ。彼女から事情聴取された時には胸をずっとチェックしていた。絶対にブラをしていなかった。まちがいない。この両手でさわりたくてしかたなかった。ああいう女がくっつくのは精力絶倫の警官みたいなタイプかと思っていた。映画に出てくるみたいな三日も無精髭を伸ばしたタイプだ。ところがどっこい、あのずんぐりした批評家だとわかった時には打ちのめされたぜ。しじゅうこの店にやってくるあの批評家だとはな。ま、そういうことか。ああいう娘を手に入れるのは金持ちか有名人、あるいはその両方でなくては無理なのさ。あっちのほうはまるで関係ないらしい。だからおれは有名なシェフになる。若い女をひとり残らずものにしてやる。女以外も手に入れてやるんだ。

そういえば、あの男を消したのはシェフではないかという噂が厨房に広まったが、もしかすると本当なのかもしれない。彼ならやりかねないな。なんでも、ずっと昔シェフが〈ボキューーズ〉でインターンをしていた時代に、あの自動車の大物に彼女を奪われたそうだ。朝七時半から深夜まで働きづめでは女の子とも長続きはしないさ。それ以来、ずっと恨みを抱いていたらしい。そうきいてもおれは驚かないね。腹を立てると冷酷になる、そういう人だ〟。

ソースが半分まで煮詰まった。フライパンにシビレを戻し、ぐらっと一回煮立ったところで火からおろす。

〝さて盛りつけだ〟。

今回は足を動かさないままくるりと回転し、背後の棚から一人用のチェーフィングディッシュ（ビュフェのときなどに使用されるフード保温容器）をふたつ取り出す。フライ返しでシビレのスライスを押さえ、ピカピカに磨きあげられたスチールと真鍮《しんちゅう》製の皿にソースを敷いてから円形のスライスを慎重に置く。隙間を埋めるように特大のクリのスライスをのせていく。そのクリはトリュフのブイヨンで昼頃から煮てシビレとそっくりな食感になっている。問題のシビレのスライスは、うまく焼けている部分を表にしてまんなかに置いた。もちろん計算づくの盛りつけだ。彼はつぎに千切りにしたキクイモの束をふたつ持ちあげる。たっぷりのクルミ油で揚げ、乾燥した青ネギで少量ずつ束ねたものだ。それを慎重に配置していく。水平からぴったり十五度の角度で少し起きあがるように。

〝これを平らに盛りつけたりしたら、レストランを追われる〟。

皿の縁を自分の汗まみれのサイドタオルで拭き、一声叫ぶ。

「あがりました！　シビレ！　ふたつ！」

厨房のランナーが駆けつけて、皿をドアの脇のサービステーブルにのせた。ラブルースがサービステーブルにちかづいていく。特に目的があるというわけでもなさそうだ。そしてふと思いついたように、いっぽうの皿を持ちあげる、熱の通り過ぎたシビレがのっている皿を。迷いなく、問題のスライスを指で裏返す。色が濃い側があらわれた。ラブルースは無表情のまま手を放し、皿が床に落ちる。カーンという音がして料理が飛び散る。

「アシル！　つくり直しだ！　カリカリに焼けたのをお前は目で、わたしは鼻で同時に気づいている。自分がどこにいるのかわかっているのか？　マクドナルドにでもいるつもりか？

今度は正しくつくれ」

ウェイターがちかづいてくる。銀のトレーを運ぶふたりのシェフ見習いを従え、滑稽なほど真面目くさって進むさまは、映画のなかで吸血鬼の儀式に参加する信奉者のようだ。彼はシビレが盛られた金属製の小さな皿をうやうやしくトレーから持ちあげ、カリーヌ・ベルジュロンの前に厳粛な面持ちで置く。一人目のシェフ見習いが三歩退いて二人目のシェフ見習いと場所を入れ替わる。ウェイターが彼のほうを向き、さきほどとまったく同じ所作を繰り返してマルタン・フルールの前に皿を置く。「子羊の胸腺のポワレにクリのメダイヨンを添えて、ソーミュロワの丘でとれた黒トリュフソースとともに」呪文を唱えるように彼がいう。

トリュフが放つ独特の土のアロマとシビレの酸味が溶け合い、じわじわと堕ちていくような退廃的な恍惚感を楽しみながら、カリーヌとマルタンはしばらく言葉を失っていた。

マルタンが人なつこい子犬のような表情でカリーヌの目をじっとのぞきこむ。

「明日のいまごろは、もうこういう夕食は食べていないだろう」テーブルの上で手を伸ばし、彼女の手をぎゅっと握る。

「こんなかたちで出発するなんて、やっぱり気が進まないわ」カリーヌがいう。「いずれにしてもあなたが被疑者扱いされているのは変わらないし。警察の許可を受けずに出発するなんて無茶よ」

「だからこそ行くんだ。この話はもう何百回も繰り返した。気候が変わるまで、もう時間がない。海は冷たくなるだろうし、貿易風は弱まるだろう。出発の許可を求めれば、何カ月も足止めを食らってしまう。そのうちに春になる。そんな時期には出発したくない。海は冷たくて天候は不順だろう。危険だって多い。だから出発するならいますぐだ」

「殺人事件の捜査のとちゅうで？」

「それがどうした。犯人はすぐに見つかるさ。われわれがいったいなんの役に立てるというんだ。まったくの無関係だというのに」

「それはそうだけど。でも法を犯すことにはならない？　あなたとわたしはどちらも、フランスから出てはいけないと警告されているのよ」

「気がつくものか。船にはすでに食料が積みこんである。すぐにでも出航できるんだ。午前二時頃に車でここを発てば、夜明けには海の上で潮の流れに乗っているだろう。誰にも止められやしない。いったん沖に出てしまえば、もはや誰の目も届かない。地球の裏側に着いて新聞のアーカイブにログインして古いニュースを検索すればいい。彼らがどうやって殺人犯を捕まえたのか、くわしく読めるだろう。彼らはわたしたちのことなどすっかり忘れているさ」

「でも、仮にわたしたちが法律にふれる行為をおかしたら、なんらかの措置をとられてあなたの銀行口座が凍結されたりしないの？」

「法的には可能だろうな。それを見越してすでに財産の大半を海外の口座に移している。その気になれば死ぬまでふたりで海外で暮らすのにじゅうぶんな額だ」

「そうなることがもう決まっているみたいないい方ね。二度と戻ってこられないみたい」

「そんなおおげさにとらえることはない。それよりも、旅に出たいとは思わないかい？　三週間もしないうちに、カリブ海の日光を浴びてのんびりできるんだ。想像してごらん。きみとわたしだけ。ふたりっきりだ」

「もちろん、行きたいわ。ただ、こんなふうにこそこそ逃げ出すのはなんだか気がとがめて。ごめんなさい。わたしが心配し過ぎるのね。それじゃいけないわね」彼女が手を伸ばして彼の手にふれる。「このシビレはすばらしいわ。知らなかったわ、世の中にこんなにおいしいものがあるなんて」


リヴィエールは目を大きく見開き、子どものように無防備な表情で港をしげしげと眺めている。カプシーヌは腕時計を見てあくびをかみ殺す。沖を石垣がぐるりと囲み、石垣には一カ所だけ上から三十フィート分の切れ目がある。内側の海面はちょうど切れ目のいちばん下と同じだ。石垣の向こうの湾の海面はそれよりも二十フィートは低い。石垣の内側のドックには派手な色合いの船が係留され、しんとした光景は絵はがきのようだ。

「どういう仕組みになっているんだ？　ポンプで制御しているのか？」リヴィエールがたずねた。

「ジャンループ、あなたってほんとうに都会育ちなのね」カプシーヌが笑う。「ここの潮位は毎日三十フィート以上も上下するの。春の小潮の時期には六十フィートちかくなるわ。このあたりの港の大部分は一日の半分は干上がっているのよ。だから船は支えで持ち上げられているの。グランヴィルでは壁を築いて船を守っている。満潮時には、あの切りこみが海面から十フィートも下に潜ってしまう。潮が引いても海水が壁の内側に留まっているから、港の船は浮かんでいられるの」

「しかし、それでは港の出入りはできないな。ああ、そういうことか。それで、われわれのお目当てのふたり連れはどこかな？」

「すぐそこよ」カプシーヌが指さす。石垣の切れ目のすぐ先にモーターボートが見える。いかにも堅牢そうなそのモーターボートの船体の脇に『警察』という文字が見える。官能的な低音をリズミカルに響かせながら、石垣の切れ目の左側から右側へとゆっくりと姿を消し、その後には曳航ロープがあらわれる。ロープにつながれてあらわれたのはエレガントな大型ヨットだ。メインセールはたたまれて青いカバーがかかっている。船体には『エウノミア』という白い文字。ギリシャ神話の「秩序の女神」の名だ。十分後、今度は石垣の右側から左側へとモーターボート、曳航ロープ、大型ヨットの順にあらわれた。

カプシーヌが腕時計をふたたび見る。「あと四時間は港に入ってこられないわ」

「四時間か！　いいじゃないか。これからふたりですぐに取りかかってそのくらいで終わることがある。どうだ？」

「それよりランチはいかが？　あそこの小さなカフェで」カプシーヌはドックのすぐそばの

小さなカフェ・タバ（カフェとタバコなどを扱う生活雑貨屋を併設）を指し示す。「ああ見えてじつはムール貝の白ワイン蒸しが絶品なのよ。このあたりで採れたムール貝ではないけれど、それは内緒」

ランチをとりながら、ありふれたサンリエールのボトルを半分ほどあけた頃、ふとリヴィエールが真顔になった。からかうような表情がなりをひそめ、どこか悲しげな温かいまなざしだ。

「もう知っているかもしれないが、きみは最高の助言者との別れを迎えようとしている。かわいい妹よ、きみはもう一人前だ。わたしは異動になった。昇進したんだ。警視だ。メトロの事件の犯人を記録的なスピードで逮捕にこぎつけたのは、われながらすばらしい仕事だったからな、そこが認められたにちがいない。ところが、よりによってボルドー行きを命じられた。ボルドーだと！　どうだ、寂しいか？」

「ジャンループ、みんな寂しがるに決まっているわ」カプシーヌが笑う。「でもね、あなたのことだから絶対にあっという間にパリに舞いもどってくると思うわ」

「タロン警視正はなぜきみとここにいっしょに来るように指示したんだろうな。大物を殺害した犯人の逮捕現場に警察官ふたりを立ち会わせたかったのか。それとも、きみと永遠のお別れをする前に珠玉のごとき知恵を授けることを望んだのか」リヴィエールの表情に生気が戻った。「あんがい、よく働いた褒美のつもりなのかもしれないな。こういう海辺のレストランで男がセクシーな女を口説く古い映画があったな。ディナーが終わる頃ウェイターを呼び寄せて、部屋はとれるかとたずねるんだ」

カプシーヌが噴き出したのを見てリヴィエールはむっとした。

「ごめんなさい。でもあなたはどう見てもジャン＝ルイ・トランティニャンの柄じゃないわ。それに、ここには部屋なんかありません。残念でした」リヴィエールがうなだれる。

「なあ、カプシーヌ。初対面のきみはひじょうに魅力的だった。が、あきれるほど使えなかった。上流階級のお嬢さん丸出しで、なんの役にも立たないくせに鼻っ柱だけは強かった。しかし現場に出ると、きみにはセンスがあることがわかった。いったいどうやって身につけたのかは知らんが、まちがいなくセンスがある。きみと仕事をするのは楽しいね。もちろん胸の魅力もあるが、それだけじゃない。わたしにワインをもう一杯飲ませたら、きみはかなりステキだと口走ってしまうかもしれない」

「でも、やっぱりお嬢さん丸出し？」

「あたりまえだろう。ノルマンディのヨットハーバーの潮位なんて、誰でも知っているわけじゃない。こっちはスラム街で育った貧しいガキだからな。ちんぷんかんぷんさ。ともかく、きみとはまたいつかいっしょに仕事をしたいな。これはほんとうだ。きみにはいろいろ教わったよ。そうでもなければ決して知らなかったようなことをな。きみがボルドーまで来てくれればいい。そうしたらいっしょに一杯飲める。ディナーもいいんじゃないか。週末いっしょに出かけてもいいだろうな」

「同感よ。うそじゃないわ。仕事の部分に関してはね。一杯飲むところも」

影が長くなってきた。さきほどの警察のモーターボートが大型ヨットを曳航している。石垣の切れ目と竜骨の高さはもはや数インチ程度だ。モーターボートがゆっくりと急カーブを切り、その後ろで大型のヨットがもう少し大回りを始めたところでロープが外された。ヨットはいきおいがついたまま、桟橋のほうに向かってゆっくりと斜め方向に進んでいく。そしてしだいにスピードを落とし、ドックからわずか数インチのところで停止した。ドックには黒ずくめの制服姿の警察官がふたり待ち受けている。彼らの胸にはフランス共和国保安機動隊《CRS》という赤い縫い取りがある。ふたりが大型ヨットを巧みに綱止めにつなぐ。その間いっさい言葉をかわさない。合図をすることもなく、おたがいの呼吸だけですいすいと作業をこなす。

「船の知識はまったくないが、あれはみごとだ」リヴィエールが感嘆する。

桟橋には警察のモーターボートも到着し、乗組員ふたりがボートフックを使ってヨットの隣に係留した。黒装束のＣＲＳの警官がヨットから離れ、きびきびした動作でカプシーヌとリヴィエールに敬礼する。

「身柄引き渡しのためには署名していただく必要があります。このヨットはわれわれが押収します。これに関しては特に署名していただく必要はありません」

「彼らは抵抗したのでしょうか？」カプシーヌがたずねる。

「いいえ、まったく。わたしたちがちかづくと速やかに停止し、問題はありませんでした。少し驚いたようでしたが、それだけです。桟橋までの船上では、ふたりともなにもいいませんでした」

ＣＲＳに率いられてきたカリーヌとフルールは身体の前で手錠をかけられ、ふたりとも無表情だった。

帰路の四時間の車中は、少なくともカプシーヌとリヴィエールにとっては平和だった。職場のゴシップ、さいきんの昇進人事、人事査定の下馬評についての話に花が咲いた。身柄を確保した者たちの前ではリヴィエールは行儀よくしようとしているらしい。警察の隠語と頭文字をつなげた略語だらけの会話なので、カリーヌとフルールには内容が知られない。ふたりは後部座席におとなしく座っていたが、やがてカリーヌはうとうとし始めた。フルールはくちびるを嚙んで窓の外をみつめている。

警視庁に到着するとフルールは取調室に連行された。カリーヌは自分が釈放されることになると知らされると、カプシーヌにたずねた。

「でも、マルタンは？　このまま彼をここに置き去りにはできません」

「彼は殺人事件の被疑者です。しかも容疑はますます強まっています。あなたにはどうにもなりません」

「では、なぜわたしは勾留されないのかしら？　わたしも指示にそむきました」

「あなたは被疑者ではありません」

カプシーヌとともにに執務室に戻るとちゅう、エレベーターのなかでリヴィエールがたずねた。

「彼を起訴に持ちこめるだろうか？」

「告発はされないでしょうね。彼はあの殺人には無関係のはずだから。クライアントを通じて毒物を入手できる立場にあったのは確かだけれど、タイミング的にもシナリオとしてもつじつまが合わないわ。カリーヌが彼を守るために嘘のアリバイ証言をした可能性もあるけれど、取り調べを受けても彼女の証言はぶれていない。時刻に関してもぶれていない。おそらく真実を話しているのでしょう。それよりも、どうやら真犯人の目星がついてきたわ」

「彼にはまんまと一杯食わされたかもしれない。ああいう手合いは叩けば絶対に埃が出るはずなんだが」

やさしい警官役と厳しい警官役が一晩中交代でフルールを追及した。しかし成果はない。カプシーヌは午前六時に彼らと交代して尋問を開始したが、三十分もたたないうちに彼を釈放した。その後パン屋《ブーランジェリー》に行って朝食用のクロワッサンをひとつ買った。フルールはタクシーで警視庁を出た。被疑者という立場は変わらなかったが、自分のベッドで眠ることは許されたわけだ。かならずしも自分のベッドではなくても、彼自身が選んだ場所で眠れる。パン屋を出たカプシーヌはクロワッサンのイーストのふんわりした香りを楽しみながら、人気《ひとけ》のない朝の道を歩いた。きりりとした空気のなかで、一人きりの心地よさをゆっくりと味わった。事件解決に向けて、少し手ごたえを感じ始めていた。

41

ジャックはカシミアとラムの混紡の〈ランバン〉のスーツを着こなし、足元は〈エルメス〉のアトリエでオーダーした〈ジョン・ロブ〉の特注の靴。これぞ一流のファッションだ。いっぽう、彼と同行したふたりの男性は、ファッションとはかけ離れた姿だ。ひとりはポリエステル製の半袖のシャツにニットのネクタイをぶらさげ、『ドゥーンズベリー（アメリカのマンガ）』に出てくる人物にそっくりだ。もうひとりは髪の毛がべとついて塊がいくつもできている。前歯には灰色のシミが点々とついてまだらに見える。指は垢《あか》にまみれ、カプシーヌは握手をしたくなかった。彼らはテーブルをはさんでカプシーヌと向き合い、物悲しそうなまなざしで彼女を見つめている。

ジャックがてきぱきと紹介を始める。

「カプシーヌ、電話でも話したが、司法警察との橋渡しを局長から命じられた。これでわれわれにはきみたちの殺人事件の捜査を妨害するつもりがまったくないと理解してもらえるだろう。局長はこの事件の捜査は『きわめて重要である』と明言した。今日こうしてあつまったのは、ルノーに関してわれわれがつかんだ情報を役立ててもらうためだ」

カプシーヌはうなずいた。仕事中のジャックを目の当たりにするのは初めてだ。思いがけず有能で毅然としているではないか。

「ここにいるヒポライトとアルマンはサイバーテクノロジーの専門家で、うちの逸材だ」かわいいけれど世話の焼ける身内を見るようなジャックのまなざしだ。長年家族の一員としてかわいがってきた愛犬が年老いて少し臭うようになり、カーペットの上で粗相《そそう》をするようになったことを哀れむような表情にちかい。「たった三日間ルノーの研究開発部門に詰めただけで、このふたりはすばらしい成果を持って帰ってきた。ヒポライト、それを警部に話してくれるか？」

ヒポライトが説明を始めたが、それはまるで頭が少々弱いがチャーミングな十歳の子どもを相手にしているような口調だった。

「警部、われわれはあの部門に二泊してコンピューターを調べました。ワームやウィルスといったようなものを探したんです。ウィルスというのは――」

ジャックが穏やかに彼を制した。

「警部はウィルスのことは知っていると思うよ。きみがなにを発見したのかを話したらいいんじゃないか？」

ヒポライトは気分を害したような表情だ。「彼らのシステムにはひじょうに複雑なワームが仕込まれていることがわかったのです。これがじつにみごとでした。無線ＬＡＮのＰ２Ｐファイル共有アプリケーションＫａＺａＡを利用して活動していたんです」

「すまんがヒポライト、そこのところはやはりもう少し嚙み砕いて説明してもらおうかな」ジャックがいう。

「お安いご用です。ウィルスはファイルに住み着いて活動します。ワームは自立してハッピーに活動するんです。だから見つけ出すのが格段にむずかしい。今回のワームはネットワーク上のすべてのファイルに入りこみ、そのなかからお目当てのファイルだけを特定の電子メールのアドレスに送信するんです。あとはおとなしくしている。三百か四百のキーワードが指定されていて、その言葉を含むものはすべて送信していました」

「大量のデータが送信されたの？」カプシーヌがヒポライトにたずねた。

「ちょっといいか」ジャックがヒポライトの話を中断する。「ワームに教えこまれたキーワードというのはティフォン・プロジェクトのチームの『ノズル』に関する情報をあぶりだす言葉とは考えられないか。なにか心当たりはあるか？」

「あるわ」カプシーヌがこたえる。「ティフォン・プロジェクトのことはルノーの社員からきいている。不満をためこんでいる人物がこっそり教えてくれたのよ。彼によればノズルが『問題』なのだそうよ。要するにノズルが完成しなければティフォン・プロジェクトは日の目を見ない、ということらしいわ。どうやら行き詰まっているみたいね」

「われわれも独自に調べてみた」ジャックがいう。「くわしく調べたが、その小さなノズルにはまだ手こずっているらしい」

ヒポライトが子どものようにむくれて上目遣いで睨んでいる。

「ごめんな、ヒポライト」ジャックが声をかけた。「そこのところをこれから説明してくれるんだったね。なぜデータがほとんど流失しなかったのかを」

ヒポライトが顔を輝かせた。

「そうなんですよ。ティフォン・プロジェクトは単一のLAN内にあります。ところがノズルチームだけは別なんです。彼らは独自のLANを構築していて、他とはつながっていません。だからワームはノズルチームのLANにはいなかった。外部に送信されたデータはすべて、ノズルチームの管理に関するものでした――給与とかそういう類いのものです。ノズルそのものの技術的なデータはいっさい含まれていません」ヒポライトはそこではっと我に返った。「しまった、すみません警部、LANってわかりますか?」

「ええ。ローカルエリア・ネットワーク、複数のコンピューターがたがいにデータをやりとりできるネットワークのことね」

「正解！　これですべて解き明かしたわけなんですが、ひとつだけ疑問が残りました」

「というと?」

「ワームがどのように仕組まれたのか、なかなか特定できなかったんです。ファイアウォールというものが設定されていますからね。それも、ひじょうに強力なファイアウォールです」ヒポライトが礼儀正しくそこで間を置く。「ファイアウォールは、わかりますか?」

カプシーヌがうなずく。

「ならいいです。ルノーのファイアウォールはきわめて高性能で、あれならインターネット経由でこのワームが侵入するおそれはないはずなんです。なにしろコードの数が半端じゃない。わたしたちは途方に暮れてしまいました。するとジャックが突然の訪問者のことを教えてくれたんです。これだ、とひらめきました。その人物がなにをしたか、わかりますか？」

「なにをしたの？」カプシーヌがたずねる。

「その男はUSBメモリにワームを仕掛けたにちがいありません。こいつは優秀ですからね」

ヒポライトが金属製の装置を取り出した。菱形で彼の親指よりも短い。「この小さな装置をコンピューターのUSBポートに差しこむと、瞬時になんでもアップロードしたりダウンロードしたりできます。『ラ・マルセイエーズ』の最初の節よりも短いあいだに。いまではこれが巷《ちまた》にあふれています。スイスアーミー・ナイフにだってつけられる。彼はきっとトイレにでも行くふりをして、誰もいないデスクのコンピューターにちかづいてやらかしたんでしょう」

「そのワームを仕掛けた人物の正体はわかっているの？」

ジャックがあきれたように左右の眉をあげて目を見開く。

「頭を切り替えてくれ。いつまでもわれわれを国土監視局《DST》といっしょにしてもらっては困るよ。つきとめるのはわけないことだ。ぼくが自分でさっさとやったよ。手がかりがあったからな。データの送信先のアドレスだ。ひらめくものがあったから、アメリカ人のスパイ仲間に電話してみた。ぼくたち業界は狭くて、みんな仲良しなんだ。ボスが見ていない時は特にね。それでリサーチしてもらった結果——といってもほんの数分のことだが——個人の電子メールのアドレスと判明した。トラッグ社の社員の子どもの名義だ。そう、トラッグ社だ」

「ああ」カプシーヌが怒りにまかせてテーブルを叩く。「あの男に完全にだまされたわ！」

「だがもう心配はいらない。ワームはなくなった。おそらく明日には局長自らＣＩＡと話し合いをすることになるだろう。トラッグ社には彼らから話がいくはずだ。連中がわれわれの前に姿をあらわすことはもうないだろう」ジャックがいう。

「それで、女性用の化粧室に置かれた封筒の件は？」カプシーヌがたずねる。

「そっちのワームはまた別だな。このふたりの紳士の貴重な時間をこれ以上割いてもらうわけにはいかない。このへんで解放してあげよう。きみとぼくは外で昼食を取りがてら、続きを話すことにしよう」


ジャックがカプシーヌを連れていったのは、伝統的なビストロだった。ビストロは一時完全にパリから消えるかと思われたが、ここさいきん息を吹き返してきた。タバコの煙ですっかり黒ずんだ店内で客がにぎやかにおしゃべりに興じるような店が廃《すた》れ、洗練された「モダン」なレストランがもてはやされる風潮のなかで、時代の先端を行くシェフがとつぜんビストロを一、二店オープンさせて新しいブームを巻き起こしたのだ——そしてアレクサンドルのようなレストラン批評家がそのブームに賛同した。カプシーヌはブームに躍らされるつもりはない。シェフはあくまでも高度な技術を誇示したいだけ、さもなければ伝統というお墨付きが欲しいだけ。あるいはユーロを少し多めに稼ぎたいのかもしれない。しかし、理由はなんであっても、たとえコピーに過ぎなくても、まちがいなくビストロは戻ってきた。ただし、この店はコピーではない。かれこれ百五十年のあいだ、どっしりした腹回りに糊がぴんときいた幅広のエプロンをつけたスタッフが働き、昼食には三時間かけるのが当たり前、その締めくくりにはカルヴァドスをグラスに一杯あるいはもっと、という客がつどってきた。

「あなたの行きつけなの？」ジャックにたずねる。

「毎日ではないが、ちょくちょく来ているな。きみは？」

「初めてよ。でもアレクサンドルがここを気に入っているわ。わたしがふだんと同じようにサラダと天然炭酸水《バドワ》のハーフボトルだけを頼んだら、店の人に気を悪くされるかしら」

「いとこよ、きみは子どもの頃から少しも変わらないんだな。ぼくがセルライトで悩んでいるように見える？」ジャックがダブルのジャケットの前をはだけてバレエダンサーのような上半身をこれみよがしにする。

「自分だけではなく人にもいっぱい食べさせようとするのはアレクサンドルだけかと思ったら、もうひとりいたのね。わかった。好きなだけ注文してちょうだい。いっさい文句はつけません。ルノーに関してわかったことを、教えてさえもらえれば」

　しかし、事はそうかんたんではなかった。メニューとワインリストを睨みながら、きわめて重要な話し合いが延々と続くのをカプシーヌは待った。まずはブラッド・ソーセージのテリーヌ、続いてイノシシのフィレ肉の料理。カプシーヌの午後の生産性は絶望的だ。ソムリエが注文をとってしずしずと隠れ家に下がっていくと、カプシーヌがジャックのほうを向いた。

「さあ、話してもらいましょう。あなたがシャベルですくってわたしの食道に詰めこむ三千カロリーに対する代償として」

「おお、なんたる感謝の言葉だ！　そなたの光り輝く顔はいったいどこにある？　ようし、始めよう。局長からの指示でうちのバリバリの諜報員数人がこの状況を再検討した。彼らの結論は、〝含み資産〟となって社内に潜入しているスパイと外部のパイプ役をその秘書が果たしているというものだ」

「やはりトラッグが送りこんだスパイ？」

「ほぼ百パーセントちがうな。それとはまったく別口だと彼らは見ている。ティフォン・プロジェクトが秘めている価値を考えれば、進行中のスパイ活動はまだほかにもあると思ったほうがいいらしい」

「ほかのモールをつきとめられる可能性は？」

「あまり期待しないほうがいい。モールをつきとめるのは至難の業だ。彼らが尻尾を見せるとしたら情報の受け渡しの時だけだ。やばいと思ったらすぐに彼らは姿を消す」

「ではティフォン・プロジェクトの場合も絶望的なの？」

「かわいいいとこよ、そんなふうに運命論者になるな。リラックスしようじゃないか。このミネルヴォワをもう少し飲んでごらん。空気にふれるとまるでちがうワインになる。そのイノシシでちゃんとスタミナがつくかな？　外はそろそろ寒くなってきたぞ」ジャックが太鼓腹があるふりをしてどんと叩く真似をした。

「ジャック、やめて。わたしがどれほどこの事件に打ちこんできたのか知っているでしょう」

「そうだったな。つぎはいよいよ局長の出番だ。かなり強硬姿勢だ。プロジェクトそのものを政府に引き渡すこと、しかも可能な限りすみやかに軍事施設に移すことをルノーに申し入れる。そうなればセキュリティのレベルは格段にアップし、職員は皆、軍のセキュリティチェックを受けなくてはならない。つまりもっとも厳しいチェックだ。水洗トイレの水を流して、なにもかも一掃するようなものだな。モールはもちろん、少しでもモールと疑われる者、軍に関する情報をかぎまわろうとする者はきわめて重い懲役刑を言い渡される。いまの状態であれば、せいぜい説教くらいの処分だろうが」

「ではルノーはそのプロジェクトを断念することになるの？」

「いや、なにひとつ断念する必要はない。ただ、最大の株主である政府の下請けになるだけだ。名誉は守られる。そして生産開始の準備が整ったら、彼らに返還される可能性もなくはない。現状では彼らには選択の余地がない。どうあがいたところで、まだ国有の企業なんだ。だからこれはまちがいなく実現する。しかし、しかしだ。シカじゃないぞ」ジャックが子どもじみた笑い声をあげる。

「ジャック、いいかげんにして。十歳の子どもじゃないでしょ」

「そうとも。だからこうしてぼくの経費でおいしいランチをごちそうできるのさ。支払いをパパに頼んだりしなくてすむ。おや、まだイノシシが残っているようだね。局長からは、殺人犯が捕まるまでは実行しないときみに伝えるようことづかってきた。ぼくからもいわせてくれ。この捜査がきみたちの手に戻るのは、ぼくとしてはおもしろくない。が、政府の上層部はティフォン・プロジェクトを守ることよりも殺人犯の確保を重要視している。局長なりにそう感じ取っているようだ。あり得ないだろ？　ガソリン代が安くなるなんてことを信じていないだけなのかも知れないが、本音では自分たちの身内にあたる大物が〈ディアパソン〉で殺害されたとあっては、おちおち眠っていられないからだろうとぼくは睨んでいる。そういう事態を放ってはおけぬ、ということだ」彼は皮肉っぽい調子で笑う。どこにも子どもっぽさはない。

「あなたもすっかり政治家の思考が身についたようね」

「日々の教育の成果だ。ともかく、きみへの正式な連絡事項を伝える。治安総局はきみたちが――つまりそれはむろん司法警察が、という意味だ――クロワッサンを手に入れて帰宅するまではしゃしゃり出るつもりはない。むろん、しかるべきタイムリミットは守ってもらうが」

「それはどれくらいの期間？」

「週単位ではなく、何日、という単位だ。いいか、将来有望な若者といちゃついて午後の時間を無駄にしている場合じゃないぞ。まして貧しく虐げられた納税者の金でたらふく飲み食いするなんてもってのほかだ。外に出て被疑者を牛追い棒でかき集めたらどうだ。それがきみたちの仕事のはずだろう？」

「あなたがここまでいけすかない奴だと思わなかったわ」

カプシーヌが捨て台詞を吐いて出ていった後、彼女がほとんど手つかずのまま残したイノシシをジャックはこっそり自分の皿に移した。

42

一週間後、ジャックがカプシーヌに電話をかけてきた。

「かわいいとこよ、上からの公式声明を伝えるためにいまぼくは正装してありったけの勲章をつけて気をつけの姿勢で立っている。おそろしく窮屈でたまらん。ぼくの後ろにはラッパ吹きの一団がいて、いまにも高らかにファンファーレを鳴らそうとしている。気をつけ！用意はいいか？」

「ねえジャック、お遊びにつきあっている暇はないわ。あなたもよくご存じのとおり、いまは事件の捜査のまっただなかなの」

「じつはな、いとこよ、まさにその事件のことなんだ。進展があったぞ」

「そういうことなら、うかがいましょう」

「おぼえているかな、先週きみに話しただろ、局長があのプロジェクトをルノーから取り上げて軍に引き渡すことにとても乗り気だと。軍で厳重に秘密を保持するというプランだ。しかし、あくまでもきみたちの捜査を優先させるという指示を出したことも話したな」

「もちろん、おぼえているわ」

「そのことなんだが、われわれは上層部の空気を読みちがえたのかもしれない。ドゥラージュが殺されるまでは、彼らはルノーのプロジェクトの内容などたいしてわかっちゃいなかった。きいたこともない、というのが実情だ。しかしいまやビッグニュースだ。ティフォン・プロジェクトのとんでもない可能性にようやく気づいたんだ。しかもそのプロジェクトに海外のスパイが好き放題に入りこめる状態だと知らされたら、愉快な気持ちではいられない。いっている意味、わかるか？」

「よくわかるわ」

「そんなわけで、このトピックは権力の回廊をぐるぐる巡り、ある合意が得られた。その結果、局長は権限を失った。が、上層部は彼と同じ結論に至ったんだ。最終的な結論としては、ティフォン・プロジェクトを機甲部隊のランブイエの駐屯地に移すことになった。しばらく使われていなかったが、あそこならすべての設備と試験用のコースがじゅうぶんに収まる広さがある。そして、以後はフランス国立科学研究センター《CNRS》の管轄下に置かれる。国内で最大の研究機関であり政府の機関として厳重に管理されているCNRS以外に選択肢はない。プロジェクトは完全にルノーから切り離されるだろう。研究が完了した時点で政府はルノーに返還して実用化させるかもしれないし、返還しないかもしれない」

「スタッフはどうなるの？」

「できる限り多く残すことになるだろう、が、政府の一連のセキュリティ・チェックをすべて受けることが条件だ。プロジェクトの新しいリーダーはいま選考しているさいちゅうだ。

われわれはセキュリティ面のアドバイザーを務める。監督責任はあくまでCNRSだ。今後の流れとしては、遅くとも今週末までに操業を停止し、全員が徹底したセキュリティ・チェックを受ける。生き延びた者は数週間のうちに新しい場所で業務を開始する。最悪の場合、一カ月の空白期間が生じる。なにしろいま現在、事態の収拾がついていない状態だからな」

「とても迅速なプランだこと」

「早まるな！　そう捨てたものではないんだ。うちの上層部にもいいところはある。きみたちの捜査が妨げられることがあってはならないと彼らは考えているんだ。きみたちにはいっさいの裁量権が与えられている。ただし今週末までだ。今後部署が解体されたら捜査に支障が出るなんてことは、いうだけ無駄だ。他意はない。そこのところは誤解のないようにな」

「お気持ちはとてもありがたいわ。わたしの上司もきっとよろこぶでしょうね」

「きみたちの捜査が早急に実を結ぶことを、うちの上層部は切望している。そのことをきみの上司にしっかりと伝えてくれ。むろん、こちらからも直接伝えてはあるが」

ジャックがそこで間を置き、ぐっと声を落とす。

「すまない、カプシーヌ。ぼくの力ではどうにもならなかった。ここだけの話だが、局長は自分で仕切るつもりでいたから、かなりへそを曲げている。ティフォン・プロジェクトの将来性が、いまになってようやく注目を浴びてしまったというわけなんだな。これまではノーマークだったのに。そのあおりできみたちの業務が難航しないように祈っている。ぼくで力になれるなら、どんなささいなことでもいいから電話してくれ。すぐに駆けつける。なにもなくたって、もちろん駆けつける」

「ジャック、あなたの親切が身にしみるわ。そろそろ切るわね。上の階に行ってこの爆弾を落としてくる」

あと少しでタロンの執務室の戸口というところでカプシーヌの携帯電話が鳴った。

「警部！」ギヨムの声だ。金切り声で叫んでいる。「たったいま、とても不愉快な知らせをきいたところです。あなたが手をまわしたにちがいない。その件でぜひとも話をする必要があります。電話ではなく、じかに」

「今日の午後、警視庁にいらしていただければ、お目にかかることができます」

「警視庁に？　わたしがですか？」ギヨムの言葉がとぎれる。「わかりました。どのみちほかに選択肢はなさそうだ。とにかく、こんなことをされておおいに不愉快だ。それはいっておきますよ。場合によっては告訴も辞さない覚悟です」


カプシーヌとタロンの会談はカプシーヌの想定よりも長引き、午後の時間にじりじりと食いこんだ。罵詈雑言と政府のやり方へのこっぴどい批判を学ぶには絶好の機会だった。話し合いの経過はともかく、タロンの合意を得てカプシーヌはすっかりやる気になっていた。カプシーヌが成長したのか、タロンが彼女の考え方にちかづいたのか、ともかくふたりの足並みはそろい始めた。

ギヨムは一階のガラス張りの取調室に座っていた。すでに一時間以上待ちぼうけだ。

「ひどい扱いをするものだ！　第一このコーヒーは飲むに堪えない！　政府が納税者にこんな仕打ちをしていいのか」

「ムッシュ・ギヨム、それはぜいたくというものです。うちのほかの部屋がどんなものか、おわかりですよね。鉄格子に囲まれているほうがお好みですか？　ご用件は手短にお願いします。今日の午後はとても立てこんでいるもので。どうしましたか？」

「今朝、社長代行に呼ばれて、ティフォン・プロジェクトが政府の施設に移転し、わたしは指揮を執れなくなるときかされました。あなたのしわざですか？　この事態を、当然ご存じなんでしょう？」

「司法警察が提言したわけではありません。省が独自に判断したようです。治安総局の捜査の結果――」

「なんですって？　治安総局はルノーをさぐっていたんですか？」

「ムッシュ、どうぞお掛けになって落ち着いてください。そうです、あなたにお話ししたあの一件の後で、彼らが加わったんです」

「しかしあなたにそんな権限はないと――」

「じつは、あるんです。話を続けるおつもりはありますか？　そうでなければ」

「すみません」

「治安総局の捜査から、深刻な情報漏洩があきらかになりました」

ギヨムが顔面蒼白になる。「どういう意味ですか？　情報を盗み出している人物をつきとめたんですか？　みつかったんですか？」

「ムッシュ・ギヨム、いま話しているのは外の往来で書類を渡した人物とは別件です。治安総局の専門家がおたくの部署のコンピューター・システムを調べた結果、ワームが侵入し情報を外部に送信していることがわかりました」

　ギヨムが安堵したような表情を浮かべる。

「なるほど。そういうことですか」動揺した様子はない。

「彼らはシステムを修正したので、その問題は解決しています。ただ、おたくの部署へのスパイ行為がこれで三件発覚したということで、業務そのものをもっと安全な場所に移すべきだと決まったのではないでしょうか——これはあくまでもわたしの推測ですが」

「社長代行からはそんな事情はいっさいきかされていませんよ。まあ、どうせ知りゃしないんでしょうが。彼はただ、開発業務を再編成してティフォン・プロジェクトはＣＮＲＳの監督下に置くのだと説明しただけです。わたしはプロジェクトと命運を共にする覚悟だった。わが子同然のプロジェクトなんです。この頭から生み出したんですからね。こんな仕打ちはひどすぎる。あなたの力でどうにかなりませんか？」

「ムッシュ・ギヨム、残念ながらわたしは一介の警察官に過ぎません。あなたのキャリアに影響力を及ぼすなんて、とんでもない。それはおわかりですよね」

「マダム、いざとなればあなたの力を借りられるものと思っていました。わたしの思いを理解していただいているとね。どうやら考えちがいをしていたようだ。ひとつだけいわせてもらいます。今回の件は絶対に承服しかねる。このままおとなしく引き下がったりはしない。見ているがいい！　こっちだっていくらでも顔はきくんだ」

彼は席を蹴って部屋を出ていく。ドアを思い切り強く叩きつけ、窓ガラスがガタガタと音を立てた。

43

カプシーヌはモモとダヴィッドを両脇に従えて階段を一段置きにのぼり、こぶしに握った手のつけねのあたりで薄紫色のドアを思い切り叩いた。階段の細い吹き抜けにその音がピストルで撃つ音のように鳴り響く。

「司法警察だ」モモがドスの利いた声を出す。あっという間にドアがわずかにあき、クロティルドがおどおどとこちらをのぞいた。カプシーヌの姿を認めると彼女はドアを大きくひらき、自分は住まいのなかのほうに退いた。

「今回はわたしを逮捕しにきたんですね、ちがいますか?」

「かならずしもそうと決まったわけではないわ」カプシーヌがいう。「あなたがどれだけわたしたちに協力してくれるか、それしだいです。あのアジア系の連絡係と、あれ以来なにか接触は?」

「いいえ。さいわいになにも。もう終わったんです。いまはほっとしています。彼のお金には未練があるけれど」

「先日、あなたとあのアジア系の男性とは彼の携帯電話で連絡を取るといっていましたね。

あなたが彼にかける。彼は決して出ることはなく、後で折り返してくるのだと。それにまちがいありませんか？」

「はい。いつもわたしのほうからかけていました。彼は絶対に出ません。彼の留守番電話につながると、わたしはなにもいわずに電話を切ります。彼はナンバーディスプレーでこちらの番号を確認して、電話を寄越しました。けれどいつかかってくるのかは、まったくわからなかった。時には、すぐ折り返してきたし、数日たってからのこともありました」

「いますぐ彼に電話してもらう必要があります」

「でも前回彼に会った時、もう二度と会いたくないといってお金も受け取らなかったのに、いまさらなんといえばいいの？」

「ティフォン・プロジェクトがルノーの手からよそに移される、そして彼にわたしたい封筒がある、特別に厚い封筒だというメッセージを残しなさい。そしてお金を二倍要求しなさい。今回は特に厚い封筒だからとかなんとかいって」

「あなたのさしがねですか？　だからティフォン・プロジェクトが移されるんですか？　オフィスではその件でいろんな噂がささやかれているわ」彼女が言葉を切る。「それとこれとは関係があるんですか？　そんなこと一度も思いつかなかった」

「誰がどう手をまわしたなどと気にしないで。忠告しておくわ。事態はひじょうに深刻です。あなたを危険にさらしたくはない。そのためにはこれからの数日間、わたしたちと密に連携して動いてもらう必要があるの。わかりますね？」

翌日クロティルドからカプシーヌに電話がかかってきた。興奮した口調だ。

「今朝、彼から折り返しの電話がかかってきたんです。仕事中にです」彼女が受話器にささやく。「ティフォン・プロジェクトが一時業務を中断して移転すること、彼宛に分厚い封筒を預かっていることを伝えました。あなたにいわれたとおり。それからいつもの金額の二倍を要求したんです。前回受け取らなかった分も含めて」

「それでいいのよ。封筒の受けわたしはいつ?」

「今夜八時です。彼は、わたしと話したいといいました。わたしの自宅がある通りの突き当たりのカフェで会います」

カプシーヌが顔をあげ、デスクのそばでうろうろしているモモににっこりして見せた。

「彼が引っかかったわ」

もしかしたら、これはやり過ぎかもしれない。彼が逃走したら警視庁の顔をつぶすことになる。

カプシーヌは思案した。

だからといって、手をこまねいているわけにはいかない。これが最後のチャンスなのだから。

その日の午後、彼女は何十回もプランを見直して臨んだ。巡査部長と署員は合計十二名配置した。もっともちかいメトロの駅三つにそれぞれ二名ずつ、そしてカフェの周辺に六名。日没後の礼拝はすでに終わっているので、あの大失敗を繰り返すことはないはず。クロティルドは指示したとおりに、ガラス張りのカフェテラスの窓際に座り、キールを飲みながら《ル・モンド》紙を静かに読んでいる。ネオンの青白い寒々しい光ともうもうと立ちこめるタバコの煙のせいで、彼女のやつれと老いが目立つ。

彼女の背後では三人の若者たちがピンボールのマシンで乱暴に遊んでいる。どう見ても将来は司法警察の世話になりそうな連中だ。手のひらでボタンをドスンドスン叩き、鉄の玉がいきおいよく跳ね返るように腰で荒々しく機械を壁にぶつける。

カフェが面している大きな通りはほどよく賑わっている。警察官がまぎれこむにはじゅうぶんで、追跡を妨げるほどではない。いまのところ理想的な条件がそろっている。

八時十分きっかりにアジア系の男がクロティルドの向かいの席にあらわれた。いきなりあらわれたのでカプシーヌは意表をつかれた。彼が通りからカフェに入った形跡はない。まるで手品かなにかであらわれたみたいだ。おそらく、彼女が来る何時間も前から店内のテーブルに着いていたのだろう。人目につかないように持ち場に着いていてよかった。今日はわたしたちにツキがあるようね。

クロティルドとアジア系の男の会話が続いている。彼は興奮しているようだ。テーブルを叩き、彼女に詰問するようなつっかかるような身ぶりで続けざまになにかを問いただしている。そのあげく、彼はうんざりした様子で自分の《ル・モンド》紙をクロティルドにぐいと押しつけるようにわたした。カプシーヌはあらかじめCNRSから自動車のエンジンの設計図を数種類手に入れ、頑丈な封筒に入れてしっかり封をしていた。クロティルドがそれをアジア系の男にわたしても、その場でかんたんにはあけられないようにするためだ。仮に開封したとしても、ぱっと中身を見ただけで怪しまれるおそれはない。が、そこまで準備する必要はなかったようだ。彼は封筒を挟んだ《ル・モンド》紙を荒々しくつかんで脇に挟み、外に飛び出した。

「被疑者がカフェを出たわ」

チーム全体に緊張が走る。無線を通じてカプシーヌにもそれが伝わってくる。アジア系の男は店から出て通りを左のほうへ歩いていく。メトロのバルベス・ロスショール駅の方向だ。そのあたりの担当者に注意を呼びかけ、カプシーヌは男と三百フィート距離を置いて尾行する。メトロの駅の階段で彼はいきなり足を止め、くるりと身体の向きを変えていま来た方向に逆戻りした。カプシーヌは階段の入り口の人ごみにまぎれ、タバコの火をつけるふりをして小声で無線のやりとりをする。男がちかづいてきた。カプシーヌをじろじろと品定めするような表情で見つめたかと思うと、足を速めた。そのままぱっと右に折れ、通路のような狭い道に入っていく。

カプシーヌが曲がり角に着くのと同時に巡査部長がひとり駆けつけた。アジア系の男が全速力で前方の角を曲がるのが見えた。カプシーヌがチームに無線で呼びかける前に、無線機がピーピー鳴って誰かの声がした。

「彼が見えます。全速力で走っています。猛スピードでピロン通りに入りこんだところです。ショーヴォーがあと数秒でそちらに合流します」

カプシーヌが送信ボタンを押す。

「男を止めないで。そのまま行かせて、見失わないよう追ってちょうだい」

「そうしましょう《トレビアン》」

返事があった。アジア系の男はクリシー大通りの方角に向かって急な坂道を全力疾走で下りていく。歩道はどこもかしこも北アフリカ系の男たちでいっぱいだ。むっつりと押し黙っている彼らはカフェで数ユーロ使う余裕もないほど貧しく、寝る前の時間を通りでつぶしている。あと数日もすると寒さが厳しくなる。こうして外に出て散歩できるのもいまのうちだ。

急勾配の丘を駆け下りたいきおいを緩めないまま、アジア系の男は大通りを走り出す。追うふたりの警察官はかなり離されている。追跡中の警察官の姿に通りの男たちが注目しないはずがない。彼らはたちまち反応し、口々になにかをつぶやきながら、身振り手振りで怒りをあらわす。警察への嫌悪がかき立てられ、あっという間に沸騰点に達した。警察官たちは半区画も行かないうちに周囲から押されてもみくちゃになり、ひとりは危うく転びそうになった。彼はカッとなって銃を抜き、それを振り回して男たちに下がれと威嚇する。叫び声がひとつあがり、一気に怒号の嵐となった。男たちは銃など無視して警察官に襲いかかっていく。

アジア系の男の前方にカプシーヌとモモがあらわれた。五十フィートほど距離がある。そこで男が方向転換して群衆がいる方向に駆け出せば、うまく逃げおおせることができたかもしれない。しかし男はそのまま走り続けた。カプシーヌはピストルを抜いてグリップを両手で包むように持ち、片膝をつくと、男に向かって叫んだ。

「止まりなさい、さもなければ撃つ!」

群衆は養鶏場の鶏たちのように騒々しい声をあげながら散り散りになる。

アジア系の男もピストルを取り出し、ろくに狙いもつけずに一発撃った。カプシーヌは射撃練習場で練習をしている時のつもりになって、懸命に自分を落ち着かせた。深く息を吸い、半分吐き出したところで息を止め、拳銃の銃尾に当てた手にそっと力をこめた。

引き金を引くのではない。オレンジの果汁を絞り出すようなつもりで銃尾全体をぎゅっと握れ。

心のなかで自分にいいきかせる。銃声とともに白煙があがり、夜を染めた。アジア系の男が片足を軸に、もういっぽうの足を外側に向けてつっぱった状態でほぼ一回転した。幼い子どもがバレエダンサーの真似をしているようだ。ほぼ同時に血しぶきがあがり、街灯の強い光のなかで彼をバラ色の後光のように包んだ。彼の銃は宙を飛び、壁に当たって小さな音を立てて跳ね返った。静けさのなかで、その澄んだ音だけが異様にはっきりときこえた。その直後、耳をつんざくような発砲音がして彼が地面に倒れこんだ。カプシーヌとモモが銃をかまえ中腰で男にちかづいていく。火を吐きうなり声をあげる悪魔がいつ襲いかかってきても撃てるように、銃をしっかり握って腕を前方にまっすぐ伸ばしたまま、二手に分かれて接近する。

じりじりと進みながらモモがカプシーヌのほうにちらりと視線を向け、口をなるべく動かさずにたずねた。

「警部、ほんとうに彼の脚を狙っていたんですか？」

「ほんとうは、もう一方の脚を撃ったつもりだったの」

44

「警部、こういうの見たことありますか？」

モモがショートバレルの自動拳銃をふりかざした。

「デーウのDP－51です。確認がとれました。韓国軍が採用しているものです。弾は九ミリパラベラム。奇妙な特徴があって、いったん起こしたハンマーを押し戻すようになっているんです。ほら」彼がやってみせる。「それからこうしてトリガーを引くとハンマーが跳ね上がって弾が発射されます。こんなふうに」空の銃がカチッと鋭い音を立てる。「このおかげでわれわれは命拾いをしたようなものです。彼はとっさに普通の銃のように撃ったんでしょう。デーウの間抜けめ、一般的な方式にすればよかったものを」

カプシーヌは自分のデスクに向かって書類に署名する手を休めず、無言のままだ。

「それで、あの男の身柄はどうなるんです？」モモがふくれっつらをする。きかん気の巨体の幼児のようだ。

「彼は韓国の外交官パスポートを所持しているのよ。当然、解放しなくてはならない。本物の外交官であれば、あちらの大使館まで送り届けるのが筋ね。でも予審判事は彼の身柄拘束を認めたわ。しかもテロリストの可能性があると判断したので、これから七十二時間フルに彼を留置できる。往来で警察官に発砲しておきながら外交官の特権でおとがめなしなどということを許さないつもりね、予審判事は」

「撃たれた傷の程度はどうなんですか？　ヴァンのなかで彼は多量に出血していました」

「ほんの軽傷よ。弾が入って抜けただけ。大腿骨と大腿動脈は逸れたから心配いらないわ。わたしはこれから診療所にもどるわ。そろそろ彼の話をきけるはずだと思うから。これを」

彼女がモモに書類の薄い束をわたす。「担当部署をまわってきて。警察留置《GSV》のための書類よ」


　バイオール診療所はカプシーヌにとって良心を試されるような場所だ。経済犯罪捜査本部で働いていた時にはこういう診療所があるとは知らなかった。フランスの法律がいかに弾力的に運用されるものであるのかを知るには格好の施設だ。外科的措置をおこなうこの診療所は、民間施設を装ってごてごてした内装なのだが、それがなおさら不快に感じる。でも、ここはどうしても必要な場所だとカプシーヌは認めざるを得ない。あの男をこの状況下で公立病院に入院させるわけにはいかない。すぐさまマスコミにかぎつけられてしまうだろう。

　男が収容された部屋にカプシーヌが到着すると、黒い出動服に鋲《びょう》つきの戦闘靴という姿のきびきびした警察官がさっと気をつけの姿勢を取った。そしてブザーの音とともにアクリル樹脂の透明なドアを彼女のためにあけた。

　なかでは病院用のベッドにアジア系の男が裸で横たわっていた。両手をベッドのフレームに手錠でつながれ、よれたシーツが片方の足と下腹部を覆う以外、全身を無防備にさらしている。負傷しているものの、ロココ様式の彫刻のような体格だ。見えているほうの足は包帯でぐるぐる巻きにされ、その包帯にしみた血が茶色に変色し始めている。まるで重量挙げのオリンピック代表選手のような筋肉隆々とした身体だ。僧帽筋があまりにも発達しているために、頭部が肩に直接ついているように見える。

傍らには背の高い点滴スタンドが置かれ、大きめの袋に入った透明な溶液の滴が落ちて行く。流量を調節するための箱型の装置がピーピーと音を立て、光が点滅する。溶液はその装置を通り、彼の肘の部分に刺した針から体内に入っていく。点滴スタンドにはもうひとつモルヒネを溶かしたブドウ糖液が入った小さめの袋が並んで下がっている。お茶目な妹が張り切って出番を待っているような感じだ。こちらのほうのカニューレはプラスチック製の青い留め具で流れを止められている。

ベッドの傍らにふたりの刑事が椅子に並んで腰かけ、タバコを吸いながらひそひそと話をし、タバコを傾けて空のコップに灰を落とす。いっぽうは歩く際に足を少し引きずる愛想のいい刑事だ。もう一人の顔にカプシーヌは見覚えがなかった。

彼女が入っていくと二人が立ち上がった。愛想のいい刑事が笑顔を浮かべる。人に安心感を与える表情は、テレビで視聴者に生命保険を販売するプロのように筋金入りだ。

「彼はまだひとことも口をききません。意識ははっきりしていて問題ないのですが、もしかしたらフランス語が話せないのではといまさっき思いついたところです」

「それはすぐに確かめられるはずです。おふたりとも、お昼をとりに行ってください。わたしが彼にアプローチしてみます」

ふたりはいかにもフランス人らしいそぶりで肩をすくめてタバコをコップに落とすと、さっさとドアのところに行って警備をしている警察官があけるのを待った。ブザーの音とともにドアがあき彼らが出ていってしまうと、油圧式独特の重い音とともにドアが閉まった。最後通牒《つうちょう》をつきつけるような響きだった。

アジア系の男はさきほどと同じく横たわったまま、天井に目を向けている。板に置かれた魚の目のように、なにも見えていないガラス玉みたいな目だ。カプシーヌは彼の前に佇《たたず》み、点滴の溶液が一粒ずつキラリと光りながら落ちて行く様子に見入っている。メトロノームのような容赦ない単調なリズムで一滴一滴落ちていく。彼は強い痛みのせいで苦しそうに呼吸している。

カプシーヌは夢想に浸ってしまいそうな誘惑をふり払った。

「わたしを覚えている？　あなたに撃たれそうになった警察官のひとりよ」

返事はない。なおも天井に虚ろなまなざしを向けたままだ。が、しだいに目に表情がもどってきた。そして不意に瞳孔が収縮し、虹彩の色が濃くなった。あきらかに怒りがあらわれているが、ひとことも口をきかない。怒りの表情は消えないまま、彼のくちびるがゆがんで人をバカにしたような笑みがかすかに浮かんだ。

「あなたたちはわたしの身元がわかっていないようだ」ついに彼が口をきいた。なまりの強いフランス語だ。「わたしは信任状を与えられた外交官だ。あなたたちは違法な行為をおこなっている」

「あなたが何者であるのかはじゅうぶんにわかっています。こういってはなんですが、いまのあなたはかなり追いつめられた状態にあります」カプシーヌは取り澄ました表情だ。「わたしたちになにもかも話すまで、あなたはこの部屋から出られません。時間などいくらかかってもこちらはかまわないんです」

返事はない。

「お好きにどうぞ。おわかりでしょうけど、その傷は相当痛むでしょうね。いまの時点での痛みは、ほんの痒《かゆ》み程度だと思い知るでしょう。わたし以外誰もあなたの話をきくなと指示しておきます。わたしはもう勤務が明けて、明日は非番です。どうぞごゆっくり」カプシーヌは向きを変えて立ち去ろうとする。

「待て」男が口をひらいた。

「わたしはほんとうに外交官だ。韓国の領事だ。わたしが戻らなければ、大使館は正式な訴えを表明する。このようにわたしを拘束することは違法である。これは重大な国際犯罪だ。解放を要求する」

カプシーヌは嘲笑するように鼻を鳴らす。

「心底そう信じているとしたら、救い難い無知ということね。フランスの法律についてなにもご存じない。あなたは刑事訴訟法典第六十三条および第七十七条の定めにしたがって警察留置されています。わたしたちはこれから三日間あなたを留置できます、その間、あなたの存在は消滅します。この世から消えている状態です。大使館とも弁護士ともいっさい連絡を取ることはできません。わたしの指示のもと、痛みに耐えながらここにいるしかない」

アジア系の男が硬い表情でカプシーヌを見つめ、ごくりと唾を飲んだ。

「それだけではない、わたしはあなたの留置期間をいくらでも延長できます。あなたは〝ラグラン・デリ〟で逮捕されていますから」

男がけげんそうに片方の眉をあげた。

「現行犯で逮捕されたという意味です。フランスの法律では、これは決定的ですね。警察官に対する殺人未遂の現行犯ですから、通常であればあなたはすぐに裁判にかけられます。おそらく有罪判決を受けるでしょうから、すぐにフレンヌの刑務所に移され、刑に服すという流れになります。しかしあなたは負傷しているので、治癒するまでという名目で、わたしは合法的にあなたをここに留めて裁判所に送る時期を遅らせることができるのです。そしてあなたが治癒したかどうかを決定する権限はわたしにあります」

男がカプシーヌを見つめる。懸命に無表情を装っているのがありありと伝わってくる。

「あなたの国の大使館からは、いずれ、あなたの釈放要求が出されるにちがいありません。でもわが国の官僚組織ときたら、じつにのろのろとしか仕事を進めない場合がありますからね。それはもう、あなたがたの想像を絶するほど。警官を撃った者が刑務所のなかでどんな扱いを受けるか、想像がつきます？　そこのところを、じっくり考えたほうがいいですよ。

わたしの勤務時間はもう終わります。灯りはつけておきますか、それとも消しますか?」

「待って、待ってください、マダム。行かないで。お願いです。フランスの法律がこのような権力の乱用を可能にするものだとは学校で教わりました。あなたにお話ししましょう。でも医者を。痛みをやわらげる処置をしてもらえたら、たくさん話ができます」

「医師については、検討してみます。まずは、あなたがどういう弁解をするのか、ききましょう」

カプシーヌがドアのところに行くと、ブザー音とともにドアがあいた。警備担当者に小声で事情を話し、数分後には制服警官が速記用の道具を小さな台にのせて到着し、ベッドと反対側の隅に設置した。

「あなたが話すことはすべてあの警察官が記録します。機械をコンピューターに接続して文章をプリントアウトします。あなたにはその一枚一枚に署名をしていただきます。よろしいですか?」

男がうなずく。

「いいでしょう、では始めます。名前、生年月日、出生地、現住所、職業をどうぞ」

「キム・パク、一九七四年七月十五日、韓国ソウル生まれ。現住所はグレネル通り一二五。商務部の三等書記官です」隅では警察官が小さなキーボードを静かに打っている。複数のキーを同時に押すという不思議なタイプの方法は速記者がステノタイプを打つ独特のものだ。カプシーヌが封筒をかざす。クロティルドが《ル・モンド》紙に挟んで彼にわたしたものだ。

「これについて説明しなさい」

「わたしは開封していない。おそらくルノーの車の技術面の情報が入っているのだと思う」

彼が黙りこむ。

「きちんとこたえなさい。いったいどういうことがおこなわれていたのか、あなたの口からきく必要があります。それも早急に」

「わかりました。わかりましたよ。わたしに与えられた任務のひとつは、ルノーで開発中の技術面に関する情報を入手することです」

「その具体的な方法は？」

「ルノーの内部に協力者がひとりいます。研究開発部門に。彼が情報を入手して、秘書をしている女性にわたし、わたしは彼女から受け取ります。わたしにその封筒をわたした女性です」

「ルノー内部であなたに協力している人物の名前は？」

「グエン・シャプリエ」

カプシーヌはドアのところに行き、開くと同時に出た。そして一分もしないうちにもどってきた。

「では続けましょう。あなたはどのようにしてグエン・シャプリエをルノーに潜入させたのですか？」

「たやすいことです。そういうことをしたがっているエンジニアを見つけたんですよ。わたしはエンジニアとしての教育を受け、貿易会議に何度も参加しています。謝礼欲しさに話に乗ってくる人はおおぜいいますからね。そのなかでいちばん優秀な人材を三人選び、ルノーに志願させた。ふたりが採用されました。そのうちのひとりの配属先は価値のない部署だった。グエンは適切な研究グループに配属された。彼がそういう部署に抜擢されなければ、一からやり直すつもりでした。

そこまではかんたんだ。協力者を置くところまではね。毎回むずかしいのは、情報を手に入れる部分です。ルノーは社員の電子メールをチェックするので、使うわけにはいかない。だから情報は紙で持ち出す必要がある。しかしルノーの建物から出る書類はすべてチェックされる。わたしが送りこんだグエンによれば、トップの秘書はチェックを受けないということだった。しかも社長の秘書はなかなかいい女だと彼はいう。そこでわたしは彼女に会ってディナーに連れていった。彼女はいそいそとグエンからの情報を運んでくれます。とても手際よく」

ドアが大きなブザーの音とともにあいて制服警官がひとり入った。彼がカプシーヌの耳元でささやいた。

「彼がみつかりました。車で迎えに行っています。そのまま警視庁に連行します」

「わかった」カプシーヌがこたえる。「医師を呼んでちょうだい。点滴でモルヒネの投与を開始してもらいましょう。ああ、彼に氷のかけらを少しあげて。わたしが席をはずしている間、それを噛んで待っていてもらいましょう」

彼女がパクを見る。

「ランチを楽しんでね。少ししたらもどります」

45

グエン・シャプリエがカプシーヌの前に立っている。身をこわばらせ、すさまじい恐怖の形相だ。怯え切った目を大きく見ひらいている。

「で」イザベルがいう。「ルノーの社内で彼を見つけたんです。パーテーションで仕切られた仕事場にいたところを。指示通り、できる限り穏やかに事を運びました。手錠すらかけませんでした。そうしたら、こいつどうしたと思います？　エレベーターのなかでわたしを口説いてきたんですよ。信じられます？　とんでもない変質者ですよ」

「でも、きみはやり過ぎだよ、イザベル」ダヴィッドが口を挟む。「警部、イザベルは彼に手錠をかけたんです。通常の金属の手錠ではなくて、ナイロン製のものを。ぎゅうぎゅう締めたから相当痛かったはずです。おまけにそのさいちゅうに彼がよからぬ考えを持たないように、腹を何度か強烈にひっぱたいてますからね」

「ちょっとなにいっているのよ、彼を殴ったのはわたしじゃないでしょう？　警部、車の後部座席に彼を放りこんだら叫び出したんです。たぶん、やわな手首が痛かったんでしょうけど。そうこうしているあいだに彼がもらしちゃったんですよ。そうしたら、永遠の美少年、つまりダヴィッドが激怒しちゃってもうたいへん。シートに粗相をしたからって。それで、彼の口に強烈なパンチを食らわせたんです。彼は失神しちゃって、やっと意識を取り戻したら今度はダヴィッドが怒鳴りつけたんです。それでここまで来るあいだずっと怒鳴りっぱなし。とにかくまあ、飽きない道中でしたよ」イザベルが皮肉たっぷりにいう。

カプシーヌは片手を上げて静かにしろと合図し、グエンに話しかけた。

「あなたのお友達のキム・パクをわたしたちは拘束しているわ。すでに彼から事情をきいています。あなたからも話をうかがいましょう」

「キム・パクなんて人物は知りません」

グエンが硬い表情でつぶやく。口のなかを舌であちこち触りながら、怯えたようにちらちらとダヴィッドのほうを見ている。

カプシーヌは腹立たしそうに左右の眉を上げてダヴィッドを見る。彼女がドアのほうに頭をぐいと傾けて合図すると、ダヴィッドはバレエダンサーのような滑らかな動作で部屋からそっと出ていった。カプシーヌがイザベルのほうを向いて堅苦しい口調で話しかけた。

「巡査部長、わたしたちにコーヒーを持ってきていただけるかしら？」

巡査部長ふたりが部屋から出ていくと、グエンの緊張があきらかにほどけてがっくりと両肩が下がった。カプシーヌは弟を見る姉のようにやさしい笑みを浮かべた。

「おそらく彼はあなたには別の名前を名乗っていたのでしょうね。筋骨たくましいアジア系の男性よ。首がないみたいに見えるの。ペーパータオルのホルダーに隠したものと引き換えにお金を支払う人よ。ピンとこない?」

いままで怯え切っていた彼の目が、とつぜん表情を変えた。信じられないという驚きが浮かんでいる。あまりの変わりようにカプシーヌはあぜんとした。

「まさか! あ、あ、あのことで逮捕されるなんて。ダク・キム――彼はそう名乗りました――は、犯罪行為ではないといっていたのに。最悪の場合でもせいぜい民事訴訟になるくらいで、その場合も法廷に持ちこまれる前に解決できるはずときかされていました」

「ここをよく見て。民事を扱う場所に見えるかしら」カプシーヌが冷酷な表情で彼を見た。

「さあ、きかせてもらいましょう」

「そういわれても、話すことなんてたいしてないんです。ルノーでは内燃機関の燃費を飛躍的に向上させるためのプロジェクトをおこなっています。ダク・キムは――彼はきっとなんらかの組織の秘密諜報員かスパイなのだと思います――そのプロジェクトのデータを手に入れる目的でわたしを雇いルノーに応募させ、入社させたんです。わたしは運よく、狙っていた部署に配属されました。だからいろいろとコピーして、社長の秘書を通じて外に流していました。彼女は絶対にセキュリティ・チェックを受けずにすんでいたので。それだけです。ほんとうです。時々資料をコピーしていただけなんです」

「それに対する報酬の額は?」

「給料の二倍です。魅力的でした。前の仕事をしていた時よりも収入が三倍になりました。時折少しコピーをとるだけで。月にほんの二、三時間かければ五百ユーロ分の紙幣が入った分厚い封筒を受け取れたのです。その封筒はエグゼクティブ・フロアの女性化粧室のペーパータオル・ホルダーに隠されていました。賢いやりでしょう？」

「何百万ユーロもの価値がある企業の秘密情報を売れば長い懲役刑を受けるリスクがあるというのに、月にたった五百ユーロでそのリスクを冒すことのどこが賢いの？」

グエンがうなだれる。「でも」叱られた小学生の男子みたいな口調だ。「大金をもらえるはずだったんです。そのための手はずはすべて整えていたのに」

「それはどういう意味？」

「配属された部署を二カ月ほどさぐったところ、〝ノズル〟が重要な鍵を握っているとわかったんです。触媒をエンジンに吹きこむための装置です。開発中の製品はそのノズルがなければ意味がない。問題は、ノズルの部署には独自のセキュリティ・システムがあり、どうしても情報にアクセスできなかった。しかし、うまいことそれが解決できたんです。後は実行するだけ。わたしはダク・キムと交渉して承知させました。お目当てのノズルの情報と引き換えに大金を一括で払うという条件を呑ませたんです。まるまる一年分にあたる報酬をね」

「ノズルの情報をどうやって入手するつもりだったの？」

「どうやったと思います？」グエンは好色ぶりを見せつけるような目でカプシーヌを見た。「ノズルの部署ではたらくの女の子と関係を持ったんです。頭が弱くて性格も変わっていたが、服をぬがすとすばらしくセクシーだった。彼女は週末をわたしの住まいで過ごすようになったんです。彼女の身分証を〝拝借〟するのがわたしのプランでした」グエンはずる賢い笑みを浮かべ、強調するために両手の中指と人差し指でかぎ括弧をつくってみせる。「彼女のハンドバッグからこっそり身分証を抜き出して、土曜日に彼女の仕事場に入りこむ計画を立てました。彼女に気づかれない自信はありました。たとえ身分証がないのに気づいても、彼女のことだからどこかに置き忘れたくらいにしか考えません。それくらい頭が弱いんです」

イザベルがエスプレッソの入ったカップを三つ持って入ってきた。プラスチック製のやわらかいカップだ。グエンは堂々と彼女と視線を合わせた。さきほどのおどおどとした表情はすっかり消えている。

「それであなたのプランはうまくいったの？」カプシーヌがたずねた。

「いや、まったく。全然ついていなくて。最初は不思議なくらいうまくいったんです。マリーからまんまとパスワードをきき出すこともできた。マリーというのはその娘《こ》の名です。当てっこゲームをしようと彼女を誘ったんです。それで、わたしは彼女のコンピューターのパスワードを言い当ててみせると賭けました。三度目でまんまと突き止めました。彼女のネコの名前、『ルタバガ』です。そうしたら彼女はこういったんです。『あ、待って、あなたの負けよ。わたし、とちゅうに七をつけたの、最初の〝A〟の後にね。そうすれば、もっと厳重になるから』彼女はそのくらい頭が弱い。あっけなくしゃべってしまうんだ」

「それから？」

「マリーが週末を過ごすために金曜日の晩にやってきた。シーフードのラザニアをつくってやりました。わたしの得意料理です。ホタテ貝、ムール貝、それからアサリをたくさん使います。面倒ですが、つくりがいがあるんです。最初にシーフードをすべて別々に調理しておくんです。みじん切りのタマネギの上でアサリを蒸して、それから――」

「テレビの『ボナペティ』みたいにレシピを紹介するなら、また後でね。いまは本筋だけをきかせて」

「わかりました。でもね、この仕事で成功しなければ、わたしはシェフの道を選びます。そのくらい腕がいいってことです。それで、ダク・キムからは白い粉をわたされていました。マリーの食事にひとつまみだけ入れろとね。でもね、自分でつくったラザニアを台無しにするなんて、嫌でたまらなかった。しかし仕事は仕事だ。そうでしょう？　翌日の土曜日、彼女はすごく気分が悪いといったのでベッドに寝かせておきました。たぶん二十時間くらい寝ていたはずです。起きるのは嘔吐する時だけ。わたしはその日職場に行って彼女の作業スペースでまる一日かけて調べました。でも彼女のファイルには入れなかった。マリーの端末に入るパスワードはちゃんとわかっていましたが、ファイルをあけるためのパスワードをつきとめられなかった。惜しかった」

「それであきらめたの？」

「あれだけの大金がかかっているんですからね、あきらめるはずないでしょう？　それからも土曜日ごとに行ってファイルを開けられるかどうか試したんです。マリーに麻薬を飲ませる必要なんてありませんでした。わたしが留守のあいだ彼女は座って本を読んだりいろんなことをして、まったく気がついていなかった。しかし、ファイルはあかない。かといってマリーからパスワードをききだすわけにはいかないし。だって、なんてきくんです？『ねえマリー、きみのコンピューターのノズルのファイルにはどれももうひとつパスワードが設定されているんだね。知らなかったよ。そのパスワードの当てっこゲームをしないか？』」グエンがうれしそうに笑う。バーで女性とおしゃべりしているような調子だ。

「それで？」カプシーヌがたずねた。

「すべてが狂ってきたんです。まず、週の半ばあたりにリオネルという上司と話している時に、ムッシュ・ギヨムが情報漏れを疑っているとききました。ギヨムというのは研究開発部門のトップです。社長が政府に要請してスパイかなにかを送りこんでもらって情報漏れを食い止めるという話でした。それをきいてあわてましたよ」

「それでもまだ断念しようとしなかったのだから、たいしたものね」グエンはカプシーヌに褒められたと思ったらしい。

「いやいや、これでもプロですからね。あれだけの報酬がかかっているのにあきらめるなんて、あり得ませんよ。だから探偵役を続けました。ダク・キム宛に短いメモを書いて、女性用化粧室のペーパータオル・ホルダーに入れておきました。なんでまたこんな方法を彼が編み出したのかはわかりませんが。女性用のトイレにしじゅう出入りしたら怪しまれるなんて、思わないんですかね。ともかくメモは無事に彼に届きました。彼はいつものようにメモで連絡を寄越さず、その日の晩に直接電話をかけてきたんです。『サンミッシェル大通りのこれこれこういうカフェで午後九時に会おう』と。そんなこと初めてでした。

それで会ったわけですが、ダク・キムからビッグなプランを打ち明けられました。ファイルはあけなくていい、まるごと電子メールで送れといわれました。ファイルさえ手に入れれば、誰かにパスワードを解読させるというんです。だからつぎの土曜日にマリーの仕事場に行って、段取り通りに実行すればいいというんです。たしかに、わけないことだ。彼にとってはね。自分で行くわけではないんだから」

「無事にファイルを手に入れたの？」

「てんでダメでした。ファイルはどれも、これまでより格段に厳重なセキュリティをかけられていたんです。これでゲームオーバーだ、今後セキュリティはさらに厳重になっていくだろうなと思いました。そして月曜日にドゥラージュ社長が死体となって発見された。そうですよね？　それを知って以来、ずっと考えていました。セキュリティのこととなにか関係しているのだろうかと。でも、きっとわたしの思い過ごしでしょう。セキュリティはもっと厳重になるだろうと予想したんですが、そうはならなかった。だからその後二週連続で週末に忍びこみました。ただ、ファイルはどうにもなりませんでした。

するとと最近になって、プロジェクトがそっくりそのまま軍事基地に移されると知らされました。職員は全員、政府のセキュリティ・チェックを受けるんだそうです。冗談じゃない。つぎの週に断念しましたよ。もはやそのプロジェクトにはいっさいちかづいていません。大金は惜しいが、最高レベルの警備体制の牢獄に閉じこめられるなんてまっぴらだ。ルノーならまだしも、政府の軍事施設となると話がちがう」

グエンは媚びるような視線をちらりとイザベルに向けた。いまの話でイザベルを魅了したとでも思っているらしい。調子にのってふたたび彼女を口説くのではないかとカプシーヌは危ぶんだ。

キム・パクの顔に少し赤みがもどってきた。微量のモルヒネが抜群に効いたようだ。

「あなたの仕事仲間のグエン・シャプリエにたったいま楽しい話をきかせてもらったわ」カプシーヌが話しかける。

「そうか」彼の口調は落ち着いている。

カプシーヌが点滴用のスタンドにちかづき、モルヒネの液を留め具で止めた。もうじゅうぶんに効果はあった。

「十月二十六日のことについてききます。あなたはパリにいましたか？」

「はい」

「十月二十六日にルノーの社長が殺害されました。そのことについて、なにかご存じですか？」

「新聞で読みました。わたしにとっては、腹の出た官僚のひとりに過ぎない。任務とは無関係です」かろうじてききとれるほどの声だ。

「ムッシュ・シャプリエによると、ルノーは警備体制を強化しようとしているので、重要なデータを手に入れるチャンスはその週末しかないとあなたは彼に告げたそうですね」

「グエンはフランス人だ。好き勝手にしゃべる。仮に警備が強化されたとしても、さして重要ではない。グエンはその情報を利用して報酬額を釣り上げようとした」

「警備体制の強化にはドゥラージュ社長の意向がはたらいていたと思いますか?」

「いいえ。社長は、実務、しない」パクは少し間を置いて続ける。「どうでもいい。わたしの仕事は情報の収集。それだけ。フランスの事件、関係ない。ルノーの社長、わたしの情報収集、止めない。社長がカキにあたって死んでも、全然関係ない。いっさい関係ない。なにも関係ない……」パクの声がしだいに小さくなる。目を閉じ、口の端からよだれがすうっと垂れた。


潜水艦のハッチがバタンと閉まった。気をつけろ! 海面上の敵の船どもに気づかれるぞ。音は海中で四方八方に広がる。ソナー音のピーン、ピーンという音みたいに、はるか彼方に消えていく。

くそ。あれはなんだ? ドアか。女の警察官が出ていったのか。足がまだズキズキ痛む。あの女はモルヒネを止めたんだな。たいしたもんだ。尻のでかいバカな娘とはちがう。頭のなかは男だ。痛みのせいで俺の頭は冴えるんだろう。よけいなことを考えずにすむ。そのぶん汚くてくさいフランスの豚小屋から早く出られる。

撃たれた傷はいつもこうだ。弾が当たった時にはなにも感じない、それから徐々に痛みがひどくなる。だが、それも悪くない。痛みに浸り、痛みと一体化していけばいい。

　これで国に帰れるな。任務はすっかり吹き飛んだはずだ。じきに大使館が救急車を寄越すだろう。おれが口を割るのではないかと心配しているにちがいない。おそらくそのまま飛行機に乗せられるだろう。前回もそうだった。目が覚めたらファーストクラスに乗っていて、ストレッチャーの周囲はカーテンで仕切られていた。あの時のおれはヒーローだった。今回はちがう。おそらくエコノミークラスだ。やれやれ。しかし、あとひと月かふた月後にはべつの任務が与えられるだろう。国内の任務にありつけるかもしれない。国を離れているのは悲惨だ。やることがなにもない。異文化のなかで溺れそうになる。

　なかでもフランスは最悪だ。セクシーな若い女と食べ物は最高といわれているが、そんなのはでたらめだ。来た当座は値段の高いレストランにたくさん行ってみた。どれもひどかった。胸が悪くなった。韓国の飯とは大ちがいだ。半分しか火が通っていない肉の塊が鼻水みたいなシロップに浮かんでいる。客への出し方もなっていない。ただ皿にぼんとのせただけだ。客が自分で切らなければならない、そして先のとがった道具で突っついて食べる。野蛮人どもめ。

　だから大使館の受付の女に、街でいちばんのレストランをきいてみた。そのこたえが〈ディアパソン〉だ。しかしあそこはよそよりもさらにひどかった。味がまったくしない。だれかがしゃぶって吐き出したようだった。ある料理は腐っていた。黒い点々がついて、汚い足みたいな匂いがした。おれは箸を要求した。最高のレストランであるからには、手彫りの象牙の箸が置いてあるべきだ。ウェイターは無言だった、しかし心のなかで笑っているのが俺にはきこえた。あの愚かな男は命拾いしたな。おれの内側でなにかが炸裂した。いまにも一発殴ってしまいそうだった。おそらく彼は倒れて死んでいただろう。誰にもなにも気づかれずに。きっとすっとしただろう。自分の腕をぐっと押さえているのは大変だった。苦しかった。

パリでの楽しみといえば韓国料理店で食事するくらいだ。やれることはほかにもあるが、食べ物と同じでどれもくだらん。においもひどい。ただ、〝最高のレストラン〟にいたセクシーな娘だけはいい。彼女に気づいたのは、腐ったゴミみたいな食べ物を飲みこもうとしていた時だ。鼻がとがって目がぎょろぎょろしていても、あれはまちがいなくいい女だ。あれには韓国の女もかなわないだろう。笑っちまうぜ。部屋の反対側にいる彼女を見てそこまでわかったんだからな。

パクは眠りに落ちて夢を見た。ソウルにもどっている夢を。パリに来る直前に出席した宴会の場面だ。親友たちが歓送会をひらいてくれたのだ。十人の男たちで白いストレッチリムジンのレンタカーに乗りこんで〝妓生《きしよう》〟の館に向かった。彼らはそんなふうに呼びたがるが、じっさいは高い金を取る一室だけのサロンだ。女たちは芸者のふりをした娼婦に過ぎない。それでもとても魅力的だった。店での彼女たちは凝ったヘアスタイルとエルビス・プレスリーの昔の映画に出てくる女が着ているみたいな、ふわりとした美しいシフォンのドレスだ。客の傍らに膝をついて箸で食べ物を食べさせてくれる。バンドが弦楽器を奏で、歌を歌う。

なんとも洗練されてエレガントだ。客の前には一本ずつウィスキーのボトルが置かれ、専属の女性がドリンクをつくる。時折、彼女に一杯すすめると、それはそれは感謝して耳元でありがとうとささやく。もちろん彼女は食べ物は口にしない。箸で男の口に食べ物を運び、そして耳元でなにやらささやく。男が話している時には決して邪魔しない。女の足が男の足に触れる。食事が進み、男たちが冗談をいったり口論をしたりする傍らで女は男にぐっと接近し、ぬくもりが伝わる。宴会がおひらきになると女はいったん姿を消し、ジーンズ姿であらわれる。モダンでセクシーな格好だ。表には車が待っている。女はそのまま男と同行して、いわれたとおりにする。よけいな口をきかず、文句もいわない。時には出血もある。迎えの人間が女を連れに来ることもある。すべてはお約束の世界だ。徐々にパクの意識がもどる。夢を見ていたのか思い出していたのか、彼にはどちらともつかなかった。

最後の部分は夢にちがいない。あんな出血は事実であるはずがない。〝最高のレストラン〟にいた鼻の高い女はいまの夢みたいなことをよろこんでやった。韓国の女の美しさにはかなわないが、従順で感謝の気持ちを持ち合わせていた。じつにセクシーだった。故国の女を思い出した。便利な女で使い勝手もよかった。だめだ。いまはそんなことを考えるな。

しかし〝最高のレストラン〟の若い女はよかった。彼女は韓国料理店が気に入って、静かに座ってテーブルについている客を眺めるのが好きだった。ひとことも言葉がわからなかったのに。妓生みたいに箸で食べさせる方法もマスターした。よろこんでやっていた。むろん、ゲームとしてだが、楽しんでいたのは確かだ。

おれの話を彼女は本気にしていただろうか。パリにいる理由をでっちあげる必要があった。あたらしいレストランをひらこうとしているといったのは成功だった。おかげで延々と〝最高のレストラン〟の話をきかされてまいった。後は服の話ばかりだ。愚かな女で韓国人でもなかったが、不思議に落ち着いた。

これはすごいことだ。あのままでは失敗を招く。〝最高のレストラン〟のウェイターの時みたいに。あれはまずかったが、おれはツイていた。あの女性警察官を撃った時もそうだ。あの時はツキがなかったらしい。

彼はそこで吠えるような笑い声をもらした。とたんに痛みが走る。

あれは重大な失敗だ。いつの間にか手に銃を握り、気がついたら発砲していた。あれでは彼女に当たるはずもない。この件は故国で厳しく叱責されるだろう。いいさ、そうなれば国外の任務は与えられないだろう。国内でやるべき仕事はたくさんある。大使館は早急におれを出国させたがるはずだ。ヒーローとしての凱旋は無理だろう。絶対にな。だがすぐに帰国はできるはずだ。あれはなんだ？　ドアか？　もう行くのか。こんな茶番は飽き飽きだ。

47

「あのふたりは相当やばいですよ、警部」モモがいう。

「ふたり？　なにが？　どういう意味？」

「ダヴィッドとイザベルです。彼らの逮捕のしかたです。監視委員会でもっとがんがん叱責されてもいいレベルですよ。このままではいずれクビだな」

「例の若い女性は下にいるのね？」

「ええ、います。問題は、あのふたりが彼女の住まいをたずねたら、彼女が素っ裸でドアをあけたんです。ダヴィッドはえらく感動して、彼女が服を着る前に手錠をかけて腕を離さなかったんです。彼女はそりゃもう怒って叫びましたよ。そうしたら、彼女のベッドに裸の男がいたんです」

「それは普通よね」カプシーヌがいう。「おたがいに裸になるのは」

「そりゃそうだ。しかし、どうやその男は恋人が手錠をかけられているのを見てえらく興奮したらしくて、みごとに反応したんです。いっている意味、伝わりますかね。それでイザベルが猛然と腹を立てた。そうしたらもう、前後の見境がつかない。彼女は裸の男に手錠をかけて、即刻やめろと命じた。でも思いどおりにいかず、イザベルは頭から火を噴いていましたよ。まさに楽園を追われるアダムとイブってとこだったな」

「見逃して残念だわ。で、彼女はもう服を着ているの？」

「残念ながら着ています。じつにセクシーな肢体でしたよ」


ノーメイクのギゼルはいかにもドラマチックな騒動の当事者という風情だ。髪の毛はスタイリストが意図的に乱したようにさまになっている。透明感のある肌は陶器のような艶があり、瞳は愁いを帯びて一段と深い色合いだ。アレクサンドルがこれを見逃すとは気の毒。いかにも彼がよろこびそうな光景なのに。反射的にカプシーヌは思った。

〈ディアパソン〉の案内係のギゼルが浮かない表情でカプシーヌを見る。怯えた子犬のようだ。彼女の目が切々と訴えている――「どうしてこんなところにわたしが連れてこられたの？　わたしがあなたになにをしたというの？」

「マドモワゼル・デュパイヤール、あなたをドゥラージュ社長殺害の共犯者として逮捕しました」

「そ……そんなことあり得ないわ。わたしはあの人のことなど、全然知りません。あの晩、ディナーに訪れた際に、あの人はわたしに微笑みかけただけです。その人をわたしがどうこうするなんて、あるはずないでしょう？」

「キム・パクという男をご存じですか、ダク・キム・チューという名前を使うこともあるようですが」

「もちろん知っています。ダク・キムはわたしの恋人です。でもキム・パクという名の人物は知らないわ」

「あら、でもわたしの部下があなたを逮捕した時、別の男性とベッドにいたそうですね」

「名前も知らない人よ。ダク・キムは街にいないみたい。この二日間、彼から連絡がないんです。だからわたしは出かけて、あの人といっしょに帰宅したんです」

「なにかのお役に立つようなら、彼の名前と電話番号がいまここにあるわ」

「いいえ、結構です。あの女性警官にこてんぱんにやられるところを見ちゃったから、もう二度と会う気はないわ。すごくハンサムな人だったけど」

「それで、そのダク・キムとはどういうわけで知り合ったの？」

「彼とは〈ディアパソン〉で出会ったんです。ディナーのお客様でした。ひとりきりでね。とても沈んで、寂しそうだったわ。店を出るまぎわにいわれたんです。仕事からあがったらバーで会おうって。とても強引だった。わたしの意志を確かめるようないい方ではなかった。最初から決めつけるようないい方。すごいでしょう？　ええ、もちろん行きました」

「それで、恋人同士に？」

「そうです。わたしたちはとても親密でした。彼の身体はとてもみごとなの。すごく荒々しくなったかと思うと、岩のように感じることもあった。静かでとても深い感じ。そういうところに強く惹かれるのだと思うわ。彼はおしゃべりはしないんです。わたしに注文をつけることもない。ベッドのなかは別ですけど。わたしは彼のいいなり」

「それで、ムッシュ・キムはどのように生計を立てているのかしら？」

「彼はベトナム人です。仲間といっしょに、超高級ベトナム・レストランをオープンさせる準備をしていたんです。ミシュランの三つ星をめざしているのよ。アジア系のレストランとしては初の三つ星レストランになるわ。すごいでしょう？　わたしもそこで働く予定だったんです」

「そうですか」

「ええ。すでに彼を手伝っていたわ」

「どのように？」

「〈ディアパソン〉を訪れる有名人について彼に話すんです。とりわけ自動車会社のエグゼクティブについて彼はききたがるわ。ダク・キムは自動車がとても好きだから。それから、〈ディアパソン〉という店の仕組みにとても興味を持っています。だから時々わたしの鍵を貸します。週末に彼が店に入って図面を描くんです。それはまずくないですよね？　店は閉まっているのだから、誰の迷惑にもなっていません。彼はメニューにも興味津々で、どんな料理なのかすべてを知りたがるんです。全部説明してあげました。もちろんレシピはひとつも教えていません。第一、教えられるようなレシピなんて知らないし。彼はベトナム料理のレストランをオープンさせるのだから、そもそも役に立たないもの」

「十月二十六日の夜に彼と会いましたか？　ドゥラージュの遺体が発見される前の週の金曜

日です」

「あの週末のことは忘れられないわ。ダク・キムはオープンさせるレストランのパートナーと打ち合わせがあったので、わたしのアパートに来たのはとても遅い時刻でした。午前三時ころ。彼はとりわけ情熱的だった。とにかくすばらしかったんです。わたしはどこもかしこもあざだらけになってしまった。月曜日に仕事に行く時には長袖を着ていかなくてはならなかったくらい。いまでも両腕にたくさん跡が残っているの」

48

「ムッシュ・パク、あなたをここから出します」カプシーヌがいう。

「よかった。いますぐか？　大使館が救急車を寄越したのか？」

パクはモルヒネが投与されていないので、ふたたび生気がない状態だ。口の両端に唾液が黄色と茶色の塊となってこびりついている。

「なにか誤解しているようですね。あなたはドゥラージュ社長殺害の被疑者です」

パクの頭がぐっと落ちこんだ。「バカげている。なぜおれが人を殺すんだ？　情報収集の任務でここにいるだけなのに」彼がつぶやく。

制服姿の憲兵隊員ふたりに支えられてグエン・シャプリエが戸口にあらわれた。両手を背中側にまわし、手錠を嵌められている。そのまま室内に連れてこられたグエンは、キムの姿を見て動揺した。

「彼はいったいどうしたんですか？　ここでなにがおこなわれているんです？　わたしはただ、質問にこたえればいいんじゃなかったんですか。ちゃんと解放してもらえるんでしょうね？」

カプシーヌは、ベッドの傍らの自分の隣の椅子にグエンを座らせた。

「グエン、ここにいるムッシュ・キムについてのあなたの証言を確認させてもらいます」

カプシーヌがいう。グエンの側の部屋の隅では速記者が静かにタイプしている。

「もちろんです。なんでも。その後は解放してもらえますか？」

「それについては、また後で。あなたはこれまでの証言で、ムッシュ・キムに対しつぎのように話したと述べています。ドゥラージュ社長がティフォン・プロジェクトの情報漏洩を食い止めるために当局に協力を求めようとしているらしい、と。それでまちがいありませんか？」

「そのとおりです。まちがいありません。彼は、キムというのが彼の名前であるなら、キムはそれをきいてカンカンに怒りました。だから、あれはお調子者のヴァイヨンが——ご記憶にあるかどうかわかりませんが、彼はわたしの上司です——調子に乗っているだけで、社長が腰を上げることはないはずだといったのですが、キムはしつこくきいたんです。『ヴァイヨンは正確にはなんといったんだ？』『それ以外に彼はなにかいっていなかったか？』とか、いろいろと」

「それでムッシュ・キムは、自分にまかせておけといったんですか？」

「まさしく、そのとおりです。あの土曜日にマリーの身分証を使ってオフィスに忍びこめとわたしに指示しました。自分にまかせておけばなにも心配はいらないからといって」

カプシーヌが頭を傾けて合図すると、制服警官ふたりがグエンを連れて出ていった。

パクが、それまで胸にがっくりと垂れていた頭を起こした。

「バカげなことを。あれでは韓国への攻撃行動とみなされてもしかたない。グエンはあきらかにおかしないいがかりをつけている。それで自分が犯した罪を隠蔽するつもりだ。よほどおそれているのだろう、ひどい目にあわされると。彼はおれが逮捕されない立場にあると知っているから、話をでっちあげて自分は下っ端に過ぎないと見せかけている。大きな獲物がつかまったら目こぼしされる程度の雑魚《ざこ》なのだと。おれは断固として要求する。大使館に電話して、いまなにが起きているのかを伝えてもらおう。絶対にそうしてもらわなければ」

彼が哀願めいた口調になったのは初めてだ。

ドアがブザーとともにふたたびあいた。今度はギゼルが憲兵隊員ふたりに連れられて入ってきた。手錠をかけられた彼女は、たったいままでグエンが座っていた椅子に座らされた。髪の毛はさきほどよりも乱れ、目の色はますます濃く深くなっている。そして肌はさらに透明感が増してきれいになっている。傷ついたガゼルのような魅力だ。カプシーヌはむしょうに腹立たしくなり、彼女を羽交い締めにして頭を揺さぶってやりたくなった。

ギゼルはパクを見たとたん、はっとしたが、すぐに嫌悪感をあらわにした。まるで彼がバスルームで気色悪いことをしているのを見てしまったような表情だ。彼女は椅子ごと後ろに退いて、できるだけ彼と距離を置こうとしている。

「マドモワゼル・デュパイヤール、あなたはこの人と交際していましたか？　あなたに対しダク・キム・チューと名乗っていた人物ですか？」

カプシーヌがたずねる。

「はい。ダク・キムです。いったいなにがあったんですか？　この人は事故にでもあったんですか？」

「殺人の容疑で逮捕されています。あなたが彼の共犯者であるかどうかを判断します。あなたが話すことはすべて速記者が記録し、内容に間違いがなければそれに署名してもらうことになります。あなたの供述調書は法廷で使われる可能性がひじょうに高いということを知っておいてください」

「ああっ！」知らず知らずのうちに彼女の頰を涙が伝う。頭のなかが真っ白になっているにちがいない。

「このあいだお話しした時、パクは〈ディアパソン〉にどんな有名人が予約を入れるのかききたがるとあなたはいっていましたね。十月二十六日の金曜日の週について、どう話しましたか？」

「ええと、その週はジョルジュ・ルプリウルが来店しました——あの巨漢の映画スターです。予約は八時にテーブルをひとつということでした。いつもとても騒々しい人ですが。シェフは彼のことが大好きで、厨房のなかまで案内します。それから、ええと、グラゼーラ・カモンイスというブラジル人のスーパーモデルも来店しました。身長が百フィートくらいある人です、来店するたびにわたしに話しかけてくれます。それはそれは美しい人です。それだけです。あ、待って、うっかりしていた。ドゥラージュ社長も、もちろん来店しました。それであんな騒動になっているのに。わたしったら、うっかりしちゃって」

「あなたはその人たちについてダク・キムに話したのですか？」

「はい。彼はドゥラージュ社長にだけ興味を持ちました。ルプリウルが誰なのかも知らなかったみたいです。てっきりグラゼーラには関心を持つかと思ったんですけど。だって彼は女の子がすごく好きで、いっしょにポルノをたくさん見たがるんです。でも全然興味を持たなかったんです。ドゥラージュ社長のことを話した時だけ、がぜん目の色が変わったわ。他の人には全然だったのに」

「目の色が変わった、とはどういう意味でしょう？」

「ですから、『彼は何時に来るんだ？』『同席するのは何人だ？』といったようなことを盛んにきいたんです。たくさんの質問をされました。質問が止まらなかった。そう……ほかにもいっていたわ。わたしに、きみは最高の女だ、格段に快適な人生をもたらしてくれたと。ドゥラージュ社長のことでそんなに興奮するなんて、不思議でした。それから、わたしを……ああ、そんなことは話す必要はないですね」

「彼はその週のメニューについてたずねましたか？」

「もちろん。それはいつもきかれていました。時には、彼のためにメニューをこっそり持ち出すこともありました。でも、ここだけの話にしておいてください。それから、メニューにのっていない〈アミューズ・ブーシュ〉についても彼に話しました。あの週は、オイスター・ソルベにレモンソースを添えたものでした。びっくりでしょう？　厨房で初めてつくった時にわたしも味見させてもらったんです。ほんとうにおいしかったわ」

「そのとおりね。で、ダク・キムはなにかコメントしましたか?」

「ええ。夜遅くて、彼はすごく酔っ払っていたんです。でもソルベについて話すと、彼はこんなようなことをいいました。『ますます、よくなってきた』とか。あの時は、わたしのことをいったのだと思いました。その直後にふたたび求められたので」

パクは壁を凝視していたが、身を起こした。

「愚かな女め。すべてでたらめだ。すべてはおまえのでっちあげだ。堕落した官僚なんかに、どうしておれが関心を持つんだ? おまえの脳みそは尻についているんだろう。だからろくなことを考えないんだ!」パクが床に唾を吐く。それだけの水分を出せることにカプシーヌは感心した。

「どうしてそんなひどいことをいうの? あんなにうれしそうなあなたを見たのは、初めてだった。レストランに入る鍵を貸してくれとあなたがいったのは、あの日だった。見取り図を描くといっていたでしょう。忘れたの?」

「おまえは魔女だ! ここから釈放されたら、ただではおかない」

パクの顔に少し血色がもどった。手に嵌められた手錠をぐっとひっぱり、必死で起き上がろうとする。喉の奥からうなり声を出し、首の血管が浮かび上がる。

「マドモワゼル・デュパイヤール、いまのところは、ここまでで結構です」カプシーヌがいう。

「じゃあ、帰宅できますか？」

「それは、まだです」

ギゼルが連れていかれると、カプシーヌは椅子の向きを変え、座ったまま両脚を伸ばし、両腕を椅子の背の後ろで交差した。ぴったりしたパンツに袖がふわりとふくらんだ白いシルクのブラウスというナポレオンのようなファッションなので、闘鶏が始まるのをいまかいまかと待っている騎兵隊の指揮官みたいだ。

「あのふたりを証人として確保するだけで、わたしたちはあなたを計画殺人の犯人として告発し有罪に持ちこむことができます。あなたには動機があった。手段があった。機会もあった。まちがいなく有罪判決を受けるでしょう。本件はひじょうに深刻な事件です。状況が状況ですから、大使があなたをここから脱出させてすませるわけにはいかないでしょう。両国のトップのあいだで合意を得ることは避けて通れないでしょうね。あなたが諜報員であるのはあきらかですが、それも明確にされます。韓国側は、フランスで有数の企業のトップの殺害に国として関与していたなどと認めたくはないでしょうね。となると、あなたの立場はどうなるかしら。彼らはスケープゴートを必要とし、それにはあなたがぴったり」

「ただちに飛行機で故国にもどれるわけではなさそうだな」

「そんなことが実現する可能性はゼロです。相当厳しい状況に置かれているのですからね。いまあなたにとってベストの選択は、自供すること。さもなければ、警官を撃った犯人として収監されるのを覚悟しなくては。このままでいたら、今日の午後にもそれが現実のこととなります」

パクはゆうに一分間ちかく、黙りこんでいた。彼の頭が徐々に胸に深く沈みこむ。ふたたび意識を失ったのではないかとカプシーヌは不安になってきた。が、ついに彼が視線をあげ、かすかにききとれるほどの声でささやいた。

「ほかにも外交官が逮捕された事件がある。どれも交渉後に本国に送還された」

「確かに、取引の余地はあるわ。でも、あなたが協力しない限り、わたしたちはいかなる取引にも応じません」

「わかった。それなら取引をしたい」

「詳細にいたるまでくわしく自供するのが条件です。わたしたちはその内容をフランス政府に伝えます。それでどうなるかは、待つ以外ないわね。ともかくあなたには選択肢はない。実行犯で起訴されたら取引などいっさいできないのだから」

パクが激しく頭をふる。頭の周囲をブンブン飛びまわるハエをふり払うように。

「もういい。わかった。わかりました。いくらでも自供する。一刻も早く本国に帰らせてくれ。早急に仕事に戻りたい。痛み止めをくれ。楽に話せるようにして欲しい」

一時間が経過した。その間、医師が呼ばれ、皮肉まじりに舌打ちしながら包帯を交換し、点滴の輸液の大きな袋の脇にあたらしい袋を四つ加えた。

「これでぴんしゃんとなる。ある程度の時間はもつだろう。押さえつけないと暴れるほど威勢がよくなるかもしれん」医師はそういって笑った。

狭い病室は警察関係者でいっぱいになった。最後にやってきたのはタロンだ。彼が加わると室内の緊張感がぐっと高まった。パクは興奮剤によく反応し、人が増えるたびに興味深そうに見ている。

「では、話をききましょう」カプシーヌがいうと速記者は姿勢を正し、タイプに取りかかれるように両手を構えた。

「おれは韓国の情報機関である国家情報院《NIS》の捜査官だ。ＮＩＳはフランスの治安総局と国土監視局を併せたようなものだ。ＮＩＳは韓国国内と海外で活動している。おれの専門は産業スパイ。かつてこの組織は国家安全企画部《ANSP》と呼ばれ、わが国の産業の情報を盗み出そうとする北朝鮮からの諜報員を閉め出すことを目的として活動していた。おれはその時代に職員になった。現在では世界でトップレベルの産業スパイ活動をおこなう機関となっている。おれは国家安全企画部で五年の訓練課程を修了し、嶺南大学校にも通い工学の修士号を取得した。韓国は外国のテクノロジーを必要としているわけではない。むしろその逆だ。だが、時には外国人がいいアイデアを思いつくこともある。そのアイデアが怠惰で無能な者たちのせいで埋もれていくのは悲惨だ。ＮＩＳはそうしたケースでしばしば活動する」彼はそこで話を中断した。「水をもらえるかな？　喉がカラカラだ」

カプシーヌがプラスチックのコップを彼の口元にちかづける。なかには薄い色の液体が、ごく少量入っているだけだ。

「お茶よ。医師の話では、水分を取り過ぎると吐いてしまうらしいから。続けて」

「前にいったとおり、今回の任務はルノーからガソリンエンジンの触媒を手に入れることだった。実行方法はひとつしかなかった。内部に協力者をつくることだ。いまどきの欧米の諜報機関は協力者を使いたがらないが、それは大きなまちがいだ。確かに、忠誠心があり大義のために命を落とすこともいとわない誠実な協力者を確保することはむずかしくなっている。イデオロギー対立の時代とは格段の差だ。だからCIAもどこも、いまではすっかりコンピューターに頼っている。容易で安全で、午後五時になったら帰宅できるからな。しかしそれですべてを得るのは絶対に無理だ。手に入れたものをじゅうぶんに理解することもできないだろう。それでは目的は達成できない。やはり協力者を置かなければ。ただ、いまは人があつまらない。金で買わなければ。採用するテクニックが必要だ。彼らが辞めようとする気配も見逃してはならない」

初めてタロンが口を出した。

「おい、われわれがこうしてあつまったのは、おまえにドラッグをサービスしてスパイについての講釈をさせるためではない。自供させるためだ。さっさと話さないか」

カプシーヌもいらだった表情で彼をちらっと見た。

「ふむ、おれは女性警官に話をしている」パクがカプシーヌに向かってうなずく。「フランスに到着し、協力者の候補を三人採用し、そのうちの一人をルノーのしかるべき部署で働かせた。しばらくは順調に情報が流れてきた。しだいに協力者が欲深くなった。ああいう連中はいつでもそうだ。重要な情報はすべて特定の部署にある。協力者はそこに入りこめない。その部署に勤務する恋人をつくり、彼女を利用して重要な情報を入手することにした。彼はその企てに対し巨額のボーナスを要求した。さらにつくり話をでっちあげて、会社の上層部が情報漏れに気づいたといいだした。プロジェクトが停止される前にいそいで重要情報を手に入れる必要があるといった。グズグズしていたら、なにも手に入れることはできないとな。情報の運び屋役の秘書を警察が尾行し、おれを逮捕しようとした。今回の件は失敗だ。おれの逮捕はまちがいだ。女性警官の頭上に発砲したのは、脅すためだった。大きな、大きなまちがい」

彼がじょじょにうなだれ、頭と胸がつきそうになる。やがて顎が胸骨につき、ゆるんだ口元から唾が垂れる。

「どうせ、芝居だ」タロンがいう。「だが、もしもに備えて医者を呼べ。警部、これはいったいどういうことなんだ？ 彼がすべてを明かす気になったから、少し快適な状態にしてやることをきみはもとめた。それで彼はささやかなトリップを経験してハッピーになり、われわれはいいように侮辱された。こいつを正気に戻せ。まともな話ができるようになったら連絡するように。これ以上、ＮＩＳの〝スパイ入門書第一章〟をきかされるのはごめんだ。いいな？」

タロンが大股でドアのところに歩いていき、いらだった様子で警備担当の警察官にドアをあけろと指先で合図する。憤りがおさまらないとばかりに小声で毒づきながら、彼は出ていった。一人またひとり、部屋から外に出ていき、カプシーヌと速記者だけが残った。
もちろん、パクも。

49

「べっぴんの女性警官が叱られた」パクが笑う。ろれつがまわっていないが、おかまいなしに続ける。「おれを撃った罰だ。しかし、きみはみどころがある。ほかのフランス人みたいに弱くない」

「いつまで続けるつもりなの。もう一度撃つわよ。さっきの真似はいったいなに？　ドラッグ欲しさのたわごと？」

「ああ。痛みがとてもひどい。雄牛みたいに見える男は気にくわない。話さなくてはならないことはわかっている。しかし、彼には話さない。いま話す。痛み止めを止めないでくれ。お願いだ」

「では、ききましょう。あなたはドゥラージュ社長を殺しましたか？」

「そうだ、おれがやった。それ以外に解決法がなかった。週末にグエンは情報を入手する必要があった。妨害が入るおそれがなければ、作業が楽になる。社長を殺せばかんたんに時間を捻出できる。リスクはない。なんの問題もない。もってこいの解決法だ」

「その週のできごとを一つひとつ検討しましょう。まずギゼルがあなたに、その週の金曜日に社長が予約を入れていると話した」

「ちがう、そうではない。まずグエンから話をきかされたんだ。会社が警備体制を強化すると彼の上司がいっていたそうだ。もちろんドゥラージュ社長の意向に決まっている。まちがいない。社長のキャリアを左右しかねないプロジェクトだからな。彼はボスの力を借りることにしたんだ。役人の力をな。そうなれば、あっという間に事が進んでしまう。そういうところは韓国と同じだ。時間との勝負だった。週末までに手を打たなければならなかったんだ」

「ドゥラージュ社長が本気で治安総局の力を借りようとしていると思った？」

「ああ。きわめて重要な、価値のあるプロジェクトだからな。ドゥラージュと政府の人間との接触を阻むためのプランはいくつも思いついた。車ではねたり路上で殺したり、だ。殺しを実行するのは難しくはない。でもそんなプランよりもはるかにいい方法を思いついた」彼がいったん話を中断して息をついた。「セクシーなギゼルは最高のレストランで働いている。彼女から、ドゥラージュが金曜日のディナータイムにレストランを訪れるときいた。完璧だ。これでわけなく片付く」

「実行方法は？」

「かんたんだ。われわれにはTZという猛毒がある、CIAがつくったものだ。ANSPの立ち上げにCIAが力を貸した時期に、われわれは大量に手に入れていた。藻を摂取した甲殻類などに蓄えられるサキシトキシンが原料だ。被害者はただちに受動的になり、やがて静かに死を迎える。音も立てずにな。同じ毒をグエンにわたし、彼のガールフレンドに与えた。ただしほんの微量だ。彼女は体調を崩してまる一日起きられなかった。そのあいだにグエンは安心して彼女の仕事場に行った。おれはドゥラージュがレストランから出てくるのを待ち受け、彼の耳の下の頸動脈に毒を注入した。ポケットにやすやすとおさまる小さな皮下注射器でな。ドゥラージュはただちに静かになった。彼を車まで歩かせ、シートに座らせた。そのまま彼が気を失うまでずっとドライブした。ははは、ブローニュの森まで行って木立のなかにいるセクシーな娘たちを見物した。最後の数時間をハッピーなものにしてやりたかった」

「なんと思いやりのあること。それから？」

「レストランまで車でもどった。ドゥラージュの片腕をおれの首にまわし、店内に連れて入った。酔っぱらい同士にしか見えなかったはずだ。鍵はギゼルから受け取っていた。あの界隈では重要な建物の警備をしている警察官がごまんといる。だが誰が見ても、レストランのスタッフが酔っ払って忘れ物を取りにきたとしか見えなかっただろう。意識のない社長を大きい冷蔵庫に寝かせて、それですべておしまいだ。レストランはいつも週末には閉まっているとギゼルからきいていたから、月曜日まで邪魔は入らないとわかっていた。それからもう一度ブローニュの森に行った。とてもセクシーな娘に目をつけていたんだ。しかし彼女はもういなくなっていた。しかたがないからギゼルのアパートに行った」

「彼女にとっては幸いだった」

「そのとおり、彼女はハッピーだった。社長を排除してしまえば、後はすいすい行く。とてもうまくできた計画だった。二週間、手を尽くした。しかしグエンはコンピューターに侵入することができなかった。パスワードを突き止められなかったんだ。無能な協力者め。そうこうしているうちにプロジェクトが中断して軍に移されることになった。おれの後任は苦労することだろう。やれやれ」パクが冷ややかに笑った。

50

アルミ製の枠にガラスが嵌まった飾り気のないドアをあけてカプシーヌがあわてて入っていく。

また遅刻だわ。彼が腹を立てていませんように。

素っ気ない内装の狭い待合室に入って彼女は急停止した。黒っぽいビジネススーツを着た地味な男性が部屋の隅の小さな台を離れ、心得顔でかすかに笑みを浮かべ彼女にちかづいてくる。彼女が名乗ると彼はうなずき、先に立って廊下を歩き、広いダイニングルームに入っていく。これまた、平凡な内装だ。こうして〈ティレル〉を訪れるたび、カプシーヌは心のなかでつぶやく。三つ星レストランとしての名声をほしいままにしている店だというのに、なんとまあ素っ気ないこと。

それでもこのダイニングルームにはカプシーヌの思い出がたっぷり詰まっている。家族でお祝いをする時にはかならず〈ティレル〉と決まっていた。ずっと昔から、節目節目にカプシーヌはここでお祝いをしてもらった。誕生日、バカロレアに合格した時、パリ政治学院を卒業した時。さらにアレクサンドルがカプシーヌの両親を招いて結婚を申しこんだ記念すべきディナーもここだった。彼が彼女の両親をここに招待したのだ。最高の女性にプロポーズするには最高のレストラン以外考えられないと力説するアレクサンドルにカプシーヌの母親は忍び笑いをもらし、父親は眉を寄せた。娘にはもっとふさわしい結婚相手がいるはずだという憤懣やるかたない思いを、すばらしいディナーがときほぐしてくれた——が、完全に消え去ったわけではない。

なんの変哲もないカーペットと黄褐色の壁という内装のダイニングルームは着古したカシミアのセーターのような温もりがあり、なんともいえず心地いい。カプシーヌは自分の誕生祝いの食事の席に向かう幼い少女のように心弾ませて、向こうの隅にいるアレクサンドルとジャックのほうに歩いていく。でも浮き浮き気分に水を差すように、注意信号がともる。うっかりしたら両親のように安逸をむさぼる人生に引きずりこまれてしまいそうで、カプシーヌはどうしても警戒心を捨てることができないのだ……日頃威勢のいいことをいっているアレクサンドルも、しょせんはそちらの側にいたいのだろうか？　テーブルに到達する頃には、わくわくとした気分がほとんど消え失せ、それがなぜなのかをじゅうぶんに理解できていなかった。

ジャックとアレクサンドルはかなり盛りあがっている。ドン・ペリニヨンのボトルは、なんとすでに四分の三がなくなっている。ふたりはフルートグラスで乾杯しながら椅子から腰を浮かした。

「きみの大成功を祝して」アレクサンドルがいう。

「あら、お祝いという名目なの？」カプシーヌはきつい口調になる。「てっきりジャックが新しいネクタイをみせびらかそうとして呼んだのかと思ったわ。なにしろこの人には交際費という底なしの井戸があるから。お祝いなんて、見え透いたいいわけでしょう」

彼女は脅すようにアレクサンドルを見た。相手が夫でなければ、かなり無礼な表情だった。

ジャックはその場の空気をまったく読まず、じつに爽やかな調子でカプシーヌにたずねた。

「おお、気に入ってくれた？　それはうれしいな」

そして〈エルメス〉のネクタイをピンと弾いてみせる。サーモンピンクの地に青と黄色の蝶が一面にひらひらと舞っているネクタイは、秋の新作のなかから彼が選りすぐったものだ。

「とってもゴージャス。身分を隠して任務につく時には、くれぐれもそれを着けていこうなんて思わないことを祈るわ」

ジャックがくちびるをきゅっと結んでわざとらしくふくれっつらをする。

「いとこよ、本来であればきみの顔面にぼくがロールパンを投げつけるのがふさわしい状況だが、こういう由緒ある場だからそれをまぬがれる、と思っているのだとしたら、それは勘違いだ」

彼はロールパンをひとつ取りあげて、威嚇するように振りかざした。ひょっとしてこのふたりはべつのシャンパンのボトルをとうに空っぽにしているのかしらとカプシーヌは思った。

「それに」ジャックがしおらしい声で付け加えた。「その気になれば、ぼくはたちまち人目につかない存在になれるんだ」

「さあ、子どもたち、お行儀良くしなさい。ちゃんとした席なんだから。こうしてあつまったのは、真にあっぱれな偉業の達成を祝うためだ」アレクサンドルが仲裁するように言葉を挟んだ。

カプシーヌがアレクサンドルにちらっと向けた表情は、さきほどよりも一段と厳しい。

「最高の刑事を祝福するには最高のレストランがふさわしい」芝居がかった口調でアレクサンドルが続ける。「このような機会に、これ以上ふさわしい場所はないね」

「なんだか聞き覚えのあるせりふね」カプシーヌが応じた。

ジャックが奥歯を嚙みしめ、悲壮な表情を浮かべている。

「親愛なるいとこよ、ここの勘定はぼくの交際費とはまったく無関係だ。いずれにしても、局長が〈ティレル〉の勘定を認めるはずがない。今日はアレクサンドルのおごりだ。どうやら自腹を切るらしいぞ。ぼくを誘ったのは、狂言回し《コミツクリリーフ》をさせるためではないかと睨んでいる」

カプシーヌはジャックを無視してアレクサンドルにつっかかった。

「いったいどういうつもり？　アルセーヌ・ルパンでも気取っているの？　もしそうならシルクハットとたっぷりのワックスで整えた口ひげが足りないわよ」

「おいおい、わたしは百パーセント真面目な気持ちだ。きみはみごとな成功をおさめた。それを祝うのにふさわしい場所はここ以外にないと、心底そう思っているよ」

カプシーヌのいらだちがすうっと消えて、気持ちが穏やかになっていく。アレクサンドルにはこういう不思議なリラックス効果がある。それに、いらだちの原因は両親のライフスタイル云々ではないということにも気づいた。けっきょくカプシーヌ自身、事件の究明にこぎつけたという実感がないのだ。事件は自動的に解決したようなものだ。

「〈ティレル〉と同列に並べられるなんて、畏《おそ》れ多いわ。でもとにかく、あの気難しいタロン警視正も今回の事件解決には満足しているみたい」

「満足？　それどころかいたく感動しているはずだ。きみはまぎれもなくメグレ警視だよ」

アレクサンドルがいう。

ようやく落ち着いた雰囲気を取り戻したと感じたジャックがシャンパンを最後まで注ぐ。それを見てソムリエがあわてている。ジャックがアレクサンドルを責めるように指を振る。

「それはいい過ぎですよ。いわれたほうはたまりませんよ。ベルギー・ビールをがぶがぶ飲んで、大食漢で、大きな腹で、口からパイプを放さない男とカプシーヌは似ても似つかないでしょう？」

アレクサンドルがうれしそうに笑う。「そういう意味ではない。ジョルジュ・シムノンが自作の登場人物に与えたすばらしい能力を自分の妻が備えていることが誇らしい、そういうことだ。人間の深遠な部分までしっかり見据えると共に、自分の直感を信じる強さがある」

「すてきな褒め言葉ですね。しかし、あの肥満体の警視のモットーは、〝わたしはなにも知らない〟ではなかったかな？　われわれの親愛なるカプシーヌは、かなり早い時期から殺人犯の正体の見当がついていたようです。それをさりげなくちらつかせていた。色気のないべリーダンスみたいにね」ジャックがいう。

「確かに、いくつか考えていたことはあるわ」カプシーヌはようやく楽しい心地になってきた。

「ということは、あの不愉快な男を逮捕するよりずっと前から、犯人は韓国人だと睨んでいたということか?」アレクサンドルがたずねる。

「最初からわかっていたわけではないわ。でもドゥラージュ社長の秘書のクロティルド・ランクレー・ジャヴァルが関与していると突き止めた瞬間、鮮明なイメージが浮かんだの」

ソムリエがシャンパンの新しいボトルを持ってあらわれ、ほとんど音を立てずにコルクを抜いた。こればかりはアレクサンドルにも真似ができない技だ。

「トラッグ社の陰謀説が消えると、べつのスパイ組織の関与を疑うしかなかった。それがアメリカの組織である可能性は、トラッグ社の諜報員が事情聴取で否定したわ。日本の組織でもない。ルノーはニッサンと提携しているのだから無茶なことはしないはず。ドイツやイタリアの組織という線も考えにくい。どう見ても彼らのスタイルではない、というのが理由ね。となると残っているのは? そう、韓国の組織。ほらね《ヴォワラ》!

メグレならこんなふうにいうでしょうね。手がかりとなったのはムクゲだ、と。あのいけすかないグエン・シャプリエがいつもクロティルドのデスクに置いていた花よ。ムクゲは韓国の国花なの。といっても、わたしは今朝それを知ったばかり。そうそう、メグレならダク・キムというパクの偽名はベトナム語で『自力で習得した知識』という意味だと説明するでしょうね。パクはそういうところで教養をひけらかそうとしたのよ。けっきょくそれも、彼の虚栄心のあらわれなのよね。ああいう傲慢な自我の持主のやりそうなことよ」カプシーヌはそこで話を中断して思案し、また続けた。「そういう傲慢な自我こそ彼の商売道具だった。相手と親密になって共依存の関係をつくるには、もってこいの道具」

「ジャック、こういう心理学的な解説はサンジェルマンのカクテルパーティーでは受けるかもしれないが、治安総局でも通用するのかな？」アレクサンドルがたずねる。

「ええ、もちろん。諜報活動というのは、心理的な弱みを利用することに尽きますからね。ぼくが教わったのは、過去の忌まわしい時代には、自分の政治信条を貫くために進んで拷問を受ける人間がいたそうです。しかしいまやそんなイデオロギーは過去の遺物となり、誰かを操りたいのであれば、ほんものの神経症を探さなくてはならない。そして相手を利用するには、自分自身が神経症である必要があるんです」ジャックが甲高い笑い声をあげる。

「パクの犠牲者を見ればわかるわ」カプシーヌが続ける。「まさに犠牲者という表現がぴったりなの。クロティルド・ランクレー・ジャヴァルは決してお金に目が眩《くら》んだわけではない。彼女がまんまと彼の術中にはまったのは、夫と同じタイプの性格だったから。どうしようもなく自己中心的で支配的な性格。パクはただ、彼女の夫が残した共依存関係の穴を埋めただけ。彼女にとってお金は、自己正当化のために重要なだけで、それ自体が動機ではなかった」

「じつに典型的なパターンだ」ジャックがいう。「そしてきみの洞察力は本物の諜報員にひけをとらない」

「それからギゼル・デュパイヤールの衝動的な性行動は、典型的な自己愛性人格障害からきているものなの。彼女は共感を覚えることができないし、人と成熟した絆を築くことができない。仕事の場などでは魅力的に見えても、内面はつねに空虚でびくびくしている。そんな彼女は冷酷な力に支配されることを求めていた。自分の人格を無視するような人物をね。パクはその条件を完璧に満たしたの」

「そう、これもまた典型的なステロタイプだ」ジャックがいう。

「残念だな。彼女はじつに楽しい人だったのに」アレクサンドルだ。「そしてグエン・シャプリエという人物も自己愛性人格障害だった。そうだね？」

「いいえ。彼は、警察ではおなじみのタイプ。どう考えても理由がなさそうなのに、人格に深刻な欠陥を抱えている。たいていの場合、強い特権意識があるの。彼も例外ではないわ。自分は高い報酬を得て当たり前と考え、チャンスに飛びつく。そしてうまくいかないと政権力を目の敵にする。プロの泥棒というのは大部分がこういう心理的構造の持主ね」

「精神医学はもうお腹いっぱいだ。きみの事件の話にもどろう。ドゥラージュ社長を殺したのがパクだと気づいた理由は？」アレクサンドルがたずねる。

「それはかんたんよ。彼がボロを出したの。自分は単なる産業スパイとして任務を果たしているだけだと彼はもっともらしい説明をしたわ。でも事情聴取のとちゅうで彼が口を滑らせて、社長の死にはカキの毒が関係しているといったの。そのことは、わたしたちが公表した内容には含まれていなかった。そして殺害には、店の関係者が関わっていることはあきらかだった。ギゼルのようなタイプは、まさにパクの餌食《えじき》になりやすいの。彼の動機さえわかれば、レストランと彼を結ぶ接点として彼女以外は考えられない」

「では、ドゥラージュ社長は運がよければ、命が助かっただろうか？」アレクサンドルがたずねる。

「それは無理ね。パクはなにがなんでもドゥラージュを殺すつもりだった。彼には罪の意識などかけらもないし、とにかく数日間ドゥラージュを排除する必要があった。パクは、自分の任務を達成するまであと少しだと手応えを感じていた。でも月曜日になれば、もはやアクセスできなくなるだろうと予想した。だからなにか手を打つしかなかった。ドゥラージュが〈ディアパソン〉でディナーをとるとギゼルからきき出したのは、彼にとってまさしく幸運だった。彼には殺人を企てる便利な手段があり、おまけに事故死に見せかけるチャンスも手に入れた。彼から直接きいた話では、元々の計画では、ドゥラージュの自宅の玄関前に置き去りにするつもりだったらしいわ。そのとおり実行していたなら、ほんとうに食中毒として処理された可能性は高かったでしょうね。でもまだドゥラージュには意識があった。パクは、ドゥラージュがいずれ死ぬとわかっていたけれど、どこかに放置したまま救助され、彼が真相を話してしまう可能性を残したくなかった。かといって死にかけている人間をのせて一晩中運転するリスクも冒したくない。そこへいくと冷蔵室は理想的だった。おまけに、ギゼルの鍵もあったというわけ」

「死にかけている人間を冷蔵庫に閉じこめるとは、なんと残忍な行動だ。パクは、良心の欠片もないのだな。奴はこれからどうなる？」アレクサンドルがたずねる。

「それに関してはわたしよりもジャックのほうがくわしいわ」

ジャックはふたたび舞台に登場したよろこびに顔を輝かせた。

「最初のやりとりでは、局長は予審判事からこの事件を取り上げたんです。パクは外国人の諜報員ですから国家的犯罪行為とみなされ、刑事問題としては扱われなくなる。わが国政府と彼の国の上層部のあいだで話し合いがおこなわれたんですが、もちろん相手は否定しました。ただ、パクが自国の諜報員であることは認めたんです。彼らの主張は、パクが合法的な任務をおこなっているさなかに発狂した、だから自分たちの責任ではないというものでした。じっさい、彼らはわれわれにパクを裁判にかけてくれといってきましたよ。それで事態を曖昧な決着に持ちこもうとしたんです。われわれが彼の刑期を五年だか十年にするといえば、不平はいわないという態度でした。われわれは却下しましたが、彼らはさほど気にする様子もなかった。とうにパクを切り捨てていたんでしょう。ただただマスコミの批判だけを怖がっているのだとわれわれは睨みました。そこで事件のファイルを予審判事のもとにもどし、パクは外交特権をすべて剝奪されて裁判にかけられることになりました」

「そうね。確実に有罪判決がおりるわ。無期懲役で仮釈放の可能性はゼロでしょうね」

「そして他の者たちは？」アレクサンドルがきいた。

「ルノーはグエン・シャプリエを民事と刑事両方で告発したわ。知的財産がからむケースは、横領よりもずっと扱いがむずかしいの。盗まれたものの金銭的価値をはかることに法廷は慎重だから。といってもこの事件の場合は、まちがいなく巨額に相当するわ。予審判事の見こみでは、懲役十年の有罪判決がおりそうね。もっと長いかもしれない。さらに民事訴訟では、すでに持ち出された情報の価値が問題となる。複雑な訴訟になるでしょうね。ムッシュ・シャプリエは出所して働くことになっても、お給料の大半を支払いに充てなくてはならない。おそらく破滅するでしょうね」

「それからふたりの女性は？」ふたたびアレクサンドルだ。

「ギゼルはおとがめなしだと思う。むろん仕事はクビになっているけれど、刑事責任を追及されることはないでしょう。単にレストランのスパイに協力していただけなのに、じっさいにはべつのスパイだったというだけで、それのなにが悪い、というのが浅はかな彼女のいいぶんなの。彼女は解雇されたことに憤ってラブルースを労働審判所に訴えたわ。ラブルースは激怒していた」

「気の毒に。それにしても、もうギゼルはあの店にいないのか！　なんと残念なことだ《ケル・ドマージュ》！　それで、ドゥラージュの秘書はどうなった？」

「ルノーはクロティルドに対してとても寛大な措置を取ったわ。もちろん、このまま彼女を会社に置いておくわけにはいかないけれど、彼女が辞職するのであれば、告発はしないと決めたそうよ。彼女ならどこかの大企業の社長秘書の口が早々にみつかるでしょうね」

「そうか、そういうことか。これで一件落着だ。それも、すばらしい決着がついた！　では休暇を取ろうじゃないか。マラケシュに行こう！　このひと月というもの、夜になると電話が鳴るか、きみが外に飛び出していくかのどちらかで、まるまる一晩邪魔されずに過ごした日はなかった」

「そうあわてないで、すてきなダンナさま。まだ解決していないことがひとつ残っているの。決着をつけなくては。じつのところ、それがいちばんやり甲斐がありそう」

51

むっつりとして口数の少ないメイドがカプシーヌを室内に案内する。メイドは洗いざらしの清掃用のスモックを着て、くたびれたスリッパを履いている。居間に入ると、なにもいわずカプシーヌひとりを残して出ていった。ギヨムがあえて待たせるだろうと予想はついていたので、カプシーヌはうろうろと歩きまわった。前回と同様にキネティック・アートがカタカタと耳障りな音を立てている。機械仕掛けの昆虫の巣みたいな彫刻だ。いらいらする大きな音を出す彫刻の周囲をカプシーヌは歩いてみた。いらだちを抑えながら一周、二周、三周して注意深く眺める。とつぜん彼女が足を止め、人さし指を伸ばして小さな半球状の突起をそっと撫でた。ほんのかすかにふれただけなのに、小さな突起は激怒したみたいに機械のなかに引っこんでしまった。機械が大きな音を立て、それきり静かになった。部屋が不気味なまでの静寂に包まれる。

ギヨムが飛びこんできた。

「いま、いったいなにをした！　これは止められないはずだ！　止まるようにはつくられていない！　どうして止め方を知っている？」

「たやすいことよ。この小さいものにふれただけ。ほら！」カプシーヌがよろこんでいう。「おかげでこのしゃくにさわるものが静かになったわ」

「どうやって見つけたんだ!?　わたしは何年も前からこの彫刻を所有しているというのに。そんなレバーがあったとは一度も気づかなかった」

「この彫刻は執拗なまでに対称的ですよね。あの小さな突起はまちがった場所から突き出ているわ。あそこにあるのはどう考えてもおかしい。同じ理由から、わたしはあなたを迎えに来ました。同行してもらって訊問するためにね。あなたという存在は事件のまんなかに突き出して対称性を壊していたわ」

ギヨムが語気を荒げた「しかし、あなたたちは韓国人スパイを殺人犯として逮捕したはずだ。あなたは頭がいかれている！　わたしを逮捕などできやしない。バカな真似はやめろ」ギヨムは彫刻を守るように、後ずさりして叫んだ。「ひとりにしてくれ。出ていけ」

玄関ホールで待機していたモモとイザベルが、大声をきいて静かに部屋に入ってきた。イザベルはギヨムにちかづいて彼の前腕をそっとつかむ。「同行してもらいます」

「行くものか！　手を放せ。出ていけ！」

ギヨムはもはや自制がきかない。身をよじって腕をはらいのけ、彫刻の後ろに駆けこんだ。イザベルがゆっくりと追い、落ち着かせようと声をかける。

「ちかづくな」ギヨムが悲鳴をあげる。そのまま彫刻の後ろをまわって反対側から飛び出し、まっすぐ走る。その先にはモモが黙って待ち受けていた。モモは突進してきたギヨムのいきおいを利用して滑らかな動作でくるりと彼を後ろ向きにして腕をねじりあげ、用意していた手錠を手首にカチッとかけた。そして優雅といってもいいくらいのしぐさでもういっぽうの腕もひねり、しっかりと手錠をかけた。


　警視庁に連行されたギヨムはセーヌ川の水面よりも低い部屋に入れられた。彼は逆上し、金属製の椅子に彼をつないでいる手錠を引きちぎろうとして手首に深い切り傷を負った。手錠は外され、手首に包帯が巻かれた――「たぶん縫う必要があるが、知ったこっちゃない」医師はチェッと舌打ちした。ギヨムの両腕は粘着テープで椅子につながれた。つかの間おとなしくしていたギヨムは、ふたたび自由になろうともがきだした。椅子に座ったままガタガタさせ、荒々しくグルグルまわり、そのあげく倒れてしまった。がっちりした体格の制服警官ふたりが彼の身体を抱えあげて無理矢理椅子に座らせ、かがみこむようにして彼の両肩を押さえつけた。警官たちは息を切らせている。

　モモは大はしゃぎだ。

「いいね！　この男は最高だ。ポラロイドを持ってこよう。この壁に写真を飾ってやる」

　医師がカプシーヌの耳元でささやく。

「お望みなら、精神安定剤《バリウム》と抗精神薬《ハロペリドール》を混ぜたものを彼に注射できる。すぐにおとなしくなるだろう。眠気に襲われて静かになり、よくしゃべるようになる。むろん、その供述はどれも法廷では通用しないが。そんなことはよくわかっているね」

「その部分についてはどうぞご心配なく。どうぞ、彼に打ってください」

注射はかなり効果を発揮した。ギヨムの悲鳴があまりにも大きかったので、隣の部屋にいた二人の巡査部長が心配そうな顔で見にきたほどだ。しかし五分もたたないうちにギヨムの頭はがっくりと落ちて胸のあたりにくっつくほどになった。顔には少年のようなかすかな笑いを浮かべている。

「話をする気になった？　話すまでここからは出られませんよ。わかっているわね」

カプシーヌが母性に満ちた声でやさしく語りかける。

「わたしの関与を、なぜ気づかれてしまったのかわからない。きみはみかけによらず優秀だ」

「そんなことないわ。ただ、あなたとわたしとではまったく逆方向に頭がはたらくというだけ。その点は刑事としてはどうかと思うけど。あなたが車を見る時にはロッドやピストンといった一つひとつの部品や技術的な面を見る。わたしが自動車を見る時には、ひとつのものとして見ている。部品があつまってできあがった全体をね。あなたは理論的分析に長けている。その点ではとうていかなわない。でもさいわい、わたしは直感的に結論を出すことが得意なの。おかげで、あなたの彫刻からほんの少し余分に突き出したレバーをはっきりと認識できた。あのせいで全体のバランスが損なわれていた。わかります？」

「それで、きみをわたしに引き寄せたのはどんな突起だったのだろう？」

「ああ、それは社長です。あなたという存在がいなければ、社長がこの事件に巻きこまれることにはならなかった」

「いわれていることの意味がちゃんと理解できているかどうか自信がない」ギヨムはとろんとした口調だ。いまにも眠りに落ちてしまいそうなけだるさに襲われている。

「その前に、あなたがどう関与したのか、きかせてもらいたいわ。そうしたらわたしも説明しましょう」幼い子を寝かしつける母親のようなやさしい声だ。

「話すことなど、たいしてない。ほんとうだ」ろれつがまわっていない。「ティフォンはわたしのプロジェクトだった。ロケット燃料こそ自動車のあり方を一新するものだという可能性に目をつけたのがわたしだ。その可能性を理解していたのはわたし以外にいない。業界を建て直すチャンスだった。それがなにを意味するかわかるか？　欧米の経済の基盤の再活性化につながる。あらゆるものが新たなスタートを切ることができる」彼はふたたび興奮してきた。カプシーヌは彼の肩にそっと手を置く。

「ドゥラージュ社長があまり関心を示さないことは、ひじょうに早い段階からわかっていた。彼の頭にあったのはグローバルな提携関係を結ぶことだった。すでにルノーは日本と手を組んでいた。まぬけなアメリカ人どもと提携するというもくろみもあった。真のグローバルな自動車産業を構築するのは自分だと、おそらくドゥラージュ社長は自負していたのだろう。彼は政治家であってエンジニアではなかった。交渉を成功させることにやり甲斐を感じ、ものづくりやテクノロジーには愛着などない」ギヨムは押し黙る。興味が失せたような表情だ。

「それでなにが起きたの？」

「なにが？　……そう……彼はもちろんプロジェクトに資金を出した。しかし熱中はしていなかった。それはあきらかだった。だからわたしはおそれていた。プロジェクトが成功して実用化にこぎつけるようなきざしがあれば、ドゥラージュ社長はかえって危機感を抱くのではないかと。彼がせっせと励んでいる交渉の必要性がなくなってしまうからだ。具体的にドゥラージュ社長がどういう対応をするのかは見当がつかなかった。しかしどう考えても、彼のもとではティフォン・プロジェクトは永遠に日の目を見ない。そうとしか思えなかった。とにかく心配で心配で。気になってしかたなかった」彼の声が小さくささやくようになる。

カプシーヌが揺さぶると、彼がハッと目をさまして顔をあげた。

「あなたにはわからないでしょうね、マドモワゼル。わたしは理工科学校《ポリテクニーク》で教授から教わったんです。ハムエッグの朝食に豚と鶏がどう貢献しているかという寓話を。雌鳥は卵を産むという形で貢献している。いっぽう豚はひじょうに献身的に貢献している。なぜなら命を捧げているのだから。教授はそのどちらの貢献のしかたも認めた。だが雄鶏だけはちがう。チームのなかでまったく存在価値がない。雄鶏は横柄な態度で歩きまわり、鳴き声をあげ、なんの価値もプラスしない。ドゥラージュはその雄鶏だった。わかりますか？」

「わたしの考えをここで明言するのは控えます。それで？」

「もちろん、わたしは彼らにアプローチした」

「誰に？」

「KAMAです。韓国自動車工業会だ。しかもデトロイトのモーターショーで。散々だった！　ＫＡＭＡの会長がいたから仕方なかった。しかしひどい目にあった。ミーティングの時にスタンドでソーセージを出されるとは。彼らは気が利いたことをしているつもりだった。スタンドをショールームのなかにごとごと引いてきた。よりによってホットドッグだ！　細長いロールパンにシュークルート・ガルニ（ザワークラウトに豚肉やソーセージを盛りつけた料理）が挟んであった。いかにもゲルマン民族が好みそうだ。食べようとしてもロールパンからなにもかも床に落ちてしまう。ひどい吐き気をおぼえた」彼はそれっきり黙ってしまった。医師は少々気前よく薬を処方して注射したようだ。

「韓国人に話したの？」カプシーヌが催促した。

「そう……それがいちばん妥当な選択だった。彼らは必死でライバルを追い抜こうとしていた。会長にティフォン・プロジェクトについてほのめかすと、大変に興奮していた。彼のプライベートジェット機にのせられてソウルまで行った。ルノーを辞めてすぐに韓国に来て欲しいと懇願された。わたしはすぐには首を縦にふらなかった。わたしの望みは自分で製造会社を興してトップに立つことだ。もちろん、かなりの割合の株を所有する。長い交渉をおこなった。彼らは〝大筋〟は同意した。しかし〝大筋〟だけだ。あくまでも〝大筋〟を」

「それで？」

ギヨムの表情がスローモーションで変化し、鋭く狡猾な顔つきになった。

「わたしはしだいに疑いを抱くようになった。彼らにとってわたしという存在など二の次で、ティフォン・プロジェクトさえ手に入れられればいいのではないかと」そこで彼はカプシーヌにやりとして見せた。「彼らにいいように利用されてたまるものか。正式に契約書を交わすまでは、技術についてはいっさい教えるつもりなどなかった。が、その後もいっこうにらちがあかなかった。彼らは約束だけはする。約束はするのに、それを契約書にして署名しようとしない。いつまでたっても、なにも進まなかった。なんにもだ。まったくなにも……進まない」

「しっかりして！」カプシーヌがぴしゃりと強く叩いた。

「あ、ああ」彼は頭を持ちあげ、そのままの状態で話を続ける。「そう、やがてわかってきた。わたしはからかわれているのだと。だからＫＡＭＡの会長に、わたしは降りると話した」

ギヨムがそこで中断する。狡猾そうな表情は消え、穏やかな表情になっている。年齢よりもずっと若い。そこにあるのは、傷ついた幼い少年の表情だった。

「自分が欲ばっていたことに気づいた。多くを求め過ぎた。危ないところに足を踏み入れてしまっていた。わたしはヒーローだと自分で思うだけでは飽き足らず、世間に認めさせたがっていたんだ。しかし韓国との話がまとまらなければ――韓国人の手強さを嫌というほど思い知った――わたしは祖国の裏切り者という烙印を押される。それで」彼がいきなり顔を輝かせた。「それでもう話し合いには応じないと宣言した。するとどうだ《ヴォワラ》！」彼がいきなり笑いこけた。「とたんにごたごたが始まった。いまさらわたしの一存で白紙にもどすわけにはいかないと彼らはいいだした。彼らはＮＩＳの課報員を任命して、わたしが明かさなかった情報を入手することにした。彼らがなんといったかわかるか？　わたしを役立たずだと罵ったんだ！　そして彼らは言葉どおり実行した！　オフィスに韓国人から電話がかかってくるようになった。諜報員だ。装置を仕込んだと告げられた――確かにそういう言葉を使った。その装置を使えば、社内の秘密のデータをすべて抜き取れるといって彼は笑った。何度も何度も電話してきた。順調にはかどっていると必ずわたしにいうんだ。必要なデータをほぼすべて入手したと。まもなくここを出るから、わたしひとりが残されるという。『あなたの協力に感謝します』とまでいわれた」

長い間があった。ギヨムはまばたきもしないで床を見つめた。

「どうにかしなくてはならなかった。彼らはきっとやってしまう。ティフォン・プロジェクトを実行に移し、わたしを泥棒呼ばわりするにちがいない。それでまんまと告発を逃れるつもりだ。だからこっちも賢く立ちまわった」ギヨムが自己満足の表情を浮かべる。

「しょっぱなは対応をまちがえたが、みごとに脱出したというわけだ。ソウルでR＆D会議が開催された際に、触媒がすでに完成しているという噂を流してやった。もちろん、それとわからないように。口の軽いプレス担当者ふたりに話した。数時間のうちに会場全体に噂が広まった。みごとなものだ。完璧だった。いったん噂が広まれば、あのいまいましい連中のことを当局に訴えて懲らしめてやれる。なんといっても、わたしが告発されるおそれがないのがいちばんだ」彼が同意を求めるようにカプシーヌを見上げる。「みごとなものでしょう？」

「おみごとね」カプシーヌは幼い子どもに話すような口調だ。「それからどうなったの?」

「完璧だった。ドゥラージュ社長に、ソウルで噂が飛び交っていると話した。社長は政府のトップレベルに相談すると決めた。これでわたしは安泰だ。ただ……ただ……」

「ただ?」カプシーヌがうながす。

「ほんの少しだけ軽率だったかもしれない。ついほっとして、ほのめかしてしまった。いや、ほんとうにほのめかしただけだ。部下にね。あの能無しのヴァイヨンに——彼のこと、憶えていますか? とても厄介な問題があったが無事に解決した。ドゥラージュ社長はティフォン・プロジェクトのセキュリティを強化する意向だと。ヴァイヨンは感情的になってわたしを質問攻めにした。つぎからつぎへと質問をした。しかし彼に話したことはまちがっていない。絶対に、まちがってはいない。わたしはヴァイヨンの助言者だったのだから。彼と共感したいというのは、ごく自然な気持ちだ。そのことに関してなんの落ち度もない。そうですよね、まちがっていませんよね」

「もちろんです」カプシーヌはいう。「それはあきらかです」

ギヨムは幸せそうに微笑んだ。「やっぱりね。あれでよかったんだ」

「でもドゥラージュ社長が殺されたと知って、なにを考えましたか?」

「なんらかの手段で韓国のスパイが殺したのだとピンときた。とにかく凶暴な連中だ。あなたには想像もつくまい。でも、だからどうだというんだ? わたしのせいではない。ちがいますか? 彼らとわたしのつながりは、なかったことになっている。彼らがやりたいようにやっているだけだ。わたしはもはや関係ない。そうでしょう？　わたしはやるべきことをやり遂げた。ティフォン・プロジェクトを救って〝フランスの栄光〟を守り抜いた。これは控えめに見積もってもレジオンドヌール勲章に値する勇敢さだと自負していますよ」

カプシーヌは苦い味が口のなかに広がり、それが全身に染みわたっていくのを感じた。

「でもドゥラージュ社長の死に加担してしまったという良心の呵責は感じませんか？　なんといっても、あなたとドゥラージュ社長は長年、仕事上で密に接してきたわけですから」

ギヨムが食ってかかった。

「良心の呵責？　バカなことをいってはいけない。彼が犯した罪がどれほど大きなものか、わからないのか？　製造業の使命はものをつくることだ。よりよいものをひたすらつくり続ける。ところが彼は百年に一度の画期的な発展のチャンスを放置しようとした。彼の野望は書類の帝国をつくりあげることだった。そういう人物は業界にとって悪の根源だ。良心の呵責だと!?　冗談じゃない！」

薬の効き目が切れたかと思われたつぎの瞬間、それを埋め合わせるかのように強烈な効き目を発揮して、彼は眠りに落ちた。顎を胸につけ、満足げな笑みを浮かべたまま静かにいびきをかきだした。

エピローグ

ほぼ一年後の八月の下旬。夏はあと数日で終わりを告げようとしている。夏のベストシーズンは正式には十五日で終わり、パリジャンたちが毎年恒例の五週間のヴァカンスからぽつぽつ戻ってくる。彼らにとってこれは当然の権利であり、ヴァカンスのない人生など考えられない。おたがいに日焼けを見せびらかし、夏のあいだの冒険をそれとなく自慢する。どれほど大胆に恋と食と文化を追求したのかをほのめかす。そしていつまでも秋が来ないように、重い責任を課せられる日々が訪れませんようにと祈る。

アレクサンドルとラブルースは、マレ地区の端のブール・ティブール通り沿いのレストランにいた。シャビーシックの店の窓際に置かれた長いテーブルに向かっている。サンジェルマンから繰り出した人々がこの界隈までやってくる。〈マリアージュ・フレール〉でとんでもなく高い値のついた紅茶を買う彼らに、黒いレザーのライダーズジャケットを着たゲイたちが揶揄するような視線を向ける。アレクサンドルとラブルースがいるレストランの名は〈ル・ヴェール・キ・フュイ〉——「逃げるコップ」あるいは「漏れるコップ」という悲観的な意味にも取れる。店内の壁一面にはかつてライバルとして競い合った難解な作家たちの風刺画が描かれ、すっかり色あせている。ひとけのないカウンターの向こう側ではパリっ子らしくない肉感的な女性バーテンダーがグラスを磨いている。なにかを思い出しているのか、かわいらしい笑みを浮かべている。レストランのいちばん奥には金髪のヤギ髭を生やした男が陣取り、赤ワインのボトルを傍らにおいて原稿を直している。大げさな身振りで言葉を線で消すたびに怒りとも愚痴ともつかない言葉を吐く。彼が大きな声を出すたびに女性バーテンダーが心配そうな視線を彼に向け、それからまた自分だけの世界に浸って微笑みを浮かべる。

こうしてアレクサンドルとラブルースが再会するまで十カ月以上が過ぎていた。ふたりは暑い午後、たっぷりと時間をかけて飲み、それからどっしりとした食事で満腹になろうというプランを立てていた。たとえば厚くスライスしたフォアグラに、ラムのもも肉を七時間じっくりと煮こんだものを。

彼らのテーブルからは狭い通りが見渡せる。午後の遅い時間帯とあって、ほとんど人通りがない。パステルカラーのポロシャツとくしゃくしゃに加工した麻のパンツを着た若い男性がクラシックなダッチバイクに乗って滑るようにやってきた。驚くほど細く中性的な彼は日差しを浴びてきらきら輝いている。店のなかをしげしげとのぞきこみ、ラブルースとアレクサンドルにつんとした視線を向けて、ふたたびけだるそうにペダルをこいでいく。

再会の場にはあえて三つ星レストランを選ばなかった。レストラン評論家と著名なシェフが顔をそろえれば、スタッフはかしこまった表情をとりつくろってもふたりに注目し、せっかくの再会をおちおち味わっていられないだろう。〈ル・ヴェール・キ・フュイ〉では、彼らの素性が気づかれるおそれはまったくない。ただ、見る人が見ればアレクサンドルが文筆業であることはわかるだろうが、ここでなら心置きなく過ごせる。

「ひどいときいたが、どうなんだい？」アレクサンドルがたずねる。

「ニューヨークか？ いや。まったくひどくなどない。なんといったらいいかな。とにかくすごくスピードが速い。考えている間もないほどだ。つねに走り回って、あっといわせるようなことをしなければならない。でもある意味では、それはいいことだな」ラブルースが少し間を置いて続ける。「フランスでは伝統の重圧に苦しめられる。伝統的であることがもっとも尊ばれる。ニューヨークで尊ばれるのは非凡さだ。伝統よりも非凡なんだ。なにかにつけて〝究極〟という言葉が使われる。なんにでも〝究極〟をつける。究極のスポーツ。究極のセックス。究極のソックス。なんでもかんでも究極だ」

「きみは究極を追求していたのか？」

「むろんだ。まっとうなシェフはすべて究極をめざす。オートキュイジーヌは究極でなくてはならない。しかしパリで究極をめざしても、しょせんは伝統的な枠のなかでの究極でしかない。お得意様はブルジョワとしての暮らしを頑に守り、その伝統的な生活のなかでほぼ唯一の刺激がわたしの料理なんだ。わたしは伝統的な暮らしという小さな檻のなかで行ったり来たりするだけのトラのようだった。すばらしい《トレ・ビアン》。それなりにやっていくことはできたはずだ。しかしとつぜん、衝撃的な事が起きて、伝統を重んじるお得意様に見捨てられてしまった。だから出ていくよりほかなかった。追われたようなものだ。お得意様が離れれば、もはや成り立たない」

「じっさいはそういうわけでもなかったそうじゃないか。犯人が逮捕された後は半年先まで予約で埋まっていたときいた」

「ああ、そのとおりだ。しかし客として来るのはいったい誰なのか。ひいき客は皆わたしを見捨てた。来るのは観光客ばかりだ！　アメリカ人。日本人。彼らはやってきては口をぽかんとあけて、現場となった店内を指さした。料理なんて見もしない。ここで有名人が死んだらしい、ぜひとも見てみたいという輩ばかりだ。床にチョークで死体の輪郭が描かれていたら、値段を倍にしても客は来ただろう。だから思い切ったんだ。どちらにしてもアメリカ人の客相手に料理をしていると批判されるんだ。それならいっそ、アメリカ人が料理だけに注目する場所で料理してみよう。じゃあ、どこか。こたえはかんたんだ。アメリカ人が料理に真摯に向き合う場所といえば、アメリカだろう。そこで包丁と清潔なシャツを荷物にまとめて、一移民としてニューヨークに渡った。あらためて初心に戻ったというわけだ——われながら、この歳でよくやるよ。レストランの名前をつける時、若いシェフの言い分がふるっていた。『A』で始まる名前がいい、そうすればガイドブックを見る人が最初に見るからといったんだ。なるほど、それで三つ星レストランはAで始まる名前が多いんだ。〈アルケストラート〉、〈アルページュ〉、〈アピシウス〉、〈アストランス〉。新しい店の名は『オーバドゥ』にした。完璧だろ。暁の詩という意味だ。わたしの新しい夜明けだ」

「ニューヨークに行ってほんとうによかったか？」

「もちろんだ。彼らにとって未知の料理を出すわけだ。過去に経験したことのない味を。パリでは、三つ星レストランにやってくる客は自分が蓄えてきた味をすべて鞄に詰めて持参する。祖母の料理の味。母親の料理の味。妻の料理の味。愛人の料理の味。幼い頃からとびきりのレストランで食べてきたようなものだ。そうやって文化を舌で定義し、自分自身を舌で定義してきたんだ。わたしの料理が彼らの鞄の中身を凌駕しても、長年の味に背を向けるわけにはいかない。そんな芸当ができるものか。

フランス人のお得意様は知識が豊富で、しかもシニカルだから、それが足かせとなってしまう。アメリカのお客はなにも知らない。裕福なおとなでも、フォアグラを食べるのは初めてだったりする。フォアグラにまつわる子ども時代の思い出などない。先入観のない客に料理をつくることがどれほど楽しいか、想像がつくかい？　裸の状態でテーブルに着くなんて、信じられるか？　わたしがつくる料理をありのまま味わいたがるんだ。なにかを連想しようとして味わうのではない。ボキューズは、ニンジンをニンジン以外の味にしようとしてはならないといっている。ありのままの味をひたすら極めればいい。そうあらしめよ、だ。しかしフランスでは客の記憶のなかの味にニンジンをちかづけようと必死になる。アメリカ人は逆だ。彼らは先入観を持たずにテーブルに着く。目を大きく見ひらき、オープンな気持ちで、冒険への準備万端の状態で」

「それできみはフランスで受け継がれた遺産から解放されたのか？」

「もちろんだ。いまわたしの厨房ではスペイン語が飛び交っている、それに――」ラブルースは内緒話をするようにテーブルの向こうから身を乗り出し、くちびるに人さし指を当てた。「ここだけの話だが、シェフはフランス人の多くのシェフよりもはるかに優秀だ。新しく入った上級ウェイター《シェフ・ド・ラン》はメキシコ人だが、いやコロンビア人かもしれないが、子ども時代はものすごく貧しかったそうだ。マクドナルドのハンバーガーが夢のようなごちそうだったらしい。しかし彼らの仕事ぶりは最高だ。下ごしらえ担当のシェフもこれまでに見たなかで最高だ。まさに究極だ！」彼がヒステリックなけたたましい笑い声をあげる。

「金銭面でも大満足だ。ここにいた時の収入は、いま雇っているウェイターの収入よりも低かった。ほんとうだ。とんでもない話じゃないか、ウェイターよりも安かったとはな！ パリで最高のレストランのオーナーだったというのに！」

「ではきみは幸せなんだな」

「幸せときたか。なにをいいだすかと思えば《ケル・イデ》！ そうだな、心から幸せを実感できる時もあるかな。しかしこういう午後を懐かしく思うんだ。それに、そのうち飲み過ぎたいきおいでラスベガスにレストランをオープンさせようなどと自分がいいだしそうで少々こわいね。テレビ番組もだ。しじゅうオファーは来ている。いやはや、おそろしいよ」彼は悪霊をふり払うように激しく頭をふる。ふとそれをやめて、カウンターの向こうの女性バーテンダーに手で合図した。「シャンパンはあるかな？」

「もちろんです《エヴィダモン》、ムッシュ！」彼女が魅力的な笑みを浮かべる。テンポのよいやりとりでクリュグのボトルに決まった。ボトルが運ばれてくるとラブルースが立ち上がってジャケットのボタンをとめ、手に持ったグラスをアレクサンドルに向けて掲げた。ラブルースはすでにほろ酔い加減だ。「今朝きいたばかりだ。警視どのに敬意を表して」

「ありがとう」アレクサンドルがこたえる。「よろこんでばかりもいられないんだが。事件が解決した直後、カプシーヌは警視の昇進試験を受けると宣言したんだ。正式には二歳足りなかったが、彼女の上司は認めた。みごとに合格して二十区で研修中だ。来月の終わりには研修期間が終わり、二十区の警察署で指揮を執ることになるだろう」

「彼女は幸せなのかな？」

「なにしろ二十区だからな。物騒な大きなスラム街がある地域だ。彼女は暴力にどっぷり浸かっているよ。残虐行為が日常茶飯事なんだ。彼女にいわせると、いまいちばんだいじなのは警察官として一人前になることで、警視への昇進は二の次だというんだ。もうとっくに本物の警察官になっていると思うんだが」

「彼女には耐えられないだろうときみは思ったんだな。あのカプシーヌのことだ、そんなはずないさ」

「彼女は自分を痛めつけて鍛えているように見える。もっと社会と強固に結びつく必要があるというのが口癖だったからな。これでひとつ階段をのぼれたわけだ。輝きを増すのはこれからか」

「そして、例の一件はどうなった？　あの有名なプロジェクトだ。確か〝ティフォン〟だったかな？　ギリシャ神話の風の神々の父《ティフォン》からとっているんだな。エトナ山の下で眠っている巨体の怪物か。台風《テイフオン》の由来になったそいつは、目覚めたら業界を一新させるだけの力を秘めているのではなかったのか。いったいどうなったんだ？」

「まだガーガー眠っている、ということらしい。カプシーヌの一族に治安総局の職員がいるんだ。彼を通じていろいろな噂を収集しているようだ。事態の収拾がつかなくなってプロジェクト全体がＣＮＲＳに移され、政府の管理下に置かれた。それっきり迷路みたいに入り組んだ組織の奥深くに消えてしまった。現在のＣＮＲＳの見解は、技術的に不可能だというものらしい。カプシーヌはそうきかされている。化学物質はどうやら問題なくはたらくようだが、エンジンに注入すると大爆発する危険があり、ルノーが開発中の注入装置で成功する見込みはないそうだ」

「わたしのレストランでだいじなお客様を殺した恐ろしい連中はどうなったんだ？」ラブルースは身震いし、グラスにもう一杯シャンパンを注ぐ。

「まずドゥラージュの弁護士だが――憶えているか？　彼は恋人を連れて自分の船でグアドループから逃亡を企てる寸前に捕まった――そして殺人とはまったく無関係であると判明した。事件の裁判が始まると同時に彼は船でアンティグワに向かった。いまも女といっしょにそこにいる。ゴム草履でぺたぺた歩き回って、ヨットをチャーターする小さな会社を経営しているよ。島でぐうたら暮らす日々を満喫しているのか、あるいは、じつはもっと非道な犯罪に手を染めて逮捕をおそれているのかはわからんが。

例の韓国人は裁判にかけられた。ちょうどきみが発った頃だ。祖国の政府から見放され、彼は民間人として裁判に臨んだ。いまは終身刑に服し、仮釈放の可能性はない。仮釈放は絶対にないな。彼はすでに刑務所内で人を殺している」

「なんてことだ！　まるで獣じゃないか。ということは、彼こそ真の悪党だったということか？　なにもかも奴のしわざなんだな？」

「彼がドゥラージュに毒を注射し、冷蔵室に閉じこめて死に至らしめたことはまちがいない。だがな、彼は単なる道具に過ぎなかった。わたしはそう思う。彼に罪を問うのは、闘犬としてのピット・ブル・テリアに責任を問うのと同じようなものだ。真の殺人者はギヨムだ。ルノーのエグゼクティブだった男だ。彼がすべてを引き起こした。自分のビジョンに共感しようとしないドゥラージュ社長を嫌悪していたんだ。それで行動を開始した。その先にどんな結末があるかなんてことを、考えもせずに。思うようにいかない状況で、彼は自分を犠牲者だと思いこんだ。自分の熱烈な願望に同調しない者は排除されて当然だと。そこからすべてが始まったんだ。韓国人の諜報員は道具として彼に利用されたに過ぎない。きみが厨房で包丁を使うようにな。つまるところ、責任を負うべきは彼なんだ。疑問の余地はないね」

「しかし彼に有罪の判決がくだることはなかった」

「そう。その可能性はなかった。証拠などなかったからな。事実、彼がやったことといえばプロジェクトについて噂の種をまいたことだけだ。そしてその噂が発端となってすべてが引き起こされた」

「彼はいまでもルノーで仕事を？」

アレクサンドルは笑みを浮かべて首を横にふった。

「いや、いくらなんでもそれはない。彼はソウルにいる。政府に関係のありそうな肩書きで自動車メーカーの協会で働いている。ルノーで居場所のなくなったギヨムが情けで引き取られた形だ。いかにも偉そうな肩書きだが、じっさいの仕事はほとんどない。クライアントのいないコンサルタントみたいなものだな。あれでは幸せとはほど遠いだろう。二度とフランスの産業界には復帰できない。彼にとってフランスはもう過去のことなんだ」

ラブルースは視線を落としてテーブルを見つめ、しみひとつない表面に落書きをするように指をうごかす。数秒後、はっと夢想から覚めたように顔をあげてカウンターの女性バーテンダーと視線を合わせた。彼女がかすかに小首を傾げると、彼はわずかにうなずいた。すぐに彼女が新しいボトルを運んできた。ラブルースは寂しげに頭を左右にふりながらつぶやいた。「わたしにも、パリはもう過去のことだ」

訳者あとがき

初めまして、『パリのグルメ捜査官①予約の消えた三つ星レストラン』にようこそ。

舞台はパリ、人気三つ星レストラン。その冷蔵室で死体が発見される。発見したのはオーナーシェフのラブルースである。食材にこだわり、伝統をたいせつにしながらつねに革新的であろうとする人気シェフだ。亡くなっていたのが産業界の大物だったので、所轄署の扱いとはならず司法警察が捜査に乗り出すことに。

ひょんなことから捜査の指揮を執ることになったのがカプシーヌ・ル・テリエ、二十八歳の警部。

さっそく三人の部下を引き連れてオルフェーヴル河岸のパリ警視庁から飛び出して行く。現場にはラブルースをはじめレストランのソーシエ、ソムリエ、給仕長が顔をそろえ、鑑識班も到着する。さあいよいよ捜査開始。が、ここでひとつ問題が。カプシーヌは死体を見るのは初めてのうえ、三人の部下とも初対面。右も左もわからない状態で現場に足を踏み入れてしまった。しかしこの捜査の結果にはカプシーヌの将来がかかっているので、後にはひけない。果たしてリーダーシップを発揮してレストランのスタッフの事情聴取をうまくこなせるのか、無事に決着をつけることができるのか、不安要素はたくさんあるものの、カプシーヌは足を踏み出す。

本書の魅力は、カプシーヌがあっちにぶつかりこっちに足を取られながらも、少しずつ勘をつかんで事件の真相にちかづく面白さ。三つ星レストラン、ビストロ、カフェ、パリ郊外での会食、その店で働く人々の人間模様を楽しみごちそうをふんだんに味わえること。そしてパリジェンヌとパリジャンたちの暮らしと心のうちをのぞけることだろうか。

ここで、もう少しくわしくヒロインのご紹介をしておこう。ホワイトカラー犯罪の捜査では抜群の能力を認められているカプシーヌは、じつは正真正銘のお嬢様だ。上流階級の一家に生まれ、両親と同じく何不自由ないブルジョワ階級の人生を送ることを期待されていたが、思うところあって警察の世界に飛び来んだ。高級ブランドを着こなし、時には楚々《そそ》とした風情で、時には令嬢然としたソプラノで遺憾なくお嬢様の本領を発揮する。

カプシーヌの強力な味方は最愛の夫アレクサンドル。彼は著名なレストラン評論家として活躍し、もちろん食に関してはたいへんな知識の持主でジャーナリストとしての視点からもカプシーヌを熱心にバックアップしてくれる。包容力も抜群でなにより食いしん坊。暇さえあれば妻を食事に連れ出し、手作りの料理を食べさせ、カプシーヌを癒してくれる存在だ。どうやらアレクサンドルの側には、妻をまるまると太らせたいという魂胆があるらしいが。

朝の澄んだ空気のなかでクロワッサンの香りを思い切り吸い込むひととき、異国情緒漂う祈りの夕べ、夜更けまでおおいに食べて飲んで会話を楽しむ人々のざわめき。本書ではいろいろな表情のパリが登場する。レストランの厨房で働くスタッフが背負う人生、日々メトロを乗り継いで通勤し家族の暮らしを支える人生。レストランでの心地よいひととき、そしてひしひしと孤独を味わう街角。

著者アレクサンダー・キャンピオンは、ニューヨーク出身の生粋のニューヨーカーとして人生の前半を過ごした。コロンビア大学を卒業後にウォールストリートで働いたところ、友人の事業を手伝うために半年だけのつもりでパリに渡った。以来三十五年、パリに腰を落ち着けてしまう。現在はトロントに在住だが、パリこそ自分の故郷と思っている。ちなみに、著者はレストランの評論家でもある。

さて、パリを活き活きと駆け回ったパリジェンヌ捜査官の物語だが、次作もすでに届いていて、邦訳の刊行は二〇一三年二月の予定。第二巻CRIME FRAÎCHEでは、カプシーヌは休暇を過ごすためにフランス北西部のノルマンディに向かう。幼い頃からかわいがってくれたおじさんの十六世紀の大邸宅《シャトー》をひさしぶりに訪れ、狩りを楽しもうと心弾ませる。もちろん食いしん坊のアレクサンドルもいっしょに。が、またしても事件が……。今回同様、おいしい料理を堪能できるはず。どうぞご期待ください。

本書を翻訳するにあたり、原書房の相原結城氏にはたいへんお世話になりました。この場をお借りして心より御礼申し上げます。

二〇一二年六月

この作品はフィクションです。実在する人物および団体とは一切関係ありません。

コージーブックス

パリのグルメ捜査官《そうさかん》①

予約《よやく》の消《き》えた三《み》つ星《ぼし》レストラン

著者　アレクサンダー・キャンピオン
訳者　小川敏子《おがわとしこ》

2012年　7月20日　初版第1刷発行

発行人　成瀬雅人
発行所　株式会社　原書房
〒160-0022 東京都新宿区新宿1-25-13
電話・代表　03-3354-0685
振替・00150-6-151594
http://www.harashobo.co.jp
ブックデザイン　川村哲司（atmosphere ltd.）
印刷所　中央精版印刷株式会社

落丁・乱丁本はお取り替えいたします。
定価は、カバーに表示してあります。
 ISBN978-4-562-06005-4 Printed in Japan